愛の罠にはまれ！

樋口美沙緒

白泉社花丸文庫

愛の罠にはまれ!　もくじ

イラスト／街子《まちこ》マドカ

「悪いけど、あっちゃんはオレの好みじゃないんだ。あっちゃんには、勃《た》たないや」

そう言って笑ったのは、兜甲作《かぶとこうさく》という男だった。

オオスズメバチの篤郎《あつろう》よりも、さらに上位に位置する、ヘラクレスオオカブトが起源種《きげんしゅ》の、絶対的なハイクラスの男。

当時手当たり次第に男と寝ていた篤郎は、愛情など求めていなかったから、相手も気楽にやれると割り切っていて、それまではほとんど誘いを断られたことはなかった。

だからまさか兜に断られるなんて、思ってもみなかった。

あれは六年前のこと。退廃的《たいはいてき》な喧噪《けんそう》に満ちた、クラブの一角《いっかく》だった。

篤郎はその頃、いつも違法ドラッグに酔っ払い、正気を失ってヘラヘラと笑っていた。体の中は虚《うつ》ろで、もしも薬を呑んでいなかったら、ぺしゃんこになってつぶれてしまいそうなほど、自我は細く弱りきっていた。

淋しい、淋しい、淋しい……。

いつ頃からか、篤郎の内側にはいつもそう言って泣きじゃくっている、幼い自分がいた。

篤郎はその自分から眼を逸《そ》らし、空虚《くうきょ》な自分の体の中を、ドラッグとセックスで埋《う》めようとしていた。快楽がすべて。楽しければそれでいい。誰からも、愛など求めていない。

ただ一時、自分を埋める道具になってくれれば――。

常《つね》に酔って、ふわふわとした頭の隅《すみ》で、篤郎はいつもそう、考えていた。

この世界の人間は、二種類に分かれている。

一つがハイクラス。そうしてもう一つが、ロウクラスだ。

遠い昔、地球に栄《さか》えていた文明は滅亡《めつぼう》し、人類は生き残るために強い生命力を持つ節足《せっそく》動物と融合《ゆうごう》した。今の人類は、ムシの特性を受け継ぎ、弱肉強食《じゃくにくきょうしょく》の『強』に立つハイクラスと、『弱』に立つロウクラスとの二種類に分かれている。

ハイクラスはタランチュラやカブトムシ、そしてスズメバチなどがいる。ロウクラスはもっと小さく、弱く、脆《もろ》い種族を起源とした人々だ。

そうして世界の富と権力は、いつしかハイクラスが握るようになり、ムシの世界の弱肉強食は、人類の世界でも、階級となって現れるようになっていた。

十代の篤郎は、まだ男になりきる前の、中性的な美しさを備《そな》えていた。篤郎の起源種はオオスズメバチ。日本にいるハチの中では最大種にあたり、ハイクラスでもトップ層に位置している。抜きんでて美しいその容姿を利用し、篤郎は次々、男に抱かれた。

「俺と一晩、過ごさない？」

流し目を送れば、大抵《たいてい》の男は落とせた。あっさりフラれたのは、だから兜甲作が初めてだったのだ。クラブのカウンターに寄りかかって酒を飲みながら、誘いを断られたばかりの篤郎は、「じゃあなに」と軽侮《けいぶ》の笑みを浮かべて、兜を見やった。

昼間に呑んだドラッグのせいで視界はぼんやりと霞《かすみ》がかり、不思議な万能感《ばんのうかん》が篤郎を支えていた。そうでなければとても、フラれた後にあんな質問はできなかったと思う。

「どういうのが好みなわけ？　兜って」

兜はその問いに、「うーん」と呟《つぶや》いて、困ったように笑っていた。けれどメガネの奥の、アーモンド型の眼には、篤郎に対する嫌悪が滲《にじ》んでいた。

──こいつは俺のことが、嫌い。俺を、大嫌い。

と、篤郎は知っていた。知り合った初めの頃から、篤郎は兜に嫌われていた。

それは兜が、弱い者を──ロウクラスを愛するタイプの人間で、篤郎がロウクラスを傷つける、最低な人間だからだ。

「もしかしてロウクラスがいいのかよ？　ああいう小さくて弱っちいのが」

わざとせせら嗤ってみせたが、もちろん兜はこんな安い挑発に乗るような男ではなく、

「そうでもないけどね」と肩を竦めていた。

「オレはね、セックスは、してもしなくてもどっちでもいいから。あれって結局、入れて出すだけのことじゃない。それより精神的に気持ち良くなりたいの」

あっちゃんには分からないでしょ、とは言われなかったが、兜の眼に映る蔑みの色に、篤郎は言外の意味を読み取った。

「あっちゃんは、誰も愛したりしないの？」

かわいそうだね、と兜は言いながら、ひどく冷たい眼をしていた。声音は優しげでも、

心底篤郎を嫌悪していることは、その眼差《まなざ》しだけで分かる。

ドラッグと酒にくらくらしながら、けれど篤郎は頭の冷めた部分で兜の軽蔑を、どこか心地よく感じていた。きっと兜は今この瞬間、篤郎が血反吐《ちへど》を吐いて死んでも、なにも感じないだろう。生きている価値もないクズ。そう思っているに違いない。

そうしてそれは自分も同感だと、篤郎は思う。

(……俺だって、同じだよ。俺だって俺を、いつでも死ねばいいと思ってる——)

「オレはね、オレじゃなきゃ、幸せにしてあげられないって子がいいの。そういう子がオレで幸せになってくれるのが、好きなの」

気がつくと、兜の「好みの子」談義《だんぎ》はまだ続いていた。

篤郎は無言で聞きながら、兜の言葉を、内心ではバカにしていた。それがお前の言う愛か、と思う。だとしたら兜の愛は、ずいぶん、簡単だと。

(それはただの自己満足だろ。……そいつが幸せになったら、もうどうでもいいのかよ)

愛はそんなものじゃない。そんなふうに簡単に、割り切れるものではない。

「じゃあね、あっちゃん。またね」

またね、なんてかけらも思っていないくせに口にして、兜が立ち上がる。

踊り狂う人波の中に兜の背が紛《まぎ》れて消えていくと、喧噪は遠のき、眼に映る像すべての輪郭が曖昧《あいまい》になって溶け合って、篤郎は大勢の人の中にいるのに、まるで一人ぼっちで、絵に描かれたお祭り騒ぎを眺めているような、そんな気になる。

——……俺も壊れているけれど、この世界も壊れかけている。

眠気に襲われうとうとしはじめた篤郎の脳裏を、ついさっきまで隣にいた兜の体の逞《たくま》しさがよぎっていく。それとも、と、ふと思う。

（……兜くらい強かったら……俺は、壊れないでいられたのかな……？）

——あっちゃんは、誰も愛したりしないの。

まどろむ頭の奥へ、兜の問いが返ってくる。愛さない、俺はもう愛さないと篤郎は思う。

（俺の知ってる愛は、痛くて、暴力的で……）

愛は優しいけれど、失えば大きな傷になって返ってくる。それはまるで、罠のように、知らぬうちに篤郎の足をすくう。

篤郎の瞼の裏には、懐かしい面影が浮かんでくる。体の中にいる、七歳の自分が泣いている。

眼を閉じて眠りながら、篤郎は、もっともっと酔わなければ、と思った。

酔って正気をなくし、愛も痛みも、孤独も、すべて覆《おお》い隠してしまわなければ。

そうして、懐かしい面影を、郁《いく》を、愛の痕跡《こんせき》を、忘れてしまわなければと……。

一

春の空は薄ぼんやりと、霞《かすみ》がかって見える。

浅黄色の空を背景に、いくつものシャボン玉が浮かび、ふわふわと風に運ばれていく。

蜂須賀《はちすが》篤郎《あつろう》はしばらく地面にしゃがみこんだまま、その様子をぼんやり見上げていた。

「はちすがせんせー、りえのシャボン玉。みて、みて」

四歳になる女の子が、篤郎の背中に、はしゃぎながら抱きついてきた。肌に触れる温かな体は、小さくて軽い。それが愛しくて、篤郎は微笑んで振り向いた。

「りえちゃんのシャボン玉は、どれ？」

子ども相手なら、篤郎はするすると言葉が出せた。自分でも驚くくらい優しい、甘い声になる。

抱き寄せて訊《き》くと、あれ、あれ、と少女は指さすのだが、無数のシャボン玉は篤郎にはどれも同じに見えて、分からない。それでもこの子の眼には、自分の作ったシャボン玉だけが特別に映っているのだと思うと、その健やかな世界が、篤郎には眩《まぶ》しく見えた。

「せんせー、おれのもっ、おれのもみて！」

気がつくと他の子どもたちも、篤郎のそばに集まっていた。先端《せんたん》を切って花びらのように開いたストローと、紙コップに入れた石けん水は、今日みんなで手作りしたものだ。紙コップには一人一人の名前を、篤郎が書いてあげた。リクエストされた花や車のマークもつけてある。

彼らは篤郎がアルバイトとして働いている保育園の園児たちで、今は施設の屋上で、シャボン玉を飛ばしているところだった。まだ薄《うす》ら寒い午前の空気の中でも、子どもたちは元気よく動き、既《すで》に汗をかいている。篤郎は子どもたちと一緒に、シャボン玉の歌を歌った。その歌が終わったら、次はお洗濯の歌がいいと言われ、それも歌った。

「おかーあさん、なーあに……」

子どもたちの可愛い声が、淡色《あわいろ》の空に響いていく。

そういえば、この子たちとあまり変わらない年の頃……と、篤郎は思い出していた。

産みの母親は物心つく前に亡くなったので、篤郎にとって母といえば、血の繋がりはない父の後妻だった。彼女はロウクラスだったけれど、初めてできた「お母さん」の存在が嬉しくて、篤郎はよく、この歌を彼女の背後で歌った。

おかーあさん、と歌うと、継母《はは》はおかしそうに笑いながら、篤郎を振り向く。

――なーあに。……あっちゃん。

継母が振り向いてくれるのが嬉しくて、幼い篤郎は何度も何度も、冒頭《ぼうとう》ばかり繰り返して歌った。あっちゃん、と呼んでくれる継母の声には愛情がにじんで聞こえて、篤郎の胸を幸せでいっぱいにしてくれた。

(そんな時もあったっけ……)

その母とも、もう三年は会っていない。今頃どうしているのだろう。幸せだろうか?

ふと浮かび上がってくる恋しさを、篤郎は静かに押しのけた。

(……俺がいるよりは、幸せか)

きっとそうだ。だから、会わないほうがいい。

胸の奥に、疼《うず》くような痛みが走った。どうしてこんなことになったのだろう?

体の中にいっぱい詰まっている淋しさを、篤郎はふっと感じた。

「あ、シャボン玉、消えた」

空気に揺れて、シャボン玉はパチンと弾ける。俺の心みたい、と篤郎は思う。篤郎の心も、どうかすればほんの些細《ささい》なことで、壊れて消えてしまいそうなほど弱いのだ――。

(本当はいつ、消えても、死んでも、いいけど)

ぼんやりと思いながら、それでも命があるうちは仕方がないと篤郎は思った。

(仕方がない。これが俺の、郁《いく》への、償《つぐな》いなんだから……)

春霞《はるがすみ》の空の下、生まれたてのシャボン玉がまた一つ、パチン、と弾けて消えていった。

篤郎がドラッグにハマったのは、初めて家出をした十五歳の時のことだ。

ハイクラス上位種のオオスズメバチとして、篤郎は誰もが羨《うらや》む裕福な家に生まれた。けれど二十四歳で薬物嗜癖《しへき》の更正施設に入るまで、廃人同然の生活を送っていた。

更生のきっかけは血の繋がらない兄、郁に、自動車事故で命を助けられたことだ。郁が死ぬかもしれないと思った時、篤郎は、変わろうと決めることができた。

幸い郁の命は助かり、篤郎は決めたとおり施設に入って、一年でドラッグをやめたのだった。それから一年、ロウクラスの子どもたちばかりの、下町の小さな保育園でアルバイトを始めて、篤郎は二十六歳になっていた。

「え、これ、蜂須賀先生が全部作ってきてくれたの？」

四歳児クラスの子どもたちのために持ってきた、折紙のメダルを箱一杯取り出すと、他のクラスの先生たちがきゃあきゃあと声をあげた。

保育園の先生は、九割が女性、それもみんなロウクラスだ。ハイクラスの多くは都心に住んでいるので、そもそも下町のこのへんには珍しく、篤郎はいつも賑《にぎ》やかな笑い声に満ちたこの職員室では、少し浮いた存在だった。

「作ったのは、十個だけなので……」

篤郎が家でせっせと内職して作ってきたメダルは、折紙で作ったチョウやコガネムシに、赤や緑のリボンをくっつけたものだ。

今度、クラス内で行うお遊戯会に使いたいが、とても作る時間がない、と嘆《なげ》いている先生によかったら手伝うと申し出たのだ。時間外労働になるのでアルバイト代は出ないが、篤郎は自分のできることならなんでも手助けするのが、ごく当たり前のことだと思って、いつもこの手の雑用を自分から引き受けるようにしていた。

「ほんと蜂須賀先生には助けられてるわあ。これ、一つ一つ違うモチーフなのね？」

手元を覗き込んでくる先生に、篤郎は説明しようとしたが、言葉が出てこない。

基本的に篤郎は、人とコミュニケーションをとるのが苦手だった。子ども相手になら自然と出てくる笑顔も、大人相手には上手く出せず、黙り込んでいると、園長先生が「子どもたちの起源種に合わせてくれたのね」と、助け船を出してくれる。

「モンシロの子には、白い折紙のチョウチョ。こっちはセセリチョウ。全部、ちゃんと模様も描いてくれてあるのね」

にっこりと笑ってもらえたので、篤郎は内心ホッとした。

この保育園に通っているのはみんなロウクラスでも、起源種には細かな違いがある。篤郎は一人一人に合わせ、図鑑を見ながら折紙の翅《はね》や甲殻《こうら》に模様を描いた。

園長の言葉に、他の先生たちも、これは子どもたち、喜ぶわねとはしゃいでいる。

（よかった……喜んでもらえたみたいだ）

出すものを出したところで、頭を下げてトイレ掃除に出る。他の先生たちはおしゃべりに興《きょう》じているが、人の輪の中にいるのが苦手で、早く一人になりたかった。

「本当に蜂須賀先生は——ハイクラスだなんて、ちょっと思えないくらい、いい人ね」

職員室を出るや、先生の一人が感心したように言う声が聞こえてきた。

他の先生たちはロウクラスなのでその感覚を知らないようだが、一応オオスズメバチという上位種にあたる篤郎は聴覚《ちょうかく》がよく、少し距離があっても聞こえてしまう。

「きれいすぎるし喋らないから、最初は冷たく感じたけど。仕事は真面目で誠実だし」

「でも変わってるわよね、保育士の資格とるわけでもないし。お父さん、社長さんなんでしょ？」

それに私たちとはあまり仲良くしたくないみたい、と他の一人が言い、誰かが冗談まじりに、だってハイクラスさんだもの、とつけ加えた。悪気はないやりとりだ。けれど篤郎の心には、それがたやすく突き刺さり、傷つけられる——。

（そういうわけじゃないけど……）

自分は、ロウクラスの先生方を、バカにしているように見えるのだろうか？

実際は逆だ。自分には、彼女たちに親しくしてもらう資格がないから、距離をとっている。けれどそんなことは、弁解できない。やがて園長が、

「はいはい、他人のことを詮索《せんさく》しない」

と話を切ってくれたが、胸の奥にはズキズキとまだ鈍く、痛みがある。

（このくらいのことで、簡単に傷ついててどうするんだ……）

ハイクラスのくせに――強いハイクラスのくせに、些細な言葉に、簡単に傷つけられる、感じやすく脆い自分の心を知っているから、篤郎は怖いのだった。いつまた十五歳の頃のように、壊れてしまうか分からない。そう思うと自分が信じられず、人と親しめない。

それにしても自分の素性など誰にも話していないのに、どこから父のことなどバレたのだろうと、篤郎は不思議だった。篤郎の脳裏に、ちらりと父の姿が蘇《よみがえ》る。自分とは違う、いかにもオオスズメバチらしい、大きな体と威厳《いげん》ある風格の父親。

トイレに入ると、鏡にはすらりと細い、女性的な容姿の自分が映っていた。

背丈は百七十後半。ロウクラスの中にいると頭一つ飛び抜けるが、平均して百八十五は身長のあるオオスズメバチの中では、かなり小柄だ。ドラッグの後遺症《こういしょう》で、篤郎の体は十代の頃から成長しておらず、その姿も、闇のように黒い髪に色白の肌、切れ長の黒い瞳に、薄い唇は桃色で、中性的に整った美しいものだった。

篤郎はこの容姿が、あまり好きではない。いや、見てくれだけではない。自分のすべてが、篤郎は嫌いだ――。見ていると、この顔を利用して、散々男をたぶらかしてきた嫌な過去が蘇ってくる。自己嫌悪が湧《わ》いて、篤郎は鏡から眼を逸らした。

（逸らしたからって、過去が消えるわけでもないのに）

ブラシを出して床磨きを始めると、篤郎の心の中には過去のことが次々と浮かんでは消えていった。一人でいる時、篤郎はいつも大体、考えたくなくても昔のことを思い出す。

それは淋しく痛く、苦しい思い出ばかりだ。

それはまるで重たい荷物のように常に篤郎の背にずしりとのしかかっていて、今ただ一人、静かに生きているだけの篤郎の心はいつも孤独に沈んでいる。

もっとも、冷たく見えるほど整った顔でじっと黙り込み、表情一つ変えずに淡々と他人から距離を取っている自分は、ただの無愛想にしか見えないに違いない。

（俺が淋しいなんて言ったら……似合わないいんだろうな）

――もっと笑えばいいのに。

ふと篤郎の頭の奥に、優しい声音が響いてくる。それはとうに失われた、郁の声だ。

――もっと笑って、素直な気持ちを言えば、きっと先生たちとも仲良くできるよ。

微笑みながらそう語りかけてくる脳裏の郁へ、篤郎は違うんだ、と返す。

（違うんだよ、郁。……俺は、仲良くしたいわけじゃない。冷たく思われててもいいし、嫌われててもいい。……たぶん、そっちのほうがいいんだ）

自分には、前科があるのだから。

「せんせー、みんなまだ、ねてるの」

掃除を終えて廊下に出ると、三歳の女の子が眼を擦《こす》りながら篤郎に近づいてきた。間違えて、早くお昼寝から眼が覚めてしまったらしい。起きると自分一人だったのが怖かったのか、女の子は涙ぐんでいる。篤郎はその場に跪《ひざまず》き、その小さな体を抱き寄せてあげた。ロウクラスに比べるとずっと背が高い自分は、子どもたちには怖くないのか。そのことを気にして、篤郎は子どもと話す時、なるべくしゃがむようにしていた。

「じゃあ先生と、お絵かきでもしてようか。それともお話にする？」

優しく訊くと、女の子はパッと顔を輝かせて、

「おはなしがいい！」

と篤郎の首に抱きついてきた。耳元で内緒話のように、「あのね、まえにね、はちすがせんせーのしてくれた、あかいお船のはなし」と言う。

いいよ、と、篤郎は優しい気持ちで頷《うなず》いた。自分は罪深い人間だけれど、子どもと話す時だけは、自然と笑顔になれる。

「あたしね、はちすがせんせいのおはなし、だいすき」

女の子が言い、篤郎の胸の中には、懐かしい笑顔が蘇ってくる。

――ぼくね、篤郎のしてくれる話、大好き。

遥か昔に聞いたその声に、痛いほどの罪悪感がこみ上げてくる――。

そして篤郎の中には鋭い衝撃が突き上げてくる。

この場に身を投げ出して、死んでしまいたい気持ち。誰か殺してくれ。自分など、生きていてはいけない。お願いだからここで死なせて。

――郁、ごめん。ごめん。ごめん、許して。俺はもう、死ぬから……。

頭の中で、もう一人の自分が叫んでいる。

篤郎はじっと体に力を入れ、その恐ろしい死への衝動が通り過ぎていくのを、ひたすらに待った。体が震え、心は嵐のように揺れている。つぎはぎだらけの胸が裂けて、血が噴き出してきそうだ。

これほど心が傷ついていても、誰もそのことを知らない。外からは、心は見えていないのだから。

「せんせい？　おはなし、まあだ？」

可愛く訊かれ、篤郎は痛みをこらえて微笑んだ。頭の隅では苦しい衝動がまだ続いていたが、彼女の小さな体を抱き上げると、それが和《やわ》らぎ遠のいていく。

――お前に、そんなふうに小さな子を、抱き上げる資格なんてあるのか？

胸の奥で、罪悪感に襲われる。

（でも郁なら……）

――ちゃんと働いて、ちゃんと周りの人に、優しくするんだよ、篤郎。

郁ならきっとそう言うだろうと、篤郎は思った。

「ごめんね、お話、すぐにしようね。赤いお船のお話、どこまでしたかな……？」

篤郎はできるだけ柔らかな声で、言う。すると女の子は、嬉しそうに笑った。

……優しくしてあげたい。

素直な気持ちが、篤郎の心をすうっと浄化してくれる。誰かに優しくしたいと思えることが、自分を救ってくれている。けれどここまでだと、篤郎は決めていた。

（ここまで。この場でだけ。これ以上、俺は誰も、愛さない）

そんな資格も勇気も、とっくに自分にはない。

すると絶望や怒りを知る前の、子どもの頃の自分が、篤郎の記憶の中をかすめていく。

篤郎が誰かを本当に愛せたのは、あれがきっと、最後だったろう。


早く帰りたい。早く、早く郁のところへ。

帰りのホームルームの間、七歳の篤郎はそんなことばかり考えていた。

幼稚舎からそのままエスカレーター式にあがってきた私立の小学校は、クラシカルな建物が売りで窓枠一つとってもモダンな装飾が施《ほどこ》されている。春霞に煙《けぶ》った空を眺めながら、篤郎は、帰る途中にある菜の花畑を、郁にも見せてあげたいと考えていた。

広々とした河川敷《かせんじき》いっぱいに、菜の花が咲いたのはつい先日のことだ。黄色い絨毯《じゅうたん》がどこまでも広がっている、あの美しい光景を郁が見たら、どんなふうに笑うだろう。

篤郎より三つ年上の郁は今十歳だが、背丈も体も篤郎よりずっと小さかった。

郁の起源種はカイコガという。唯一家畜化《かちくか》されたムシで、成虫になっても自然界では自力で生きていけない弱い種だ。そのため郁はとても体が弱く、学校にも通っていない。いつだったか、医者が父に、郁は三十歳まで生きられないと話していたのを、篤郎も立ち聞きしたことがある。もっとも篤郎は、そんな言葉は信じていなかった。

――郁は治る。元気になる。だって僕が郁を、守るんだから。

父が再婚し、連れ子として郁が家にやって来て以来、篤郎の小さな胸の中にはそんな使命感が燃えていた。それは父から、何度となく自分より小さく弱い者を守ることを説《と》かれ、郁に優しくするよう言い聞かせられていたせいかもしれないが、単純に郁のことが世界の誰より好きだったのもある。

体は弱いが、郁は心の強い人だ。

篤郎が家に帰ってきて、その日一日あったことを話すと、郁はニコニコと聞いてくれた。郁は「ぼく、篤郎の話、大好き」と言ってくれるが、家中の本を片っ端から読んでしまっている郁のほうが、どうかすると篤郎より物知りだった。学校に行ってもいないのに、郁はきれいな字を書き、暇な時に篤郎の教科書を総ざらいしてしまったらしく、時折宿題を見てくれるが、教え方も上手だった。

篤郎に悲しいことがあると、郁は篤郎より小さな手で、篤郎の頭を撫でて慰《なぐさ》めてくれた。信頼と優しさに満ちた眼で、じっと郁に見つめられると、篤郎は自分の中に、むくむくと力が湧くのを感じた。

——郁に応《こた》えたい。

もっともっと強く、大きくなって、郁を支えたい。守りたい、大事にしたい、郁に、笑っていてほしい……。

篤郎の心の中には、いつもそんな気持ちがあった。

母が早くに亡くなり、篤郎は物心ついた頃には父と二人で暮らしていた。父のことは尊敬していたが、忙しい人だったので、篤郎は家政婦の手で育てられた。

——お前は強い子だから、大丈夫だな？

父に訊かれると、どんなに淋しくても淋しいとは言えなかった。言えば、父の期待を裏切る気がしたのだ。

郁と継母が家にやって来たのは、篤郎が七歳になるより少し前のことだ。

会社の業績が安定し、父にも余裕ができた頃だった。突然家族での行事が増え、父も家にいる時間が多くなった。なにより継母は優しく、郁は篤郎を慕《した》ってくれた。シンと静まりかえった家と日々から、誰かしらの笑い声が聞こえる、温かな家と日常へ、篤郎の毎日は一変した。

これは郁と継母のくれたもの。だから篤郎は、二人のことがすぐに大好きになった。

「おい、蜂須賀。今日俺のとこ来ない？　最新のゲーム機買ってもらったんだけど」

ホームルームが終わり、クラスメイトにそう話しかけられた篤郎は、迷いなく断った。

「悪いけど、早く帰りたいから。ごめん」

ランドセルに教科書を詰めながら言うと、クラスメイトが顔をしかめた。

「だから言ったろ、蜂須賀は来ないって。お兄ちゃんと遊びたいんだから」

隣にいた他の一人が口を出してきて、それからバカにするように鼻で嗤《わら》った。

「『いく』だっけ？　へんなの。ロウクラス相手に、なんでご機嫌とってんだか」

その言い方に、篤郎はカチンときた。

（郁を悪く言うな。ロウクラスって呼ぶなよ）

篤郎の学校は都内の有名私立で、ハイクラスの人間しか通っていない。学力も高く、七歳とはいえみんな大人のような口をきく。そして、親からの受け売りで、ハイクラスの特権意識を振りかざし、ロウクラスをバカにしている同級生が多かった。

「ロウクラスでも、強い人はたくさんいるのに、そのことが分からないなんてバカだ」

立ち上がり、篤郎はクラスメイトを睨《にら》んだ。

「ハイクラスってだけで威張《いば》ってるのは、かっこ悪い」

強く言い放った篤郎に、クラスメイトは頬を赤くして怒った。

「お前の兄貴だって、劣ってるから学校に来れないんだろ」

他の一人も、そうだそうだと荷担《かたん》する。

「参観日にきてた、お前の母親。あれもロウクラスだろ。一人だけヒンソーでさ……」

頭の中で、なにかがブチッと切れるような音がした。篤郎はかっとなり、言いかけた相手を殴っていた。継母や郁を貶《けな》す言葉を言われたのが、我慢できなかった。殴ったクラスメイトが倒れ込んで教室の机がひっくり返ると、もう一人が篤郎につかみかかり、今度は殴り返された。気がつくと、そのまま乱闘状態になって、担任の教師が止めに来るまで、殴り合いが続いてしまった——。

担任に叱られ、今日はもう早く帰れと学校を追い出された帰路《きろ》、篤郎は落ち込んでいた。

（……かっこ悪い。あーあ、どうしよう……）

殴られた頬が腫れぼったく、痛い。普段なら、一秒でも早く郁のもとへと走っているのに、今は家に向かう足が重たかった。

ケンカの理由は、担任には話さなかった。篤郎は、担任から継母に理由を伝えられては困ると思ったし、相手も、自分たちだけ口にするのはプライドに障《さわ》ったのだろう。

それでも帰れば、きっと学校から継母に電話がいっているだろうし、担任はもしかすると、彼女がロウクラスだからと、厭味《いやみ》を言ったかもしれない。そうでなくても、顔の傷を見せれば継母と郁を心配させる。

自分の行動を後悔しながら、うつむいて玄関をくぐると、「あっちゃん」と優しい声がした。顔をあげると、奥から継母が出てきたところだ。家事の途中だったのか、エプロンで濡れた手を拭《ふ》きながら、小走りに近寄ってくる。

「まあ、ひどいほっぺた」

細い体で、継母は篤郎の体を抱きあげてくれた。背丈《せたけ》もさほどもう変わらないのに、継母はいつも、篤郎を七歳児扱《あつか》いしてくれた。それまで父にも、乳母《うば》にも、大人として扱われてきた篤郎にとって、継母は初めての「守ってくれる人」であり――だから自分も守り返したいと、強く思っていたのに――頬を撫でられると、もう我慢ができずに、篤郎はとうとう涙をこぼしていた。

「あっちゃん」

継母が、慰《なぐさ》めるように篤郎の頭を撫でる。すると守るのは自分なんだ、と思っていた気持ちが呆気なく崩れ、篤郎は継母の胸にしがみついていた。赤く腫《は》れた頬に涙が落ち、こらえていた悔しさと悲しさに、篤郎は声を出して泣いていた。

――どうして郁やお母さんのことを、クラスメイトは悪く言うのだろう。

どうしてハイクラスがロウクラスを好きだったら、おかしいのだろう？

（守りたいのに……僕の力じゃ足りない）

わんわんと泣きじゃくっていると、

「大丈夫。あっちゃんは優しい子だから、お友だちともすぐに、仲直りできるわよ」

担任からの連絡をどう受け取っているのか、継母は篤郎の体を小さく揺らしながらそう言った。そうじゃないよ、お母さん。と、篤郎は思う。

（あいつらとなんか、仲良くできなくたっていい。……俺が悔しいのは）

自分が無力だからだと思ったけれど、継母の腕に抱かれて揺すられていると、そんな悔しさも悲しさも、優しく溶《と》けていくのを感じた。

「お母さん、この顔で部屋に行ったら、郁、心配する？」

「……うーん、そうね」

しゃくりあげながら、気がかりだったことを訊くと、継母は首を傾《かし》げて、笑った。

「でも、心配させちゃいましょ。だってあっちゃんは、郁の弟なんだもの」

心配するのが、郁は嬉しいのよ、と継母は言い、篤郎の頬と泣きはらした眼を冷やしてくれた。その日のおやつは、篤郎の好きな継母の手作りドーナツだった。

篤郎が、もじもじしながらおやつを持って部屋へ行くと、ベッドに寝ていた郁は、篤郎の頬を見て一瞬驚いた顔をしたが、すぐに声を潜《ひそ》め、内緒話のように「ケンカ？」と訊く。

カイコガの郁は、極端《きょくたん》に色素が薄い。白い肌に白い髪。その中で、大きな眼だけが黒い。どう返したものか迷いながら頷《うなず》くと、郁の白い頬には、ぱっと血の色がのぼった。

「ケンカって、本の中でしか知らない。篤郎、かっこいい。男だね！」

ほのぼのとした郁の言葉に、篤郎は数秒、呆気《あっけ》にとられた。心配は瞬《また》く間に消え、嬉しく、楽しくなる。

「そうだよ、僕がごちーんって殴って、そしたらこう、胸のところを摑《つか》まれて……」

「まんがみたい！」

篤郎はケンカの話を脚色し、面白おかしく作り変えた。そうすると楽しくなり、二人でドーナツを食べながら、ケラケラと笑いあった。郁の小さな部屋の中は、郁さえいてくれれば、抜群《ばつぐん》に心地よかった。カイコが出す繭の中に、二人、守られているような感じだった。

学校帰りの菜の花畑に、郁が行ってみたいと言うので、篤郎が負ぶって連れていったのは、それから数日後のことだ。

子どもの二人にとっては、延々と続くように見える黄色の絨毯の向こう、橋と対岸の街の景色が春の土埃《つちぼこり》に霞んで見え、郁は篤郎に、「きれいだね」と言った。

「ねえ。きれいだろ。……いつか、あの向こうの街にも、二人で行こうよ」

篤郎が言うと、郁は嬉しそうに笑った。

（本当に、いつか、一緒に行けたら……）

胸の中に、郁は三十歳まで生きられないのだと言った医者の言葉が蘇ってきたけれど、篤郎は郁の手をぎゅっと握りしめ、そんなはずはないと、襲ってくる不安を振り払った。

（郁は生きる。僕が、きっと守るんだから……）

七歳の篤郎には、まだ死というものは遠く、想像すらできなかったけれど、考え始めると、得体《えたい》の知れない巨大な闇が、足元から広がって引きずり込まれそうだった。小さな足をじっと地面に踏ん張り、篤郎はその巨大な闇に、自分よりも小さな郁の体と命を、触れさすまいとしていた。

その夜、勝手に連れ出したせいで、体の弱い郁が熱を出した。篤郎は父親に叱《しか》られ、家の物置に閉じ込められた。

父は郁が死ぬことをなによりも恐れていたので、郁が外に出ることを極端に嫌っていた。郁の部屋には子ども向けのおもちゃと、着ることのない洋服が溢れかえり、篤郎でさえ時折、父の郁への愛情に息が詰まりそうだった。そのうち、父の恐れは、篤郎への厳しさに変わっていき、郁が寝込むことがあると、お前がなにかしたのだろうと責めたてられるようになった。

雪の日に、郁がどうしても作りたいというので、こっそり一緒に雪だるまを作った。その晩郁は熱を出し、篤郎は物差しで父に背中を打たれ、物置に入れられた。

冷たい寒い夜で、物置には毛布もなく、篤郎は幼い体を抱き締めて震えていた。助けが入ったのは十二時過ぎだ。継母が父の眼を盗んで物置を開けてくれ、篤郎の冷えた体を抱き寄せて、ごめんね、ごめんねと謝っていたのを、今でも覚えている。

——ごめんね、あっちゃん。守ってあげられなくて。

泣いている継母がかわいそうで、泣かないでと言いたかった。

（お母さん、僕平気だよ。だから、泣かないで）

けれど同時に、どうして自分がぶたれるのを、母は庇《かば》ってくれなかったの、とも思った。

違う、継母は父に、篤郎を打つのはやめてくれと、何度も訴えてくれた。ただ父に「お前は隣の部屋へ行っていろ」と一喝《いっかつ》されると、その恐ろしさに、抗えなかっただけだ。それも母はロウクラスで、父は体の大きなハイクラスなのだから、仕方がない。

仕方がないのだ、篤郎は継母の、本当の子どもではないのだから……。

（お母さん）

篤郎の脳裏には、いつだったかケンカをして傷を作って帰ってきた日、細い膝の上に篤郎を抱いて、優しく揺すってくれた、継母の記憶が蘇ってくる。

（お母さん、どうして、助けてくれなかったの……）

父の打擲《ちょうちゃく》から、そして郁の死への恐怖から。助けてと思いながら、篤郎は口にできなかった。それはできないと拒絶されることが、怖かった。

――お母さん、そこまであっちゃんを愛してないわ。

そう言われるのではないかと、恐ろしかった。楽しかった家は息苦しい空気をはらむようになり、やがて篤郎は、十五歳で、家出をした。

高熱を出した郁が数日間寝込み、命も危《あや》ういと医者に言われた、その夜のことだった。

父が自分を捕《つか》まえ、また背中を打たれる前に——既《すで》にその時にはもう、篤郎の背には無数の傷ができていた——逃げようと思ったのだ。

けれど本当に逃げたかったのは、父の打擲からではなく、なじる言葉でもなく、継母の悲しそうな、謝るような顔からでもなく、郁の死への恐怖からだったのではないか——。

ドラッグを断つための施設で、自分だけをじっと見つめ返す日々のなか、篤郎はそのことに気がついた。

家を出て施設に行くまでの八年間、篤郎はずっと、ただずっと、郁を守れない自分の弱さから逃げ、そして逃げ切れず、最後には郁をこの世界から消そうとしたのだ。子どもの頃篤郎を慰めたはずの愛が、いつしか郁を、継母と父をも苦しめるものに変わっていた。

篤郎は時折考える。

こんなふうに愛が苦しみに変わるのなら、愛したことには、意味があったのだろうか。

愛がただ、痛みを与えるだけのものなら……。

もう自分は誰も愛さない。そして愛されない。もっともこんな自分を、愛してくれる人など、いるはずがないけれど——と。

二

サイケデリックな照明の光がちらつき、狂ったように乱舞《らんぶ》している。

嬌声《きょうせい》、嘲笑《ちょうしょう》、罵倒の中、ドラッグで酩酊《めいてい》している篤郎《あつろう》の視界には、床に投げ捨てられた小さな体が映っている。

白い肌に白い髪、唇の端に赤い血が見える。それは郁《いく》の体だった。

悲しそうに、それでいてこんな仕打ちをされてもまだ、心配そうに篤郎を見つめている郁の、黒くて大きな瞳。これは六年前の記憶だ。

──郁、郁。

と呼んで、ひたすらに郁だけを愛していた子どもの頃の、七歳の自分が、篤郎の酔った頭の中で泣き叫び、怒っていた。

──死んでしまえ、お前なんか死んでしまえ。

あつろう、と郁が言った。カイコガの郁は、その特殊な起源種の運命として、もう何年も前から口がきけなくなっていたけれど、篤郎には、唇の動きだけで、郁がなにを言っているのか読めたし、幼い頃の記憶の中から、声を引き出すこともできた。

……あつろう。だいじょうぶ？

郁の唇が、そんな言葉を紡《つむ》いでいる。

──郁、平気だよ。

篤郎は喘い、ボロボロと涙をこぼしながら思っていた。

──郁が死んだら、すぐに俺も死ぬ。俺も一緒に逝くから……。


眼が覚めると、篤郎は汗だくになっていた。早朝の弱く白い光が、カーテンの隙間から射しこみ、心臓がドキドキと嫌な音をたてて、全身が震えている。

（またあの夢……）

ベッドの上にむくりと起き上がると同時に、吐き気を催《もよお》した。バタバタとユニットバスに駆け込んで、洗面台に顔を伏せると、篤郎は胃の中のものを嘔吐《おうと》していた。

こんなことはもう毎日のことで、だから、慣れている。

慣れているのだ。それなのに目に涙が浮かび、足から力が抜け、篤郎はその場にずるずるとしゃがみこむと、洗面台に額を押しつけて啜《すす》り泣いていた。

（郁……ごめん）

——いいよ。

篤郎が謝ると、いつもそうであるように、耳の奥から郁の声が聞こえた。

篤郎の心の中の郁は、すぐに篤郎を許してしまうのだった。

篤郎の部屋は、六畳のフローリングに三畳のキッチンがついただけの、小さなものだった。安物のパイプベッドに、食事をとるためのロウテーブル。カラーボックスに備品を入れた小さな引き出し。衣服はクローゼットに少しだけで、テレビも置いていない。

殺風景で、無駄をそぎ落とした部屋だ。今の篤郎は、生きることになんの楽しみを見いだすつもりもなかった。

二十歳の時、篤郎は郁を殺しかけた。

十五で転がり込んだ都会のクラブで、初めてドラッグに手をつけた。酔っている間は郁のことも、父のことも忘れられ、「ヤラせてくれるなら、薬、分けてやる」と言われて、男に抱かれた。薬ほしさに次々と男と寝て、こっそり持ち出した父のクレジットカードを使い、奔放《ほんぽう》に遊び歩いた。ドラッグに漬《つ》かっていた数年間は、まるで長い悪夢のように途切れ途切れにしか思い出せず、まるで現実感がない。

実際あの頃の自分は、現実と薬のせいで見る幻覚の境界が曖昧《あいまい》で、痛みに鈍くなり、ただもうすべて終わらせたくて、自分を探しに来てくれた郁に、当時行きつけていたクラブのVIPルームでドラッグを呑ませ、同席していた仲間たちへ、好きにしろと引き渡したのだ。そして篤郎は郁を殺し――自分も、死ぬつもりだった。

なんてひどい、自分勝手な考えだったのだろう。

(俺だけが一人で、死ねばよかったのに)

ズキズキと痛むこめかみを押さえながら、篤郎は唇を噛んだ。毎日のように感じている衝動がまたも突き上げてきて、篤郎は細い体を抱き締めて震えた。

――死んでしまえ。俺なんて死ね。郁を殺そうとした俺なんて……。

怒りに耐えきれず、薄い皮膚に爪をたてると、二の腕に血が滲《にじ》んだ。

ぎゅっと閉じた篤郎の瞼《まぶた》の裏では、郁が困った顔で微笑んでいる。最後に会った郁は、二十七歳だったろうか。その姿のまま、

――篤郎。死んじゃダメだよ。

心の中の郁は、ただっ子を見るような眼をしていた。

――顔を洗って、仕事に行こう。ちゃんと生きていくんだよ。子どもたち、待ってるでしょう?

郁はいつでも篤郎に、苦しくても生きていくようにと諭《さと》す。

その声に、篤郎はゆっくりと眼を開けた。長い睫毛《まつげ》にかかっていた涙が、ぽろりと頬を落ちていく。

(支度しよう……)

篤郎はよろよろと立ち上がり、顔を洗った。

鏡を見ると、頬が火照り、鈍い頭痛がする。たぶん微熱があるのだろう。ここ一ヶ月ほど、篤郎は微熱が続いていた。ドラッグの後遺症で、篤郎の体は成長期の頃のまま止まっているが、オオスズメバチの強い血を受け継いでいるので、病気はあまりしたことがない。こんなに熱が続くのは珍しいと思いながら、部屋の引き出しから解熱剤を取り出す。

すると引き出しの奥から、白い錠剤の入った瓶が、ころころと転がってくる。中に入っているのは、睡眠薬だ。六年前、郁が死んだら後を追うつもりで、買ったものだった。

頭の中をジンと、痛みが通り過ぎていく。こみあげてきた苦いものを飲み下し、篤郎は睡眠薬を引き出しの奥に戻した。

（郁は……生きてるんだろうか）

その時不意に篤郎は、そう思った。それは一日に何度となく胸に抱く疑問だった。更正施設に入ってから、一度も連絡をとっていない今となっては郁の生死すら分からないし、訊く権利もない。以前はいた共通の知り合いも、今では一人もいない。施設に入る時、篤郎はそれまでの人間関係をすべて断ち切ったからだ。

篤郎の胸の中では変わらず、二十七歳の郁が笑っている。生きているのなら、今、郁は三十になる少し手前。

かつて聞いた命のタイムリミットまでは、あと一年もないはずだった。

「蜂須賀《はちすが》先生、熱あるんじゃない？　なんか顔、赤いみたいだけど……」

園児達のほとんどが帰った夕方六時、職場に居残りをしていた篤郎は、先生に心配された。色画用紙をゾウの形に切っていた篤郎は、言われて初めて鈍い頭痛を感じた。

「あ、いえ、なんでもありません」

篤郎が小声で言って眼を逸らすと、最初に声をかけてきた先生はそれ以上言いづらそうにしていたが、園長はそうではなかった。

「なに言ってるの、蜂須賀先生、ずっと微熱続いてるでしょう、分かってるのよ」

明日は休みでしょ、もう帰りなさいと言われ、篤郎は言葉に詰まった。

まだまだ頑張っている先生たちを置いて、自分一人帰るのは気が引けた。薬を飲むので平気だと言ったが、園長は聞かず、半ば強制的に帰らされることになり、篤郎は久しぶりに、まだ暗くなる前に外に出た。

四月半ばの風はまだ冷たく、微熱のある体には心地よかった。葉桜が、白い街灯《がいとう》の光を受けてぼんやり浮かび上がっているのを眺めながら、篤郎は駅に向かう。

篤郎が働く『くまのこ保育園』は都内にある認証《にんしょう》保育園だ。駅近なのが売りで、園前の路地を出ると、すぐに駅前の商店街に入る。

（この微熱、なんなんだろうなあ……）

歩きながら、篤郎はため息をついた。このあたりに住まうのはロウクラスがほとんどで、すれ違う人々はみな、篤郎より背の低い人たちばかりだ。と、ぼちぼち店じまいを始めている商店街の中、一際背の高い男の影が見えたので、篤郎は珍しく思った。

男はハイクラスらしい。だぼっとしたパーカーにジーンズという、ラフな格好をしており、駅に向かうでもなく、街灯の下に佇んでにやにやと笑っていた。頬がこけ、落ちくぼんだ眼をしている。

――こいつ、ヤクを呑んでいる。

不意に悟った篤郎は、胃の奥からぐっと持ち上がってくる吐き気を感じた。嫌な既視感《きしかん》。ドラッグに溺《おぼ》れた、狂ったような数年を思い出し、篤郎はゾッとした。

関わりたくない。本能的に感じて、足早に行き過ぎようとした矢先だった。

「おい、待てよ」

なぜか男に声をかけられて、篤郎は眉を寄せて振り向いた。

薄気味悪いニヤケ顔で近づいてきた男が、篤郎の肩にどさっと腕を回す。煙草の煙たさがツンと香り、肩を抱かれる。その手つきにぞわっと鳥肌が立ち、生理的な恐怖を感じてはねのけたくなったが、急に動いてはなにをされるか分からないという防衛本能が働いて、篤郎は体を強張《こわば》らせた。

「無視すんなよ。篤郎だろ？　この街で働いてるって、風の噂《うわさ》で聞いて来たんだぜ？」

名前を呼ばれて、篤郎はぎくりとなった。心臓がどくん、と大きく鼓動する。

（……なんで、俺の名前を？）

思わず振り返り、男の顔を凝視《ぎょうし》した。誰だったのか思い出せない。男は篤郎の顔を覗き込み、乾いた声で嗤っている。

「俺だよ、俺。忘れちゃった？　鎌谷《かまたに》」

名前を言われても分からないが、荒れていた頃の知人であることは間違いなかった。

「……放せよ」

頭の奥に、チリッと苛立ちが灯るように感じた。篤郎は腐ってもハイクラスの、オオスズメバチが起源種なのだ。スズメバチは好戦的な血筋でもある。鎌谷と名乗った男への嫌悪感に、篤郎は肘で胸を押し、離れようとした。けれど鎌谷は、「いいだろ」と手に力をこめた。

「思い出せねーの？　ほら、六年前だっけ。abeja《アベハ》でドラッグパーティやったろ？　途中で邪魔が入ったけどさ、お前のニーサンの白い子、呼んでさ」

不意に篤郎は、息を止めた。鎌谷がパーカーのポケットから、携帯電話を取りだす。

「一応画像、残してあんだよ。ほら、これ」

差し出された画面には、薄暗くてピントのぼけた写真が映り込んでいる。それでも桃色の照明の下に、うずくまった白い体が分かる。じっと眼を凝らせば、それは、薬を呑まされ犯された後の、郁の写真だった――。

「おっと」

思わず手を伸ばし、電話機を取ろうとした篤郎を避《さ》け、鎌谷は一歩間合いをとって離れると、眼を細めて嗤った。

篤郎の全身に、冷たい汗がぶわっと吹き出た。怒り、焦燥《しょうそう》、それから罪悪感――激しい感情が一つに絡《から》みあってこみあげ、心臓は、早鐘《はやがね》を打つように鳴っていた。

「……その写真、消せ」

気がつけば、低い声で唸っていた。人差し指の爪が、ズキズキと疼《うず》いている。ハチ種は爪を伸ばして凶器に変えられる。無意識のうちに爪が伸びそうになっているのを、篤郎は理性で必死に抑《おさ》えていた。

「はは、やっと思い出してくれたか。とりあえずお前今、なんのヤク持ってんの？　葉っぱでもなんでもいーから回してくんねえ？」

鎌谷は篤郎の反応を見ると、満足そうに強請《ゆす》ってきた。

「……やって、ない」

答える声が、自分でも分かるほどかすれている。

「ドラッグは……やってない。持って……ない」

「はあ？　マジ？」

鎌谷は笑みを消し、バカにするような顔になった。それから舌打ちし、「じゃあ金ちょーだい」と臆面《おくめん》もなくせびった。画像を消してくれと言っても、脅《おど》しに使える以上、おとなしく消してはくれないだろう。篤郎は鎌谷の身長、肩幅、そしてなにより、起源種特有の「匂い」を瞬時に確かめた。

（こいつは、オオカマキリだ……）

ロウクラスは嗅覚《きゆうかく》が鈍いが、ハイクラスは匂いで相手の起源種くらい分かる。ついでに言えば、匂いで、相手と自分、どちらの力が上かまで分かってしまう。

（俺に勝ち目はない……）

悔しくて、篤郎は奥歯を嚙みしめた。本来のオオスズメバチなら、オオカマキリに負けたりはしない。相手も、日本産種のトップ層に位置する種だが、それでも引き分け、あるいはオオスズメバチのほうが若干優位にある。けれど、篤郎の成長は十五で止まっている。この体では勝てない。同じハイクラスだからこそ、その力の差は比べなくとも分かる。

胃がキリキリと痛み、脂汗《あぶらあせ》がじわっとこめかみを伝う。眼の前がぐらぐらと揺れているような気がした。これは郁を傷つけた、自分への天罰《てんばつ》なのだろうか――？

「……金は、やるから。その画像、俺以外に、見せるな」

震えながら、篤郎は言った。鎌谷は眼を細めて、「当然」と肩を竦《すく》めた。こんな男の言うことなど一ミリも信頼できないけれど、篤郎から搾《しぼ》り取れるうちは条件を飲むはずだ。

震える指で財布を出し、中を開けようとしたら、鎌谷にかすめ取られて中身を奪われた。

「しょっぼいなー、こんだけ？　なに。お前、オヤジさんのカードとか持ってたろ」

「……それはもう、持ってない」

鎌谷がカラになった財布だけを、篤郎のシャツの胸ポケットに押し込んで返した。

「じゃあ今日はこれでいいや。お前の携帯電話、貸してよ」

篤郎は鎌谷を睨みつけた。なんで俺の電話を、お前に貸さなきゃならないんだ。そう思ったが、乱暴に上着のポケットへ手を突っ込まれ、中から電話を取りだされていた。篤郎はその間、まるで抵抗できなかった。同じようなことを過去、自分もやった覚えがある。だから鎌谷の行動など、逐一《ちくいち》先が読める。

（言うことをきかなかったら、さっきの画像、どうされるか分からない……）

一番悪いのは、ネットなどに流されることだ。そんな形で郁を貶《おとし》めるようなことは、二度としたくなかった。なにもできない悔しさに体が震え、相手に飛びかかりたい気持ちを、篤郎は必死に抑えた。鎌谷はそんな篤郎を後日に、勝手に番号を交換する。

「また必要な時は連絡するわ」

電話を戻し、ニヤニヤしながら言うと、鎌谷は面白そうに肩を竦める。

「篤郎。お前って、オオスズメバチだった？　成長しなかったのなあ、かわいそうに」

起源種ならではの酷薄そうな緑の眼で、鎌谷は篤郎の細い体を上から下まで眺めた。そして、わざとらしく舌なめずりをした。

「なんかお前、いい匂いすんのな。次は体も、食わせてよ」

前は誰にでも、足開いてたろ。蔑《さげす》むように言われ、とたん、篤郎は腹の奥にカッと怒りが点《とも》るのを感じた。

——ふざけるな、誰がお前なんかに。

そう言いたいのに上手く声が出せない。鎌谷が去っていくと、篤郎は自分の足が、小刻みに震えていることに気がついた。胃の奥が絞《しぼ》られたように痛む。頭の中には、ついさっき見た凄惨《せいさん》な画像がちらついていた。

郁の白い肌に飛び散っていた、白濁と血……夢で何度も見た光景だ。それでも実際に写真を見せられると、もっと生々しくきつかった。

篤郎は気がつくと、駅のトイレに飛び込んでいた。便座に顔を向けた瞬間、胃の中のものが全部口から出ていく。

「う……っ、え、あ……っ」

苦しい嘔吐《おうと》を繰り返し、その場にへたりこむ。ジーンズ越しに、トイレのタイルが冷たく当たる。これは罰なのだろうかと、また、頭の隅で思う。

陽の光の下で生きていけると思うな。お前は一生、過去から逃げることはできない。

心の中で誰かがそう言って、篤郎を責め立てている。

こんなことはすべて、お前が撒《ま》いた種じゃないか。郁を殺そうとしたのはお前で、その証拠を、鎌谷が持っていただけ……。

ガンガンと痛む頭の中で、一日に何度も訪れる死への衝動が、また胸の中に突き上げてきたが、この苦しみから逃げるために死ぬことさえ、自分には贅沢《ぜいたく》に思えた。

便座にすがりつき、篤郎は長い時間、啜《すす》り泣いていた。


そこからどこをどうしたのか、篤郎は気がつくと、都心に近い見知らぬ駅のホームに立っていた。

一時間ほど吐き続け、泣いたあと、ようやく帰路についたのだが、ぼんやりして、下車する駅を通り過ぎてしまった。気がついて降車したが、その直後数駅先で事故が起こり、しばらく電車が止まるとアナウンスが流れたのだった。

（運悪いな……）

篤郎はため息をついた。あたりはもう、とっぷりと暮れている。線路の先を見ると、チカチカと信号が光っていて、吹き抜けてくる風が、冷たく泣き腫らした眼にしみた。

ホームには事故で電車に乗れなくなった人が溢れていたが、それほどの混雑はない。

じっとしていると、ふと、この線路に身を投げ出して死んだらどうなるのだろう、という危うい考えが浮かんできた。郁にしたことへの償いは、生きることではなく死ぬことではないのかと――。

（……そうじゃない、それは償いじゃない。俺がもう、楽になりたいだけだ）

篤郎は額に手を当てた。保育園を出た時より、頭痛がひどくなり、こめかみでドクドクと血管が動くたび、後頭部に痛みが走った。

このままただ電車を待っていたら、本当に線路に飛び込みそうで、篤郎は駅を出ることにした。考えてみれば、鎌谷にとられたので財布には金がなかった。改札を出ると、駅前はそこそこ栄《さか》えている。すぐ向かいのビルに銀行が入っていたので、篤郎はＡＴＭで金を下ろした。銀行のカードまでとられなかったのが救いだったが、篤郎もバカではない。

（たぶん金がなくなった頃、またせびりに来るな……）

自分も同じだったからよく分かる。ドラッグでおかしくなると、薬を得るためならどんな手段も厭《いと》わないのだ。ＡＴＭから出てきた預金明細のレシートを見て、篤郎はため息をつく。正職員でもない篤郎の給料は安いし、一人暮らしでそこそこ金が要る。贅沢をまるでしていないから預金はそれなりだが、ちびちびとでもせびられていけば、いつかは干上がるだろう。

――どうして警察に言わないの。最初からお金を渡す必要なんて、なかったでしょ？

郁の声が、耳の奥に聞こえてきた。（でも、郁）と、篤郎は反論する。

（助けてもらう資格なんてない。……俺がお前を傷つけたから、これは罰だと思う）

そう言うと、胸の中の郁は悲しそうな顔をした。

――篤郎、おれは、許してるんだよ……？

そんなこと言わないでほしいと、篤郎は思った。

これは自分の想像に過ぎない郁だ。本当の郁ではない。そう分かっていながら、許してくれる郁に、すがりたくなる自分に、篤郎は嫌気が差した。

このまま家に帰る気にもなれず、篤郎はほんの気まぐれで、駅前のレストランに入ることにした。一人でいるよりは、賑《にぎ》やかな場所にいたほうがいい気がしたのだ。

メニューの値段はやや高めで、ロウクラスもいたが、ハイクラスもいる。ロウクラスにとってはたまの贅沢、ハイクラスにとってはカジュアルな店、という感じだろう。篤郎は外食など年に数回もしないが、たまにする時は、意識してこの手の店を選んでいた。ロウクラスしかいないような店では、篤郎は目立ってしまうからだ。

店に入るとすぐ、フロアのテーブル席へ案内された。わりと流行っているようで、あまり空席もない。差し出されたメニューを見ると、フレンチレストランのようだ。勧《すす》められるままに料理を頼み、お酒はと訊かれて、少し迷って赤のデキャンタを注文した。

普段は酒など飲まないけれど、体の中に溜《た》まった薄暗い気持ちを、酒で洗い流したいような、そんな欲求が不意に生まれた。明日が日曜日で、休みのせいもあったかもしれない。

食事は美味しかったが、あまり食べられなかった。

（そういえば、吐いたばっかりだった）

荒れた胃に重いフレンチも酒も無謀《むぼう》だと思ったが、ついつい、酒を飲み進めてしまう。

空きっ腹にアルコールを入れていると、普段飲みつけないせいもあり、早々に酔いが回ってくる。けれど篤郎は、そうか、自分は酔いたかったのだなと悟《さと》った。

これではドラッグに走り、辛い現実から眼を背けていた頃と変わらない――。

（弱いなあ、俺は。弱い……）

空になったデキャンタをぼんやりと見つめていると、篤郎は無性に悲しくなった。椅子の背に、頭をこてん、と傾《かし》げて乗せる。頰に自分の柔らかな髪があたり、くすぐったい。

隣の席からは、楽しげな笑い声が聞こえてくる。久しぶりに再会した友人同士なのか、「二年ぶりなのに、全然変わってないですね」と、若やいだ男の声がした。相手の男も、「そっちこそ」と笑っている。

（楽しそう……）

周りを見ると、誰もが二人か三人、あるいはグループで集まっていて、おしゃべりに興じている。あちこちで笑い声があがり、みんな、土曜の夜を満喫《まんきつ》しているようだった。

今までの人生で、自分にああいう時間はあったのだろうか――。

（郁と暮らしてた頃……まだ子どもの頃は、あった。……好きな人と一緒に、好きな話をして、笑って……もし十五で逃げ出さなかったら、今もあったのかな……？）

そう思うと、こんな意味のない想像をしてしまう自分が淋しく、酒のせいもあって、じわじわと涙が浮かんできた。

（苦しいよ、郁）

生きていることが息苦しく、辛い。そして、淋しい……。

こんなふうに心が弱った時にも、慰《なぐさ》めてもらえる友人一人いるわけではない。それはすべて自分の責任だと思いながら、楽しげな店の中にぽつんと座っていると、孤独は切々と身に染みた。

（……こんな俺にも、生きている意味なんて、あるのか？）

誰か一人でいい。この孤独を埋《う》め、大丈夫だと、生きていていいと、背をさすってくれる人がいたらと、篤郎は思った。そんな資格など、もう自分にはないけれど、そうしたらまだ頑張れる。まだ、生きようと思うことができる……。

「でも俺、本当に感謝してるんです」

と、隣のテーブルから、改まったような声音が聞こえてきた。さっきの数年ぶりに会ったらしい二人だ。

なんとなく気になって、篤郎は顔をあげた。斜《なな》め後ろに座っているのは、小柄なロウクラスの男だ。うつむいた横顔の雰囲気が、少し郁に似ていた。それでますます気になり、篤郎は頭を少しずらして、その顔をよく見ようとした。

「教員試験に受かったのは、きみの努力でしょ」

相手の男はやや低めの、いい声だった。おどけたように、軽快《けいかい》に喋《しゃべ》る。篤郎の位置からでは顔がよく見えないが、背が高く、ハイクラスのようだ。

「だけどあの時、学費を出してもらわなかったら、試験も受けられなかったし。ずっとそばで支えてもらったのに、俺のほうから勝手に別れを切り出して……」

「よかったんだよ、それで。もうオレのできることはなくなってたんだから。最初からきみには、彼のほうが似合ってたんだしね」

ロウクラスの男が、困った顔をする。すると相手の男から、笑う気配があった。

「今、幸せなんでしょ？　オレはきみに幸せになってほしくて、付き合ってたんだから」

（なんだそれ……）

篤郎はなぜか、ハイクラスの男に反感を覚えた。話の前後はよく分からないが、どうもこの二人は過去、恋人関係にあったらしい。だがロウクラスの男は、別の相手ができて別れた。そしてハイクラスの男は、まるで初めからそうなると分かっていたような口ぶりだ。

（そういうの、本気じゃないだろう）

相手の幸せを願っていると言えば聞こえはいいが、なんだか釈然《しゃくぜん》としない。

（かわいそうなきみに、僕が手を差し伸べました――か？　まるで善人《ぜんにん》ごっこだな）

おかしい、自分は相当酔っているらしいと、篤郎は思った。

荒れた生活をしていた頃ならともかく、この頃は、他人に対してこんな毒のあることを考えたりしない。世の中のどんな人間よりも、自分のほうが価値が低いと思っているし、善人ごっこでもなんでも、相手が喜んでいるならそれでいいとも思っている。

なのにどうして、偶然居合わせたハイクラスの男に、こうも苛立つのだろう――？

酒のせいか頭がくらくらしているのを感じながら、篤郎はそうだ、俺はこんなやつを一人、知ってたんだ、と思い出した。

名前はなんだったか。起源種はヘラクレスオオカブト。ハイクラスばかりが出入りするクラブ、それこそ郁を犯したabejaにも、たまに知人に誘われたからと言って、やって来ていたはずだ。バカ騒ぎには興味がないらしく、ちょっと顔を出したら毎回すぐに消えていた。篤郎を、いつもゴミを見るような眼で見ていたあの男――。そういえば一度だけ、セックスに誘った。みごとに断られ、軽蔑まじりに拒絶されたけれど……。

「あ、すいません。彼が迎えに来るって……」

不意にロウクラスの男が、慌てたように声をあげる。

「もうそんな時間？　いいよ、行って。ここはもつから」

そんな、そんなわけにいきません、とロウクラスの男が恐縮したが、相手はいいからいいから、と笑っている。ロウクラスの男は立ち上がり、でも、とまだ遠慮を続けた。

「兜《かぶと》さんにそこまで甘えるなんて……」

その時、篤郎は息を呑んだ。思い出した。男の名前は兜、兜甲作《こうさく》だ。

無意識に音をたてて立ち上がると、ロウクラスの男がびっくりしたように振り向く。テーブルに座ったままのハイクラスの男も、顔をあげた。

「兜……」

かすれた声で呼ぶと、兜は一瞬、訝《いぶか》しげに篤郎を見た。

篤郎よりずっとがっしりとした大柄な体に、整った顔だち。癖のある茶髪に、アーモンド型の眼、すっと通った鼻に眼鏡をかけている。間違いなかった。

襟《えり》に弁護士バッジをつけた、上質なスーツ。体格は以前より厚みを増し、雰囲気も大人びているが、人を茶化すような食えない笑みは、変わらない。それはかつての知り合いで、郁の友人、篤郎の知られたくない過去をすべて知っている——兜甲作だった。

最初怪訝《けげん》そうだった兜は、すぐ笑顔になり、「もしかして、あっちゃん?」と笑った。

それでもほんの刹那《せつな》、その瞳に、昔のような嫌悪が光ったことに、篤郎はすぐ気が付いた。

「お友達ですか?　……わ、キレイな方ですね」

兜の元恋人らしいロウクラスの男が、篤郎を見て頬を染め、眼をきらきらとさせている。

兜がにっこりして、「そう、友人だよ。しばらく会ってなかったけど」とあっさり嘘をつ

いたのを聞いて、篤郎は眉を寄せた。

――一体いつ、俺とお前が友人だったんだよ？

立つんじゃなかった、どうして見つかるようなことをしてしまったのだろう。

篤郎は今さらのように軽率な行動を悔いた。酔っていたせいだ。そうでなければ、隣のテーブルに兜がいると気づいた瞬間、隠れるようにしてこの店を出ていたのに――。

ふと、ロウクラスの男が、心配そうな顔で篤郎を見ていることに気がついた。大丈夫ですかと訊かれたけれど、その声がどこか遠い。視界がぐるんと回ったのは、その時だった。

どうやら自分は、酔って気を失うところらしい――遠のく意識の中、立ち上がった兜が腕を伸ばし、篤郎は、強く抱き寄せられるのを感じた。

背中に、手が当たる。大きな手だ。どれだけ寄りかかっても揺らぎそうにないほど――。

厚い胸板が頬に当たり、かすかに甘い香りがした。ヘラクレスオオカブトの持つフェロモン香だ。なにかに似ている。ああ、アマレットの香りだと、篤郎は思った。甘くてほろ苦い、あの酒と同じ蠱惑的《こわくてき》な匂い。この香りに惹かれたから、ただ一度だけ、自分はこの男をセックスに誘ったのだ。

肌を重ねれば、兜のようになれるかもしれない。そんな気がして。

（……大きく、強く……俺は兜みたいに、郁に優しく、なりたくて……）

思い出したくない過去がふと蘇り、篤郎は酔いに負けて、意識を手放した。

三

——あ、兜《かぶと》だ。と、誰かが言った。気だるい昼下がり、ドラッグで半分溶けた頭で、篤《あつ》郎《ろう》はその声を聞き、指さされたほうに視線を上げた。同じカフェテラスの隅《すみ》に、メガネをかけた、やけに整った顔の男が一人、座っている。

大きな体と身にまとう特別な空気。遠目に見ても分かる、あれは極上のハイクラス。篤郎が今一緒にたむろしているどの男より、上位に位置する男だと。

「兜甲作《こうさく》？　例のボランティア男か。また、ロウクラスと一緒じゃん」

仲間の誰かが、小馬鹿にするように嗤った。兜と呼ばれたその男の向かいには、小柄なロウクラスの青年が座っていて、顔を赤らめ、何か礼を言っているのか、何度もぺこぺこと頭を下げていた。

「あいつ、あれだろ。ロウクラスとばっかり付き合うっていう」

「なにそれ、ロウクラス相手じゃなきゃ勃たねえの？」

仲間達は下卑《げび》た声で嗤ったが、一人が、いや、あいつはマジもんなの、と言った。

「こないだのドラパで、ロウクラス呼んで輪姦《まわ》したじゃん。あの後俺、あいつから忠告受けたもん。やりすぎると、しっぺ返し来るよって」

なにそれ、こええ、と誰かが言う。その声には実感が伴《ともな》っている。冗談でもなんでもなく、ここにいる仲間はみんな、兜を内心恐れているのだと篤郎は感じた。兜甲作といえば、ハイクラスの仲間内では有名な名前で、まだ口をきいたことのない篤郎でも知っていた。家はたしか代々続く有名な政治家の家系だ。

「未来の代議士様は大変だよな。今から票集めか。数だけならロウクラスが多いからな」

負け惜しみのように、一人が言った。まるで兜がロウクラスに親切なのは、将来の選挙のためだと言わんばかりのその言葉に、仲間はどっと笑ったが、篤郎は一人だけ、ただじっと兜を見ていた。

兜は優しく微笑み、眼の前の青年と話している。慈愛《じあい》に満ちた瞳だと、篤郎は思った。まるでかつての――子どもの頃の自分が、郁を見ていた時の眼のようだと。

篤郎の中に、小さく痛みが走った。郁を守りたかった、幼く真っ直ぐな愛が脳裏をよぎり、それは鋭いナイフのように篤郎の心を傷つけていった。

……あの時俺も、なんでロウクラスなんか相手にするんだって、嗤われたっけ。

ドラッグのせいでぼやけた視界の中、篤郎は仲間達が他の話題に移ってもまだ、兜を見ていた。ロウクラスの青年の話を、楽しそうに聞いている兜を。

（ポーズなんかじゃない。本当に、ただ、守りたくて……）

あれは遠い日の自分だと、篤郎は兜を見て思った。

そして今の自分は、かつて郁を愛する篤郎をバカにした、クラスメイトと同じ側にいるのだと——そう、感じていた。


——なぜこんなことになったのだろう？

そう思っていた時、耳のすぐそばから、まったく同じ言葉が返ってきた。

「なんでこんなめに遭《あ》ってるんだろうなあ。可愛い元恋人と久しぶりの食事を楽しんでただけなのに、まさかあっちゃんに会うなんて」

ババひいちゃった気分だよ、と、兜は冗談めかして言っているが、半分は本音だろう。

（相変わらず、嫌いな相手には、容赦《ようしゃ》のないやつ……）

こんなことでまともに傷つくのが嫌で、篤郎は弱々しい声で毒づいた。

「……じゃあ下ろせよ。俺だって助けてくれなんて言ってないだろ……」

けれど兜には「そういうのは、一人で歩けてから言ってね」と、一蹴《いっしゅう》されてしまった。

時刻は、夜の十時をまわった頃だろう。住宅街の路地は薄暗く、人気もなく、少し肌寒かった。篤郎は今兜に負《お》ぶわれて、家まで送ってもらっている途中だった。

自分が、酒に酔って倒れたのは覚えている。もともと今日は体調が悪かったのだ。そして倒れたところに居合わせた兜が、支払いを立て替え、タクシーで家の近所まで連れてきてくれた。

変なヤツだと思う。どうして好きでもなんでもない自分を、兜は助けてくれるのか。そう思いながら一方で、兜は基本的に親切なのだったと思い出していた。

「それにしてもあっちゃんて、こんな小さかった？　それにこんな、無防備な匂いだったっけ？　前と比べて軽くて、なんかふわふわしてて空気みたいだし」

「前って……お前、俺のこと、担《かつ》いだことなんかねーだろ……」

「あれっ、そうだった？」

兜が「あっはっは」と明るく声をたてて笑った。兜の言葉はどこまで本気で、どこからが冗談なのか、よく分からない。クラブに出入りしていた頃、共通の知人を介して数度口をきくようになってからも、篤郎はずっとそう思っていた。

(厄日《やくび》だな……)

広い背に負ぶわれながら、思う。正直に言えば、篤郎にとって兜との思い出はどれも悪いものばかりだった。なかでも最悪なのは、兜がもともと郁《いく》と同じ大学に通っていて、篤郎より、郁と親しかったことだ。

「あっちゃん、住所ほんとに合ってる？　ここだと、このアパートになっちゃうよ」

その時不意に言われて、篤郎は重たい頭をのろのろとあげた。すると間違いなく、篤郎のアパートが眼の前にあった。

「ここの一階の、左端だから……いいよもう、一人で、歩くから……」

下りようともがいたが、うまく体が動かない。兜は篤郎が身じろいでも物ともせず、「え？　ホントにここなの？」と驚いた声で、アパートの敷地内に入っていった。

「質素《しっそ》な暮らししてるんだね。親父さんのカードで豪勢《ごうせい》なとこ泊まってるかと思ってた」

（……いつの話だよ）

兜の中での篤郎像は、更正施設に入る前までで止まっているらしい。けれどそれをわざわざ訂正するのも面倒だったし、兜もさして自分に興味がないだろうと、篤郎はなにも説明しなかった。そうしている間にも、兜は勝手に篤郎のカバンをまさぐり、鍵を出して部屋の扉を開けた。

「なんにもない部屋だね。テレビもないの？」

部屋の中へあがりながら、兜が再び、驚いたように言う。

篤郎はベッドに下ろされると、すぐにごろりと横になった。兜が靴を脱がせてくれたので、それにはさすがに礼を言わねばと思ったが、兜相手に「ありがとう」の言葉が居心地悪くて、声にできない。

――ダメだよ、篤郎。ちゃんとありがとうは、言わなきゃ。

胸の中で郁に叱《しか》られるが、篤郎はうん、でも、と眠い頭でごちゃごちゃと言い訳した。

(こいつは俺にお礼なんて言われても、嬉しくないだろうし……なんか、俺のガラじゃないって思われるのも……イヤっていうか。兜は俺みたいなの、興味ないし)

興味がない——いや、それ以前に嫌われている。

篤郎が兜に最後に会ったのは、三年前のことだ。親しくしていたわけではないので、なぜ突然急に電話がかかってきて、呼び出された。訝しみながら指定された場所へ行くと、そこには郁がいた。兜は、当時自分を探していた郁のために、篤郎を呼び出したのだった。

クラブで郁を殺そうとしてから、三年の月日が経っていた。事件の後、篤郎はますます薬にハマって現実から逃避していた。そんな最中に引き合わされ、篤郎は口汚く郁をなじった。あの時の兜は、篤郎のことを、虫けらを見るような眼で見ていたものだ……。

(まあそれだけ、俺もクズだったけど……)

「ねー、これなに？　すごい可愛いものが置いてあるけど」

ふと話しかけられ、篤郎は兜へ眼を向けた。兜が指さしているのは、カラーボックスの上に飾ってある、園児からもらった似顔絵や、折り紙で作った工作物だった。

「……子どもから、もらったの」

こいつまだいたのか、と思いながら、篤郎は一応答えた。

「子ども？　あっちゃん、子どもいるの？　セックスは男専門じゃなかったの？」

園児との話の間に生々しい単語を挟《はさ》まれ、篤郎は気分が悪くなった。

「ちがう、俺は今保育園で働いてて……そこの子たちにもらったの……いいから帰れよ」

「あっちゃんが保育園？　大丈夫なの。その子たちに変なことしてないだろうね」

言われても仕方がないことだが、あまりに失礼な物言いに、篤郎はムッとした。

（俺はもう、更生したんだよ。お前が思ってるほどひどくない。もともとの俺は……ロウクラスが嫌いじゃない、どっちかというと守りたくて……）

心の中には言葉が溢れてきたが、自分をクズだと見下げている男に、こんな弁解をしてどうなるのだろうと、飲み下す。

「もう俺寝るから……帰れ」

ちょっとつれなくない？　と言われたがかまわずに、篤郎は眼をつむった。するとすぐさま、緩いまどろみに引きずり込まれていく。脳裏に夢かうつつかよく分からない映像が、チカチカと点滅した。

今日遊んだ園児の顔や、心配してくれた先生たちの顔、来週やらねばならない仕事のことなどがかすめていったかと思うと、次の瞬間、鎌谷《かまたに》の下卑た笑いと、写真に写された郁の、無惨《むざん》な姿がよぎった。血のこびりついた唇。殴られた痕《あと》。体についた白濁――。

（……郁！）

突然、金切り声が聞こえて、篤郎は飛び起きた。耳をつんざく鋭い悲鳴。声帯が裂けて、血が出たのかと思うほど喉が痛い。篤郎は頭を抱え、耳を塞《ふさ》いだ。

「あっちゃん⁉」

誰かが篤郎の肩を抱く。それは兜だった。叫んでいるのは自分だ。ようやく気がついたけれど、止まらない。篤郎はベッドの上で半狂乱になっていた。

——郁、ごめん、ごめん、ごめん、ごめん……！

頭の奥で、自分の声が繰り返している。どっと涙が溢れ、視界が歪《ゆが》んだ。体にしみついたあの衝動が、またしても篤郎の中に突き上げてくる。死にたい。今すぐ死にたい。俺なんか生きているべきじゃない——。酔っていたせいなのか、篤郎は夢中で兜の袖にすがりついていた。

「たす、助け、たすけて……」

気がつくと、かすれた声で言っていた。

「殺して……、殺してくれ。俺を、死なせて……」

ぼろぼろと涙がこぼれ、篤郎は嗚咽《おえつ》した。苦しくてたまらない。涙の向こう側、呆気にとられたような顔で、兜が篤郎を見つめている。数秒の沈黙が流れ、それから、兜は苦笑した。

「それは困るよ。だってオレが犯罪者になっちゃうじゃない？」

篤郎の切羽詰まった願望を、兜は冗談にしてしまった。あまりにあっけらかんと言われ、篤郎はだんだんと、冷静になってくる。

（俺……なにしてるんだよ）

死への衝動が静かに退《しりぞ》いていくと、どうして兜に頼ってしまったのか分からなかった。兜が自分の肩を抱いていることに気づき、慌てて離れる。

どうかしていた。よりによって兜にこんな弱みを見せるなんて。篤郎は羞恥《しゅうち》と後悔で、頬が熱くなるのを感じた。

「酔ってた……今のは忘れろ、もう帰れ」

気まずくて眼を逸らしながら言うと、兜が首を傾げて肩を竦めた。と、

「もしかして今のって、新しい誘い文句？　セックスしようってこと？」

おかしそうに言われ、篤郎はびっくりして、思わず兜を振り向く。

（セックス？　……なに、それ）

少なくとも、篤郎にとっては、ひどく場違いな単語で、きょとんとする。セックスなど、篤郎はこの三年誰ともしていない。する気もないし、したくもないし、この先も一生しないと思う。けれど考えてみれば、兜の知っている自分は相手構わず誘うような人間だった。

それに一度だけれど、兜を誘ったこともある。

（そっか、こいつにとっての俺って……誰にでも抱かれる男のままなんだ……）

どうしてか、それが妙にショックだった。そんなんじゃない。自分はもう、そこまでふしだらじゃないと思ったけれど、相変わらず言い訳は口から出て来ない。

「……違うから。帰れよ」

結局、篤郎は素っ気なく言うことしかできず、ベッドに潜《もぐ》りこもうとした。ところが、それが兜には逆に、新鮮だったのかもしれない。

「通りすがりの事故ってことなら、一回だけ、相手してあげようか？」

低く笑われた次の瞬間、篤郎は腕をひかれ、強く引っ張られていた。気がつくとベッドの上に仰向《あおむ》けにされ、兜に覆い被さられていて、篤郎は眼を見開いた。

「お前……なに、してる」

不覚《ふかく》にも、声が上擦《うわず》った。兜がおかしそうに眼を細める。

「なにって……オレの角でツンツンしてあげるよ。二度めの誘いを断るのも、失礼だし」

二度目の誘い、と言われて、篤郎は思わず頬を染めた。兜は最初の誘いを覚えていたのかとも思ったし、ものすごく、バカにされたような気もした。

そして反応が遅れた一瞬の間に、大きな手で胸を撫でられる。とたん、体の芯《しん》にぞくっと嫌なものが走り、鳥肌がたつ。それは快楽ではない、嫌悪感だった。

頭の中に、郁を傷つけた時の映像がフラッシュバックしてくる。鎌谷の下卑た嗤いと、携帯電話の画面に映し出されていた、残酷な写真――冷たい汗が腋下《えきか》に噴き出て、篤郎は無我夢中で兜を押しのけていた。

「やめろ……！　嫌だ！」

「えー？　そっちが誘ったんでしょ……」

兜は篤郎から少し離れると、まだ笑いながら、肩を竦めた。

けれど篤郎にはその声がもう、よく聞こえなかった。汗が額に溢れ、それなのに体はひどく寒くて、両手で自分の体を抱き締める。それでも震えが止まらず、ベッドの上にハリネズミのように丸まった。奥歯と奥歯がぶつかりあい、カチカチと音をたてている。

「……あっちゃん？」

やがて聞こえてきた兜の声には、もう面白がるような色はなかった。むしろ、戸惑ったような声音《こわね》だ。

（なんでもない。だから、帰れ……）

そう言いたいのに声が出ない。これではおかしく思われる。

「あっちゃん……もしかしてだけど、セックス、怖くなっちゃった？」

兜は、噛んで含めるようにゆっくりと訊いてくる。察しのいい男だ。

図星だったから、篤郎は兜の言葉に息を詰めた。篤郎はこの三年で、セックスが怖くなっていた。セックスのことを考えるといつも、犯され傷つけられた郁の姿が思い出されるせいだ。

（……だけどべつにいい。俺はもう誰とも、寝たりしないから）

死ぬまで一人で生きていくと、篤郎は決めている。

恋人は作らないし、作れないだろう。愛があるセックスなど、自分は今までも知らなかったけれど、これからも知らないだろう。だから支障はないのだ。けれどそれをまさか、兜に知られることになるなんて……。

知られたところでなにも問題はないのに、無性に恥ずかしく、みじめで、篤郎はぎゅっと丸まったままでいた。返事をしない篤郎に、兜は一人納得したようだ。

「そっかあ。あの、誰とでも寝てたあっちゃんがねえ……意外だなあ」

「……バカに、してんだろ」

兜の物言いに、反射的にうなると、兜は「びっくりしてるだけだよ」と笑った。

「オレにまで誘いをかけてきたあっちゃんがねえ……」

（やっぱりバカにしてるだろ）

兜のからかうような口調に腹が立ち、顔が熱くなる。けれど本当のことなので、なにも言い返せずにいると、兜はなにやらくすっと笑って、篤郎から離れていった。

「じゃ、オレ帰るよ。鍵はそこのテーブルに置いておくね。あ、そうだ、オレの名刺も置いとくから、なんかあったら電話して？」

親切心かららしい兜の申し出に、

（なんでだよ、お前に電話するようなこと、なんにもねーよ）

顔を合わせたくなくて、まだ丸まったまま、篤郎は心の中だけで憎まれ口を叩く。やがて兜が玄関のドアを開ける。その時、独り言のようにつけ足す声がした。

「あっちゃん、淋しくない？」

――淋しくない？

答えを求めるでもなく、兜は「またね」と呟いて出て行った。扉の閉まる音が聞こえてきても、篤郎はすぐには動けずに、固まっていた。

淋しくない？　たった今言われた言葉が、耳鳴りと一緒に響いてくる。

（……淋しいよ。淋しくて、悪いのか？）

淋しくても、それは罰なのだから、それでいいのだ。

――あっちゃんは、誰も愛したりしないの？　かわいそうだね。

数年前、兜に言われた言葉を、今になって思い出しながら、篤郎は心の中で、嘘つけ、と思った。

（お前は俺をかわいそうだなんて、これっぽっちも、思ってなかったろ……）

久しぶりに再会した兜は、篤郎のみじめな姿を見て内心嗤っていたのかもしれない。けれどそれもどうでもいい、兜に会うことは二度とないのだから。

篤郎は無理やり自分に言い聞かせた。そうしてようやく体を開くと、ベッドへと横になり、もうなにも考えないよう、硬く眼を閉じた。

日曜日、篤郎は昼になるまで昏々と眠った。

眼が覚めると、微熱は続いていたが二日酔いはなかった。解熱剤を飲み、午後からは月曜日に職場に持っていく物を工作したり、一週間分の作り置きをして冷凍庫に保存したりと、ゆっくり過ごした。

兜が置いて行った名刺には、弁護士の肩書きとともに、とある政治家の秘書の役職が書かれていた。有名な人物で、さして政治に興味のない篤郎でも知っていた。

兜の父親は、テレビでもよく顔を見る代議士で、今は幹事長をやっていたはずだ。兜が秘書をしているのは父親ではないが、やがては二世議員として、選挙に出馬するだろう。ただでさえハイクラスとしては名門のヘラクレスオオカブトの家系、しかも弱者に優しく寛容《かんよう》な性格を見ても、兜は政治家に向いている。

(俺とは違う世界の人間だな)

たまたま再会したし、助けてもらいはしたが、これ以上会うこともないだろうと、名刺は引き出しの奥深くにしまい込んだ。

そんなことよりも、今後も金をせびられるだろう鎌谷の存在のほうが、重たく、篤郎の心にのしかかっていた。なんといっても、職場を知られていることが一番憂鬱《ゆううつ》だった。仕事場に、過去のことは持ち込みたくない。

更正施設に入っていた篤郎が今の保育園に雇《やと》ってもらえたのは、篤郎を担当していたケースワーカーが園長と個人的な知り合いだったおかげだ。園長は他の職員には篤郎の過去を伏せ、見守ってくれている。真面目に働いてきたおかげで、今は認めてもらえているが、他の保育園で仕事につくのは難しいだろう。

（でも俺は、今の仕事……どうしても続けたい）

何度も死にたくなりながら、篤郎がなんとか生きていられるのは、心の中の郁の励ましと、園児たちの笑顔のおかげだった。

出勤した月曜日、篤郎は園児たちの朝の散歩を頼まれた。

園には園庭がなく、道路を渡ってすぐの土手と、その先の公園を外遊びに使っていた。篤郎はアルバイトなので、その日その日で頼まれたクラスに入ることになっている。今日は、子どもたちを引率し、土手へ向かうことになった。

外は気持ちよく晴れ、土手の上は陽に包まれて気持ちがよかった。

坂道を上り、見晴らしのいい場所に来ると、もう歩ける子どもたちはわっと声をあげていっせいに走り出す。篤郎もさすがに鎌谷のことを忘れ、「こらこら、走らない走らない」と子どもたちを追いかけた。子どもと一緒に走っていると、体の中の淀《よど》んだものが一瞬浄化され、消えてなくなるような気がした。つい顔がほころび、笑顔が出る。

(俺はやっぱり……この仕事、好きだな)

子どもたちと遊んでいると、

「蜂須賀《はちすが》先生～、すいません、この子たちトイレに連れてってもらっていいですか?」

他の子どもたちを見ていた先生から声がかかり、篤郎は立ち上がった。
四、五歳クラスの子ども五人が、トイレトイレ、と騒いでいた。もう全員おむつのはずれた子どもたちだ。公共トイレは公園の端っこにあるので、篤郎は子どもたちを連れてそこまで歩いていった。
自分で入れる子は自分で入らせ、難しい子は手助けをして、全員無事、トイレを済ませる。トイレの外は駐車場になっており、不意に子どもたちが「あっ」と大きな声をあげた。

「せんせいっ、みてあれ！　がいこくの車！」

見ると、ほとんど車のない駐車場に、黒光りする高級車が一台、停《と》めてあった。こんな場所に珍しいな、と篤郎も思ったが、子どもたちはテレビでしか見たことがないからか興奮し、歓声をあげて車のほうへ走っていってしまった。

「ダメだよ。よその車だから」

篤郎は慌てて、車に触ろうとする子どもたちを阻止した。

けれど、五人もいるので防ぎきれない。眼を離した隙《すき》に、数人がべたべたと車を触り、

指紋《しもん》をつけた。まずいと思った矢先、

「おい、なにしてるんだ？」

と、怒気《どき》をはらんだ声が聞こえてきた。見ると車の所有者らしい、背の高い男がイライラとした様子でこちらに歩いてくる。体格は篤郎より大きく、見るからにハイクラスで、会社勤めではないのか、ネクタイはしていなかった。

男の様子に、子どもたちは怖くなったのか、篤郎の足に抱きついてきた。篤郎は庇《かば》うように子どもたちの背に手を当てると、「申し訳ありません」と頭を下げた。

「かっこいい車だったので、つい触ってしまったみたいです。よかったら、こちらで拭きますので……」

篤郎が言うと、男は舌打ちをした。

「触った子どもはどれだ。親に連絡するから、教えてもらおうか」

その男の言い方に、篤郎は内心ムッとした。

（子どもに、どれ、はないだろ。一人一人、ちゃんと名前があるんだぞ）

どの子もみんな、篤郎にとってはとても可愛い。物扱いのような態度が嫌だ。けれどそれを表に出して、騒ぎを大きくするわけにはいかない。なにより子どもたちを怖がらせたくないから、篤郎はぐっと我慢した。

「責任は、監督者の俺……私にあります。なにかあるなら、私がお聞きします」

篤郎はきっぱりと言った。と、そこで男はやっと、篤郎に気付いたように眼を細めた。

「あんた、ハイクラスじゃないか。なんでこんな下町に？」

不意に男が手を伸ばし、篤郎の顎をくいっと上向かせた。

「それも、とびきり上玉の匂い……妙に蠱惑的な香りだな。初めて嗅《か》ぐ……」

男は、篤郎の匂いを確かめるように、鼻を動かす。

「この体つきは、ヒメスズメバチか？　こんな場所にいるのは、巣を追い出されたとか？　あんたが相手してくれるって言うなら、考えてやってもいいぞ——」

男の眼に情欲が点るのを、篤郎は感じた。過去、男には何度もこんな眼で見られてきている。以前は相手を欲情させると愉快に感じたのに、今は触られている顎が気持ち悪く、背筋に悪寒が走る。

男の匂いを探ると、甘ったるい中に、スパイスの効いたような香りだった。起源種は大型のチョウだろう、それもタテハ系の、攻撃的なタイプ——。

（オオムラサキか）

国蝶に指定されるほど美しい優美なチョウだが、オオムラサキは気が強く、餌場《えさば》ではその大きな翅《はね》でスズメバチすら排除することがある。きちんと成長したオオスズメバチなら勝てたはずだが、篤郎の能力はけっして高くない。

（……ダメだ、闘ったら負ける）

一瞬の計算のあと、そこまで答えが出る。無理やり連れて行かれ、強姦されたら……という恐怖に足が震えたけれど、子どもたちを連れている以上、下手に逃げられない。

あとで相手をするから、子どもたちは帰して。そう言うしかないと思った時だ。

「はちすがせんせいを、いじめるな！」

五人のなかで一番年かさの男児が、勇気を振り絞ったのだろう、大声をあげて男の足に飛びかかった。咄嗟《とっさ》のことに、男はカッとなったのか、足を振り上げた。男児の体が宙に放り出され、篤郎はハッとして、落下地点に走り込んだ。必死だった。頭の中を、冷たいものが走る。もしこの子たちの一人でも、傷つけられたら――。その傷の何倍も何倍も、自分は苦しむことになる。守れなかったと、毎日泣いても悔《く》やみきれないだろう。

（俺が、守らなきゃ……っ）

地面に体を叩きつけるようにして滑り込み、男児の体を受け止めると、篤郎は体を回転させて、仰向けに転がった。アスファルトに、体が擦りつけられる。

「せんせい！」

子どもたちが悲痛な声をあげる。打った頭がくらくらとして痛んだが、篤郎は慌てて起き上がった。

「ケガは⁉　どこも痛くない⁉」

篤郎は青ざめながら、子どもの体を確認した。どこも擦っていないし、血も出ていない。

涙が出そうなほどホッとする。一瞬固まっていた子どもは、篤郎の顔を見たとたん、気が緩んだように泣き出した。

「あ、危ないだろうが！　いきなり飛びついてきて！」

オオムラサキの男が、自分のしたことを正当化しようと、焦った声で怒鳴りつけてきた。

その時、

「そのへんでよしませんか？」

と、茶化すような声がし、篤郎は後ろから伸びてきた手に、腕をひかれた。

「どう見ても、ただの指紋でしょう。傷をつけられたわけでもあるまいし、出るとこ出ても、相手が子どもじゃ責任能力なしで、訴えるほうがバカにされるケースですよ」

強い腕に立たされ、支えられる。抱いている子どもが、眼をぱちくりさせて後ろを見る。

そこにいたのは兜だった。

「なんだお前！」

邪魔をされた男が声を荒げると、兜が篤郎を庇うようにして前に出る。ニコニコしながら、「ただの通りすがりですが……」と、名刺を差し出した。有名政治家の秘書と弁護士の肩書きに怖《お》じ気《け》づいたのか、男は名刺を見たとたん急に顔を曇《くも》らせた。

「こちらの代理で、オレが話を聞きましょうか？」

「うるさい。貧乏人から金とるつもりなんか、初めからないんだよ」

負け惜しみのように言うと、車に乗り込み、男はあっという間に去っていった。兜が笑顔で「さようならー」と車に向かって手を振っている。篤郎は呆然としていた。

「お前……ここでなにしてるんだ……？」

一体いつから見ていたのだろう。

気になって兜に問いかけた瞬間、難が去って気が緩んだのか、五人の子どもたちが声をそろえたように泣き始めた。篤郎が慌ててしゃがみこむと、五人は一斉《いっせい》に膝にすがりついてくる。

「もう大丈夫だよ、怖かったね。先生がいたのに、ごめんな」

「せんせい、けが、いたい？」

子どもたちに言われて初めて、篤郎は背中と腕に、痛みを感じた。振り向くと、白いTシャツには血が滲み、腕も擦り切れている。

「大丈夫だよ。すぐ治るよ、大人だからね。痛くないよ」

抱き締めて言い聞かせていると、上から、強く視線を感じた。見上げると、兜がじっと、篤郎を見下ろしている。その眼は兜には珍しく、笑みを浮かべているわけでもなく、まるでなにかを観察しているような強い視線で、篤郎はドキリとした。

「な、なに？」

思わず警戒して訊くと、べつに～、と、兜は微笑んだ。

なんだろうとは思ったが、五人もの子どもが大泣きしているのだ。兜の相手をしている余裕がない。ちょうどそのタイミングで、散歩時の連絡用にと持たされている携帯電話に、他の先生から電話がかかってきた。

『蜂須賀先生？　時間かかってますけど、どうかしました？』

「あ、すいません、ちょっと色々あって……すぐ戻るので、先に戻っててください」

時計を見ると、もうすぐ昼食の時間だった。一緒に来ている先生と子どもたちの後を追いかけたほうが早いと判断して言ったが、すると、横から兜に携帯電話を奪われた。

「初めまして、突然すみません。弁護士の兜と申しますが……蜂須賀先生と子どもたちは、僕の車で園《えん》まで直接お送りします。事情は後で説明しますので」

勝手に話をして、兜は電話を切った。一瞬呆気にとられた篤郎は、すぐに我に返る。

「ちょっと待って。なに勝手に決めてるんだ！」

つい声が大きくなる。それに驚いてか、子どもの一人が「ふえっ」とまた泣きだし、篤郎は慌てて謝った。

「あ、ごめん、先生怒ってるんじゃないよ」

「はちすがせんせいがおおきい声だした～」

篤郎は、子どもたち相手に一度も声を荒げたことがない。やんちゃをされても可愛く思えて、腹が立つことはほとんどなかった。なので、よほどびっくりさせたらしい。困っておろおろしていると、兜はどうしてか、その様子を楽しげに眺めている。

「よし、お兄ちゃんの車で送ってあげよう。さっきの車とどっちがカッコイイかな？」

気がつくと兜は、子どもたち三人を肩に乗せ、一人を背負い、もう一人は担いで、軽々とまとめて、歩き出していた。

「お兄ちゃん、おっきい！　はちすがせんせいより高い！　ちからもち！」

兜の力強さと、背の高さに、子どもたちは泣いていたことも忘れてはしゃいでいる。見ると、駐車場のど真ん中に、さっきの車に勝《まさ》るとも劣《おと》らない高級車が停まっていた。ただ車体は大きめのミニバンで、ファミリー向けの乗りやすそうな形だ。先ほどのスポーツタイプの車とは違う。ハイクラス種であることを気取らない兜らしいといえば、兜らしい、実用的な車だった。

「なんかさっきのほうがカッコイイー」

口さがない男児の一人が、恐れげなく言っても、兜は朗《ほが》らかに笑っていた。

「この車の良さが分かるのは、本当の大人の男だけさ。それにこれならキャンプにも行けるんだよ」

などと、軽口も叩いている。キャンプと聞いた子どもたちは、いっそうはしゃぐ。

篤郎はハラハラしたが、子どもたちを見る兜の眼は優しく、悪意はかけらも見当たらなかった。そういえば元々、自分より弱い者には情の深い男だった。郁のことも、あんな眼で見ていたっけと思い出す。

（ロウクラスのこと、本当に大事に思ってる……だから、大丈夫か）

そう思うと、どうしてか気が緩んでいった。たった一人で守らなきゃと張りつめていた緊張が、解けたのかもしれない。

車に乗せてもらって、子どもたちは嬉しそうだった。篤郎も助手席に乗り込む。走り出すと、子どもたちは後部座席でわっと声をあげる。

「座席に立っちゃだめだよ、おとなしく座ってなさい」

後ろに声をかけながら、車窓からいつもの風景を眺め、「あそこおれんち！」などとはしゃぐ子どもたちを見ていると、その姿が可愛らしく、自然と篤郎は笑顔になった。

さっきまでの怖い記憶が、楽しい記憶に塗り替えられているようだ。よかった。この分なら心の傷も、そう深くならずに済むかもしれないと、篤郎はホッとした。

「かーわいい顔」

その時運転していた兜が、ふっと笑って言う。子どものことだろうと、篤郎は「うん」と頷いていた。すると、「あっちゃんだよ」と、からかうような声が返ってきた。

「そんな、可愛い顔するんだね。はちすがせんせえの時は」

わざとのように舌足らずな言葉で言う兜に、篤郎は眉を寄せた。

「茶化してんのか？」

子どもには聞こえないように小さな声で言い、じろりと睨んでも、兜は唇の端で微笑むだけだった。

やっぱりバカにされている気がして、篤郎はムッと座席に身を預けかけたが、背中がちょっと背もたれに触れると痛みを感じ、前のめりになる。そうだ、ケガをしていたのだ。

兜はそんな篤郎を一瞥した。

「……ケガさせちゃったね。ごめん」

不意に謝られて、篤郎はびっくりした。

「いや、お前のせいじゃないし……むしろ、助けてくれて……あの、ありがとう」

さすがに子どもを助けてもらって、お礼を言わないのはどうだろうと、篤郎は小さな声で言う。また茶化されるかと思ったが、兜はどうしてか、「うん」と優しげな眼をした。

なんだか調子が狂い、篤郎は兜から視線を外した。

「あそこの角で停まってくれたらいいから」

口早に言いながら、わけもなく胸が早鳴っている。兜が一瞬篤郎に見せた優しい眼が、いつだったか見たことのある、弱い者への瞳と重なった。そんな気がしたからだった。

四

「血液検査の結果、来週ちゃんともらいに行きなよ」

自宅からほど近い総合病院を出ると、もう午後二時を回っていた。保育園では子どもたちが昼寝をしている時間だ。篤郎《あつろう》は診察まで、一時間ほど待たされたことになる。

（なんで兜《かぶと》が、俺の病院に付き添うんだ……）

篤郎は困惑しながら、横から茶々を入れてくる兜を睨《ね》めつけた。

二時間前、子どもたちと一緒に保育園へ戻ると、心配そうな園長や先生たちが、玄関先で待っていてくれた。後ろからついてきた兜が名刺を見せ、公園での事件を説明した。

いきなり現れたハイクラス種。普通ならうさんくさいと思われるところだろうが、兜の父親は誰もが知っているような政治家であり、さらに兜の柔らかい物腰と、子どもたちが懐いている様子と、なにより整った顔だちに、先生たちはすっかり魅了され、話を受け入れてくれた。もっとも兜は嘘《うそ》をついたわけではない。

問題は、そのあとだ。当然ながら、先生たちは篤郎と兜の仲を不思議がった。兜は篤郎

がなにか言う前に、勝手に「古い友人です」と説明し、

「彼はケガを負ってます。念のため病院に連れて行きたい。僕が送りますので」

と、勝手に決めてしまった。先生たちはどうぞどうぞ、と諸手《もろて》をあげて賛同した。これにまいったのは篤郎だった。仕事は途中だし、これ以上兜と関わりたくなかった。けれど、病院に行く必要はないと言うと、園長が「ダメよ」と怒り出した。

「蜂須賀《はちすが》先生、ずっと微熱が続いてるでしょう。ちょうどいいから、血液検査受けて来なさい。なんなら費用はこっちで出せないか、事務所に聞いてみるから」

そんなわけにはいかない、と恐縮した篤郎を、園長は会ったばかりでもう信頼したらしい兜に「お願いしますね」と押しつけた。そして篤郎は、あっという間に兜の車に乗せられ、病院に連れて来られて、傷の手当てと採血を受けさせられたのだった。

背中の傷は幸いただの擦り傷で、すぐ治るという。採血をしてようやく病院を出たが、その間兜はずっと篤郎について回った。篤郎は何度も「自分で帰るから」と言ったのだが、園長先生にお願いされたから最後まで付き合うと、兜はまるで譲らなかった。

（こいつ……なんで俺に構うんだ？）

先に立って駐車場を歩いて行く兜の背中を見ながら、考える。兜の行動が解せず、警戒心ばかりが強まっていく。

「お前がなんのつもりか知らないけど……俺は一人で帰れるから放っといてくれ」

もぞもぞと言うと、兜はおかしそうにした。

「もしかして怯《おび》えてる？　オレが怖いのかな、あっちゃん」

篤郎はムッとして、硬直した。そうだ、正直に言えば兜の真意が分からず、篤郎は警戒している。言葉にならない危機感のようなもの。兜が自分を待っていたのは、どういう裏があるのだろうと、怯えたような、そんな気持ちだ。睨みつけていると、兜はくすっと笑って首を傾げた。

「いいから送らせてよ。先生たちに約束したんだから、オレの顔が立たないでしょ？」

安心させるかのように笑って、兜は車のドアを開けた。それでもまだ二の足を踏んでいると、「電車だと遠回りだから、保育園に着くの時間かかるよ」と言われた。それはたしかにその通りで、篤郎は早く園に帰りたかった。

先ほど事件に巻き込まれた五人の子どもたちの様子を、確かめたいのだ。葛藤《かっとう》の末、篤郎は心の中でえいっと勢いをつけて、兜の車に乗った。それでも心臓がドキドキと嫌な音をたてるほど、拒否感がある。

「……あっちゃんてさ～」

運転席に乗ってきた兜が、そんな篤郎の、硬い表情を見ながらおかしそうに笑って、ドアを閉め、エンジンをかけた。

「野良の猫みたいだよね。すっごいこっちを警戒してるのが、丸見えで」

機嫌のいい声で、なにが面白いのか、兜はくすくす笑う。もしかしてバカにされているのだろうかと、篤郎は腹が立ち、「お前が変だからだろ」と毒づいた。

「変って？」

「わざわざ関わってくる意味が分からない」

本音を言うと、兜がおかしそうに言い返してくる。

「オレは普通でしょ。酔っ払ってるあっちゃんを助けてあげて、今度は病院に連れて来てあげて、送ってあげてるだけ。もっと感謝されてもいいと思うけど」

兜の言葉は正論で、篤郎はなにも言えなくなった。

「そういえばあっちゃんて、背中に古傷あるんだね」

そこで黙っていると、兜が話題を変えるように、ごく普通の口調で言った。診察の時、なぜか付き添われたので見られていたのだ。篤郎は「あー」と生返事をした。

「子どもの頃、父親が厳しかったから、叱られる時打たれてたんだよ」

なんとなく、ポロッと打ち明けていた。篤郎の背には、幼い頃、父に物差しで叩かれた痕が今もうっすら、みみず腫れのように残っている。

「……そういえばそんな話、昔、郁ちゃんから聞いたことあるな」

信号待ちで車が停まった時、兜がぽっつりと言った。郁の名前に、篤郎は緊張し構えた。そういえば兜は郁の生死を知っているのかもしれない――。

次になにを言われるのか怖くて、篤郎は拳をぎゅっと膝の上で固める。

けれど信号が青になると、兜はにっこり微笑み、全然別のことを言った。

「昼ご飯、食べ損ねちゃったね。食べていこっか」

篤郎は眉を寄せた。誘われた意味が分からず、警戒が強まる。思わずシートベルトをぎゅっと握りしめて、行かない、と断る。けれど兜は聞こえなかったかのように、

「でも外食って気分じゃないなー、そういえばあっちゃんちが近いよね。お弁当買ってって、あっちゃんちで食べよう」

と、決めつけた。篤郎はますます困惑した。

「俺は職場に戻るって言ったろ」

「さっきあっちゃんが会計してる間に園に電話したら、園長さんが今日はもう休んでいいって」

さらっと言われて、篤郎は耳を疑った。

どうして、なんのために、兜が園に電話をして、篤郎の休みを手配するのだろう？

数秒ぽかんとしたあと、篤郎は慌てて食ってかかった。

「ふ、ふざけんな。さっきあんな怖い思いした子たち、放ってけって？　俺は園に戻る」

「あの子たちなら、さっきもう笑ってたし、平気じゃないの？」

「はあ？　お前、簡単に言うなよ。子どもっていうのは、自分の気持ちを上手く言えない

んだから。今になって泣いてたら、そばにいてあげないと」

そんなことも分からないのかと、篤郎は腹が立った。その時元気そうでも、後になって思い出して泣くようなことは、子どもにはままあることだ。

「お前みたいな身も心も頑健《がんけん》なヤツは分かんないだろうけど——心の傷って外からじゃ分からないんだから……」

言いながら、篤郎はふと言葉を止めた。運転しながら、横目で篤郎を見ている兜の眼差しから笑みが消えていたからだ。

「子どもの時のあっちゃんも、そうだった？」

訊かれて、篤郎は一瞬、返す言葉を失った。子どもの時？　すぐに答えが浮かんでこずに戸惑っていると、兜は「でもさ」と笑った。

「他の先生たちだっているじゃない。それに俺、この間レストランで立て替えたお金、まだもらってないんだけど」

言われて思い出し、篤郎はハッとした。さすがに金を払わせたままなのは気まずい。慌てて財布を出そうとすると、兜は「今運転中だから、あとにして」と言う。

「そんなわけで決まりね。お弁当買って、あっちゃんち行こう」

強引に言われて、篤郎はなぜそうなる、と思った。

「お前、保育園には電車じゃ遠回りだから車に乗れって……言ってたよな？」

「あれ、オレ、そんなこと言ったたっけ？」

兜は分かっていて、とぼけている。その調子に、篤郎はムカムカした。騙《だま》されたと言うより、簡単に扱われ、あしらわれ、からかわれている気がしたのだ。

（意味分からない。……こいつ、俺を使って遊んでるのか？）

議員の秘書というのは、そんなに暇なのだろうか？　まさか、そんなわけはない。

それでも兜の性格は知っている。昔から妙なものに興味を示し、飽きるまではそれで遊ぶ男だった。きっと兜は久しぶりに会った篤郎が、あまりにみじめに落ちぶれているので、その様子を見ているのが楽しいのだろう。

（今日だけ付き合ったら……すぐ飽きるか。金は返さないといけないし……）

考えた末にそう思い、篤郎は受け入れることにした。

「……弁当はいらない。家に来るっていうなら、なんか作るから、そのまま連れてけ」

高級弁当を買いに行かれても困ると思い、提案すると、

「あっちゃん、料理できるの？　すっごい興味あるなあ」

兜はわくわくした様子だった。子どものような様子に、やっぱり好奇心だなと、篤郎は分析する。

（気まぐれが終われば、忘れてくれる。たぶんこいつの行動に大した意味なんてないから、考えないほうがいい）

　もう兜の顔を見なくてすむよう、車窓のほうに体を向け、横向きになってシートに頭を預ける。そうやって篤郎は、心の中から兜を取り除き、訳の分からない状況に怯《おび》えている自分の心を、どうにかこうにか、落ち着かせようとした。


「美味しいよこれ！　あっちゃんて、料理上手なんだね」

　兜がわざとらしいほど大袈裟に褒めるのに、篤郎はむっつりと黙り込んでいた。

　庶民的な惣菜屋で弁当を買う兜が想像できず、デパートの地下街などに連れて行かれたら面倒だと思い、篤郎は部屋に着いてから、冷凍してあったおかずと、冷蔵庫にあるものを使って、さっと四品、用意して出した。

　筑前煮ときんぴらごぼうは作り置き、めかぶとオクラを鰹節で和え、豆腐に載せた。春先で菜の花も出回っている。一度塩ゆでしておいたものを、一つはおひたしにし、もう一つは白米とベビーホタテと一緒に炊き込みにした。早炊きにしたので、すぐにできあがり、麩のお澄ましと一緒に出した。出汁《だし》は週末にまとめてひいているので、汁物は一分もかからず作れる。美味い美味いと兜に褒められても、篤郎は居心地が悪かった。

「……お前んち、シェフがいるんだろ。俺の作るものがそんな美味いわけねーだろ」

　イライラして言うと、「可愛くないねー」と返されて、篤郎は、

（なんで俺が可愛くしないといけないんだよ？）

と、腹が立った。その反面どうしてか傷つき、落ち込んでしまう自分がいる。素直じゃなくて、口が悪い自分は、たしかに可愛くないし嫌な人間だと思うからだ。黙っていると、兜が小さく笑った。

「本当、美味しいよ。それにしても、絵に描いたように健康的な食卓だよね」

「……金ないから、自炊《じすい》してるだけだよ」

小さな声で言う。けれど本当は内心の、郁の声に従って作っている。

郁ならきっと、ちゃんとした食事をするように自分に望むだろう。そうじゃなければ心配だと。だから、篤郎はきちんと作り、食べている。

兜がお澄ましをするために黙ると、昼下がりの部屋の中は静かになる。家具が少なく壁にもなにも貼っていないから、箸が食器にあたる音さえ大きく響いた。時折、兜がじっとこちらを見ている視線を感じ、篤郎は落ち着かなかった。

（もう……なんなんだ、一体。さっきから妙に見てきて……）

再会してから何度も、篤郎は兜に観察されている気がした。

「そういえばこれ、渡しておくから」

篤郎はふと思い出し、忘れぬうちにと、先日立て替えてもらったレストランの食事代をテーブルに置いた。けれど兜はあまり興味がなさそうに、一瞥《いちべつ》しただけだった。さっき人を脅しておいてなんだその態度はと思ったが、借りっぱなしだったのは自分なので、篤郎はもうなにも言わないでおく。

食事が終わり、篤郎は茶碗を流しでさっと洗った。兜は食べ終わると「あーお腹いっぱい。しばらく動きたくないや」と言って、床に大の字になった。けれど、食器を洗い終えて部屋に戻った篤郎は、ぎょっとした。

「ねー、あっちゃん。これってなに？」

「……なにしてるんだよ！」

気がつくと、大声で怒鳴っていた。いつの間にか兜が持っていたのは、篤郎が六年間捨てきれずにいた睡眠薬の瓶だったからだ。奪うようにして取り戻し、引き出しにしまい込む。

（信じられない、こいつ、人の部屋を勝手に漁《あさ》りやがった……！）

睨みつけても、兜は唇の端に薄く笑みを載せるだけで、反省の色もない。かえってじっと見つめられて、篤郎のほうがたじろいだ。

「……ね、それなに？　睡眠薬みたいだけど。もう消費期限切れてるみたいだね？」

「どうでも、いいだろ」

なおも訊いてくる兜を拒絶したけれど、篤郎の声は震えていた。動悸《どうき》がどんどん早くなる。嫌な記憶が、頭の隅に押し寄せてこようとしている。

「もしかして……死のうとしてた？　いつ？　郁ちゃんを……犯した後？」

篤郎は固まり、息を呑んで、兜を見つめ返した。

——abejaだったけ、あのお店。ひどい乱交パーティだったね。ロウクラスの子を呼び出して、痛めつける、趣味の悪い連中。あっちゃん、あいつらと仲良かったもんね。

兜は嗤って続けている。

後頭部を重たいもので叩かれたような衝撃と、鋭い耳鳴り。倒れていた郁。傷つけられ、血を吐き、白濁にまみれたその姿が蘇り、息苦しさと一緒に、心臓が痛いほどに逸《はや》って、篤郎は胸を押さえつけると、そのままずるずるとしゃがみこんだ。

（……なんの権利があって、お前がそんなこと訊くの？）

そう言いたくて、けれど声が出ない。こめかみに、ずきずきと頭痛が襲ってくる。

（……そうだよ。郁を死なせて……俺も、後を、追うつもりだった。それが？　……悪いのか？　悪いよな、もうそんなこと、言われなくても知ってる……）

声は出ず、ただぜいぜいと、荒く息が漏れた。頭が痛い。苦しくて吐きそうで、死にたい、死なせてほしい、と思った。体が震え、苦しさに涙がこみ上げる。頬を伝った涙の向こうで、兜が、困ったように首を傾げた。

「あっちゃん？　ごめん、泣かないで。責めたくて言ったわけじゃないんだ」

宥《なだ》めるように言いながら、兜が屈み込んでくる。じゃあなんのために言うんだと、篤郎はそう訊きたい気持ちでいっぱいだった。

「再会した日、あっちゃん、助けてってオレに言ったでしょ」

兜は眼を細め、その時のことを思い出すような顔をした。

「あれからずっと、あっちゃんのこと考えてた。……あっちゃんはもうずっと、何年間も、幸せじゃなかったんだなあって……」

そう言う兜の声は、篤郎が聞いたこともないほど甘く、優しかった。

いや、聞いたことはある。郁や、それ以外の弱いロウクラスの誰かに向かう時、兜はいつもこんな声を出していた。昔の篤郎は遠くから、その声の甘さを聞いていた。

(俺は……憐《あわ》れまれてるのか)

ようやく、そうと分かった。兜は弱い者に優しい。篤郎があまりにみじめだから、同情し、かわいそうだと思っている。けれどそれをどう受け取っていいのか、篤郎にはよく分からなかった。

「ね、あっちゃん。俺と付き合わない？」

その時、突然耳元で囁かれた言葉は、もうまったく、篤郎の理解を超えていた。

数秒後、泣き濡れたまま眼を見開き、篤郎はのろのろと、眉を寄せて兜を見つめた。

「……なに言ってるんだ？」

心の声が、そのまま漏れた。けれど兜の瞳には、過去何度も見た、篤郎への軽蔑や嫌悪はなかった。ただ憐れむように、愛しむように、優しい眼をしている。

兜のこの眼差しを、知っている、と篤郎は思う。

遠い記憶の中、篤郎が悪い仲間たちと集まっていたのと同じカフェで、兜がロウクラスの青年に注いでいた眼差し。離れた場所からそれを見ながら、篤郎はぼんやりと思った。あれは、七歳の時の自分。郁を守りたかった自分の眼と、同じだと……。

「すぐオーケーしてもらえるとは思ってないよ。これから口説くから、ゆっくり考えてね？」と微笑まれて、篤郎はただただ、思考停止に陥《おちい》っていた。

（考えて？　考えるまでもないだろ。なんでお前が、俺なんかと付き合う？　お前が、俺を好きなわけない。お前は俺を嫌いだった。軽蔑してた……）

頭の奥で警鐘《けいしょう》が鳴っている。兜はなにか大きな勘違いをしている。兜に助けてもらえるような資格は、自分にはないし、愛されるような性格でもない。

兜は「さすがに仕事に戻らなきゃ」と言って、立ち上がった。去る直前に、大きな手で篤郎の頬に触れてくる。びくりと震えた篤郎に、兜は優しげに眼を細める。

「もう一人にしない。だからそんなふうに、怯えなくていいんだよ」

俺が守るからね、と兜が言う。

「……俺はハイクラスだ」

篤郎は兜を睨みあげ、唸《うな》るように言った。ハイクラスだ。だからお前に守ってもらうべ

き対象ではない。兜は篤郎の威嚇《いかく》に、まるで子猫に引っかかれたかのようなおかしげな眼をして、

「でも傷ついてる」

と、呟いた。

玄関から兜が出て行くまでの間、篤郎は身じろぎもできず、その場に立ち尽くしていた。

――でも傷ついてる。

最後に言われた言葉が、鋭い矢のように胸を貫《つらぬ》いていた。心を見透《みす》かされたようで、なにも言い返せなかった。自分が傷ついているから、だから兜は付き合おうと言ったのか？

（あれはきっと、ただの、気まぐれだ）

篤郎はそう、自分に言い聞かせた。

心の奥では違うかもしれないと思ったけれど、そうでなければ、どうしていいか分からなかった。

――篤郎は、嬉しくないの？

頭の隅で郁が訊いてくる。一人にしないと言われて、嬉しくはないのかと。篤郎は唇を噛みしめる。

（嬉しいと思ったら、ダメだろ）

篤郎には自分の立っているところが、いつも崖っぷちのギリギリの場所に思えるのだっ

た。一歩踏み間違えれば、暗い闇の中へ落ちてしまう。頼りない自分の手はいつでもどこか、しがみつく場所を探している――。だから兜の言葉を、嬉しいと思いたくなかった。思ってしまえば、自分はダメになる。一度誰かに支えられたら……もうその支えがないと、立っていられなくなる。それが気まぐれで与えられたものでも、きっとそうなってしまう。

ふとその時、篤郎は部屋のテーブルの隅に、兜に渡したはずの金がそのままになっていることに気がついた。

（あいつ……持ってくの忘れたのか？）

ため息をついて金を再び財布に戻しながら、篤郎は脳裏に、三年前までの兜の眼差しを蘇らせていた。ゴミでも見るような眼で自分を見ていたあの冷たい瞳だ。

あれが本物だ。あれが、俺に向けられるべきものだと、そう、思う。

それでも篤郎の耳には、兜の声がこびりついて離れない。

――でも傷ついてる。あっちゃんは、傷ついてる……。

兜の言葉は気まぐれだろうという、篤郎の思い込みがあっさり打ち砕かれたのは、翌朝のことだった。その日、見知らぬアドレスからメールが届いたのだ。

『おはよう！　あっちゃん、具合はどう？　今日も熱あるの？　オレが付き合おうって言った時の、あっちゃんのビックリ顔、眼がまんまるくて、最高に可愛かったよ♪　あ、これオレのアドレスだから登録しておいてね！　兜』

やたらハイテンションなメールに、篤郎は事態が飲み込めなくて、思わず二度、読み返した。それはどう見ても兜からのメールだ。なんだこのおちゃらけたメールはと思ったが、ゾッとしたのは教えたはずのないアドレスを兜がいつの間にか知っていたことだった。

（……あいつには、俺のアドレスくらい、調べればすぐ分かるってことか）

そのことに嫌悪を覚えるかというと、自分もドラッグに漬かっていた頃、やくざな世界など飽きるほど見ているから、腹立ちはなかった。ただ、兜がどれほど大きな権力を持っているのか、今さらのように思い知る。

それにしても兜の気まぐれがまだ続いていたとは。

篤郎はバカではないけれど、不測の事態に対応するのは苦手なほうだ。結局メールは無視して出勤し、兜のアドレスも登録しなかった。とりあえず、あとで考えることにしたのだ。

午前中は慌ただしく過ぎ去り、昨日事件に巻き込まれた子たちもみんな元気で、篤郎はホッとした。問題が持ち上がったのは、子どもたちが昼寝に入った午後一時のことだった。

「あ、あっちゃん。お疲れ様ー」

朝に飲んだ解熱剤が切れ、昼を過ぎてまた頭が鈍く痛み始めたので、篤郎はロッカー室に置いてある薬を取りに、一階の職員室に入った。

ドアを開けてすぐ、大柄な男が一人いると思ったら、それは兜だった。ピンストライプのスーツをぱりっと着こなし、弁護士と秘書バッジを襟に着け、ひらひらと手を振っている。その兜を見て、篤郎は腰を抜かしそうなほど驚いた。

「お……お前、なに、なにして」

言葉が声にならないでいると、

「桑畑《くわばた》先生が、うちの保育園の意見を聞きたいって仰ってるんですって」

ちょうど兜の隣に立っていた園長が、嬉々とした様子で報告してくれた。桑畑というのは、兜が秘書をしている代議士の名前だ。長年政界に居座り続け、何度も大臣を経験している、有名政治家だった。兜の父とは同じ派閥に属しているはずだ。

「うちの先生、去年から少子化問題に取り組んでるんだ。これまではハイクラスの少子化のほうが深刻だってそっちメインの政策が多かったけど、ここ数年は、ロウクラスでも少子化傾向が強いからね、保育園の問題からまずは整備していこうってことになって」

兜がつるつると滑らかに喋るのを、篤郎は怪訝な気持ちで聞いているしかなかった。

ロウクラスはハイクラスに比べて多産な傾向にあり、この階級社界の仕組み上、確かに少子化政策で受ける恩恵《おんけい》は、圧倒的に少ない。それがロウクラスの間では、大きな不満となっている。兜の話にはべつに、おかしなところはない。聞けばなるほど、と納得する。

納得はするが……。

「前々からこの近辺の保育所にインタビューすることにはなってたんだよ」

へえ……と篤郎は生返事をした。だから昨日も、あの公園にいたのだろうか？　どちらにしろ、自分には関係ないことだ。

ニコニコしている兜を見ていると、じわっと嫌な感じが湧いてくる。それは得体の知れないものに捕まりそうな不安だった。本当に仕事だけでここへ来たのか？

（まさか俺に会いに来たとか……？　いや、自意識過剰か……）

兜の昨日の告白がどの程度本気なのか分からないので、篤郎は落ち着かなかった。とにかくこれ以上話していたくなくて、ぺこりと頭を下げ、奥のロッカー室に引っ込もうとする。ところが兜は篤郎を追いかけてくる。篤郎はぎょっとして、足を速めた。

「ね、メール見てくれた？　ちゃんとオレのアドレス登録しといてよ。また送るから」

ロッカー室に入り、他の先生たちが見えなくなったとたん、後ろからくっつくようにして囁かれた。耳に息がかかると、鳥肌が立つ。篤郎は驚き、耳を押さえると、勢いよく兜を振り返った。

「なんでお前が俺にメールするんだよ……!?　なんの用事もないだろ……っ」

先生たちに聞こえないように声を潜めたが、兜のほうはまったく気にしていない。

「用事がなきゃいけないの？　好きな子にはメールしたくなんない？」

外に聞こえるかもしれないような普通の声で、しれっと「好き」の単語を使う兜に、篤郎は困惑し、動揺した。同時に、これ以上この遊びに付き合っていられるか、と思った。ここできちんと話をつけたほうがいい。篤郎は、「兜、ちょっと」と言って、誰もいないロッカー室の奥に呼んだ。

「なに、こんなとこ連れ込んで。キスしてくれるの？」

わくわくしたように訊いてくる兜の軽口に、心底腹が立った。

（俺とキスなんて、本当はしたいわけじゃないくせに――）

兜が比較的性に淡泊《たんぱく》で、キスやセックスに積極的ではなかったことくらい、篤郎は知っている。それが今も変わっていないのなら、兜は篤郎とも、さほどしたいはずがないのだ。

「あのな、変な遊びはもうやめてくれ。俺は一応真面目に生きてる。もう……昔みたいに、弱い人を傷つけるつもりもない。だから監視する必要なんてないし、仕事で来る分には勝手にすればいいけど、俺のことは、放っておいてほしい」

「監視ってなに？　オレは好きだから付き合いたいって言ってるだけじゃない」

ニコニコと兜が言い、篤郎は眉を寄せた。

「なんでそうなるんだよ。お前は俺を嫌いなはずだ、好きなはずない」

「昔のあっちゃんなら、たしかにクソ野郎だと思ってたけど？」

完全には否定せず、兜はアハハと笑った。

「でも今のあっちゃんには、優しくしたい。それはべつにおかしくないでしょ？」

「俺の本質は、お前の嫌いなクズのままだ」

「自分のこと、クズなんて言ったらかわいそうだよ」

言われた瞬間、篤郎の腹の奥にカッと怒りの火が点《とも》った。

「お前、ただ俺に同情してるだけだろ……っ」

冷静さを失い、篤郎は声を荒げていた。

「昔からお前はボランティア精神旺盛だったもんな。俺がみじめだから、付き合おうなんて言うんだろ」

言うな、これ以上言うなと思うのに、篤郎は抑《おさ》えられなかった。

「でも俺は、今までお前が相手にしてきたような、ただかわいそうな子じゃない」

吐き出すように続ける篤郎の言葉を、兜は黙って聞いている。

「優しくなんてしてもらわなくていい、そんな資格ないんだから。俺は、俺は郁を――」

頭の奥に、倒れた郁の姿がよぎる。篤郎が殺しかけた郁の姿が……。

不意に、兜が篤郎の唇に、大きな手を押し当てた。口を塞がれ、篤郎は声を飲み込んだ。

「……それ以上、自分のこと悪く言わないで」

兜に言葉を遮られて初めて、篤郎は心臓がドキドキとし、手足が震えていることに気がついた。冷たい汗で、背中が濡れている。顔をあげると、兜と眼が合った。

兜は小さく微笑み、「ボランティアじゃ、だめ?」と首を傾げた。

「そばにいて、笑ってほしい。そう思うことって、そんなに悪いこと?」

言いながら、兜は篤郎の口から手を離す。

「あっちゃんもそうでしょ? 言ってたよね。泣いてる子どものそばには、いてあげたいって。それと同じだよ」

分かるよね、と念を押されて、篤郎は戸惑った。その気持ちは、痛いほど分かる。

泣いている子どものそばには、いてあげたい。その子がどんな子でも愛しくて、守りたいと感じる。そこに大きな理由などない。本能の奥底から、ただただ、自分より弱い相手を愛したいと思う。

(……でも俺はハイクラスで、子どもじゃない)

そう言えば、兜はまた「でも傷ついてる」と返すのかもしれなかった。

「あっちゃんが嫌なら、キスもセックスもいらないよ。友だちだっていい。一緒にいられる口実が、ほしいだけなんだ」

——どうしてそんなことを言うのだと、篤郎は思った。

優しい顔で、優しい声で、労《いたわ》るように、どうしてそんな甘いことを兜は自分に言うのだろう。

篤郎の中の弱い心が、兜の言葉に引きずられそうになっている。いつも淋しくてたまらない心が揺れている。

恋人ではない、兜が勝手に横にいるだけ。だから俺は、償いを忘れたわけじゃない。誰も愛していないし、誰からも愛されていないままだと――。

（俺はそう、言い訳してしまう……）

夜、また連絡するね、と言って、兜はロッカー室を出て行く。

取り残された篤郎は、しばらくの間そこから動けなかった。

（なに考えてるんだ、俺。……兜を受け入れたくなるなんて）

兜は篤郎が郁になにをし、どれほど罪深いか知っている。知っていてそばにいてくれる人など、きっとこの先どれだけ探してもいるはずがない。そう思う篤郎の心が、兜にすがりたくなっている。篤郎は、そのことに気付いた。

（ダメだ。俺はもうできない。もう愛せない……愛しても、苦しめるか、苦しむかだけ……そんなこと分かってるだろ？）

それなのに、また誰かに愛され、愛したい心が、自分の中にある――。

孤独と愛は裏腹なのだろうかと、篤郎は思った。淋しさに引きずられ、負けそうになった時、愛の罠がぱっくりと口を開けている。そうして、篤郎を捕まえようとしている。

五

「蜂須賀《はちすが》先生と、兜《かぶと》先生って、仲良しなのねえ」

一緒に連絡帳を書いていた同僚の先生に言われ、篤郎《あつろう》は「え」と眉を寄せた。けれど反論する前に、周りにいた他の先生まで、「ほんとほんと」と楽しげに話に乗ってきたので、その雰囲気を壊すこともできず、篤郎は黙り込んでしまった。

兜から付き合いたいと言われて、一週間が経っていた。その間に兜は何かと理由をつけ、『くまのこ保育園』に訪れている。しかも篤郎があがる時間を狙って来るので、そのまま、押し切られるように車で自宅まで送られ、なし崩しに部屋へあげてしまうことも多い。断り切れないのは、兜が最初に立て替えた金をまったく受け取ろうとしないせいだった。どうやら初めに忘れていったのはわざとだったらしく、

「だってもらっちゃったら、あっちゃんを脅すことができなくなるもん」

と、悪びれずに言われた時はさすがに呆れた。同時に、そういえばこいつ、こういうやつだった……とも思いだした。目的のためには手段を選ばない。なんでもしれっとやって

のけ、面白がるのが兜だった。それでも、「まだお金もらってないよ」と言われると篤郎の立場は弱く、言うことを聞いてしまう。

篤郎がため息をつくのと同時に、デスクの上に置いてある携帯電話が震えた。見ると、また兜からメールが届いている。朝のおはようメールから始まり、兜は一日に何度もメールを送ってくる。どうせ返信はしないのだが、一応画面を開けて確かめると、

『あっちゃんとこの子似てない？』

という文面と一緒に、野良らしい、可愛い子猫の写真が添付されていた。篤郎はからかわれていることにむかついたが、子猫の写真が可愛くて、つい見入る。すると隣の先生が篤郎の手元を覗き込んで「あら可愛い」と笑った。

「……ね、可愛い、ですね」

それはそうなので同意すると、

「蜂須賀先生、前より雰囲気が柔らかくなったわねえ」

と、ニコニコと褒められた。兜さんのおかげかしら、と先生はからかうように言う。聞いていた他の先生たちも、そうねそうね、と楽しそうに笑っていたが、篤郎はただただ、居心地が悪くなった。

仕事が終わり、保育園を出た篤郎は、駅前の不動産屋に立ち寄った。

ガラス窓に貼られた賃貸アパートの広告を見るためだ。しかし安いところでも引っ越し

に三十万はかかる。貯金から出せないこともないが、結構な出費だ。

篤郎が引っ越しを考えているのは、兜に家を知られてしまったからだった。すぐに飽きると思っていたのに、もう一週間付きまとわれている。こうなったら家を変えた方がいいかとも思うのだが、そもそも職場を知られている以上意味がないと言えば、意味がない。

それでもこれ以上兜に関わっていてはいけない。篤郎は、そう思っている。

(そばにいられると……俺はどこかで、慰められてしまってる)

今日だってそうだと、篤郎は思う。兜が送ってくるメールを鬱陶《うっとう》しく思いながら、癒《いや》されたりもする。それをきっかけに、先生たちと会話をし、雰囲気が変わった……などと言われてしまう。それが嫌かというと、心の奥底では喜んでいる自分がいる。

(このままじゃ俺、本当に兜の腕に寄りかかってしまうかも……)

篤郎にはそれが怖いのだった。淋しかった自分の生活に、兜は甘い水を持ち込む。それはドラッグと同じで、一度甘さを覚えたら、もうそれなしではいられなくなりそうだった。

(そうなる前になんとかしないと……兜が先に飽きてくれるのが、一番だけど)

篤郎はため息混じりに、不動産屋の前から離れた。

と、路地から駅に出かけたところで、篤郎はハッとして足を止めた。改札前に、見たことのある大きな背中があった。ダボついたトップスと、ジーンズ。鎌谷《かまたに》だった。

とたん、ざっと氷が流し込まれたように、頭の中が冷たくなった。篤郎は数歩後ずさり、急いで路地の奥へ隠れた。心臓が嫌な音をたてて、ばくばくと鳴っている。胃の奥が恐怖でチリチリと痛み、脳裏には、以前鎌谷に見せられた郁の写真がちらついた。

不意に、馴染みの衝動が訪れた。郁への罪悪感、拭い去れない自責《じせき》。死にたい気持ち。気がつくとカバンを胸に抱き、人目につかない路地の隅っこで、篤郎はしゃがみこんで震えていた。

ふと、背中に、大きな手が触れた。鎌谷かもしれない。恐怖で息が止まったその時、

「あっちゃん？　どうした？」

すぐ耳元で、そっと問いかけてくる声がした。顔をあげると、兜がいた。上質なスーツが汚れるのも構わず、篤郎のすぐ横に片膝をついて屈み込んでいる。兜はじっと、心配そうに篤郎を見てくれていた。背に当てられた手は大きく強く、篤郎を宥めるように撫でる。

（あ……）

心の中一杯に、安堵が広がっていく。兜がいたら大丈夫。兜なら、守ってくれる――。

気がつくと篤郎は、兜の袖を、きゅっと掴んでいた。まるですがるように。兜が眼を瞠《みは》り、篤郎は自分の行動を自覚して、慌てて手を離した。けれど心臓はまだ大きく鳴り、息苦しさが続いている。青ざめた顔を見られたくなくて、篤郎はうつむく。

「な、なんでも……なんでもない。お前こそ、なんで……こんな路地に」

うまく声が出ず、震える。けれど兜はそれには触れず、「あっちゃんを探してたんだよ」

と、優しく笑った。いつもからかうような話し方をするくせに、今は慰めるような声だ。よりによってなぜ今、そんな言い方をするんだと、篤郎は胸が苦しくなった。

本当は頼りたい自分を見透かされているようで恥ずかしく、顔があげられない。

「もう帰っちゃったかなと思ったけど、なんとなくまだ駅前にいる気がして。オレの勘、すごくない？　愛の力だね。やっぱりオレたち結ばれる運命だよ」

「……アホかよ」

兜は軽口を叩きながらまだ篤郎の背を撫でている。篤郎はだんだん落ち着き、頭によぎっていた、いつもの衝動が霧散《むさん》していくのを感じた。心を支配していた恐ろしい不安が、ゆっくりと溶けていくようだった。

向こうに車停めてるけど、乗ってかない？　と兜に訊かれ、篤郎は迷った。いつもなら、最後押し切られて乗ることになったとしても、最初は断るけれど、今は駅前に鎌谷がいる。

（乗せてもらおうか。……どうせ乗ることになるし）

一瞬迷い、じっと、上目遣いに兜を見上げる。兜は「ん？」と優しい瞳で、首を傾げた。

「……いや、いい。俺はちょっと歩きたいから、お前一人で帰れよ」

ダメだ、と篤郎は自分を戒《いまし》めた。

兜を頼るな。一度でもすがったら、もうずっとすがることになると思った。鎌谷がいるなら、回り道をして、一駅分歩けば済むことだ。今日はたまたま定時で仕事をあがれたので、まだ日も落ちていない。一駅歩くなら二駅も同じだし、ちょうどいいからこのまま歩いて帰ればいい。

「歩きたいって？　ダイエットでもしてるの？　あっちゃん今でも細いんだから、これ以上痩せたらダメだよ」

「ダイエットじゃない。気分転換。今日は家に来るなよ。じゃあな」

篤郎は背に当てられたままだった兜の手を払い、立ち上がった。震えは止まっている。これなら大丈夫、と自分に言い聞かせる。

駅前を避けて路地を回り、線路沿いの道に出た。兜がついてくるかもしれないと思ったが、途中で振り返ると姿はなく、篤郎はホッとした。その反面――少しだけ、なんだ、とも思った。

（なんだ。ついてきては、くれないんだ……）

そう思ってからすぐに、それを淋しく思っている自分に気付いて、情けなくなる。こんな弱気ではいけないと、すぐに兜のことを考えないようにした。

このあたりは下町なので、線路沿いに出ると店はなくなり、古い住宅が軒《のき》を連《つら》ねる景色に変わる。金網の向こうには線路が走り、夕暮れの低い光を浴びて、終わりかけのポピーが揺れている。

「せっかく歩くんなら、川沿いに出ない？」

と、すぐ背後から声がして、篤郎はぎょっとした。振り向くと、いつの間にか追ってきていたらしい、兜がいる。なぜ？　帰ったのではなかったのか——と、呆気にとられていると、兜は篤郎の横に並び、「車、路上に置いとくわけにいかないから、代行に持ってってもらったんだよ。それで時間かかったの」と、説明した。

「……お前、バカだろ？　なんのためにそんなことまですんの」

「せっかく仕事終わらせてあっちゃんに会いに来たのに、あそこでお別れはないでしょ」

歩くのも楽しいかなと思って、と言い、兜は先に立って歩き出した。

こういう時に篤郎は、兜の突飛な行動が理解できず、振り回されてただただ不快に思ってしまう。けれど今日はどうしてか、兜が来てくれたことにホッとしていた。

(鎌谷がいたから……)

こんなふうに、安心したくない。したくないのに、篤郎の心は、兜を受け入れている。

口を塞ぎうつむいていると、ややあって、兜が振り返った。

「あっちゃん、これ見て見て」

やけに楽しそうな声に顔をあげると、線路沿いの金網にうち捨てられた古ぼけた自転車を、兜がいじくっているところだ。それはいわゆるママチャリで、いかにも盗難され、その後放置された自転車、という風情だった。

「なにやってんの……？」

ハンドルやサドルを確かめている兜に違和感を覚えて近づくと、「これ、盗難車じゃない？」と兜が、嬉しそうに言う。

「まあそんな感じだけど。でも、防犯シールもないし、届けられないだろ……」

「そこで届けるって発想になるあっちゃん、真面目で可愛いよね」

兜は笑ったが、篤郎にはなにがおかしいのか分からなかった。

自転車はしばらく吹きさらしの状態だったのだろう、ところどころが錆《さ》びている。そんなものにどうして興味を示すのか分からずに眉を寄せていると、兜が突然、埃《ほこり》だらけのサドルに跨《また》がった。

兜の大きな体に、ごく普通サイズのママチャリは、まるで三輪車のように小さく見える。なにかのコントでも見ているかのように、その姿は滑稽《こっけい》だ。

「ね、これに乗っていこう！　あっちゃん、後ろ座って」

あ、荷物はこっちのカゴに入れるよ。ほらほら、と兜に急かされ、篤郎は唖然《あぜん》となった。

（な……なに言ってるんだろう、こいつ）

兜と再会してから何度、このフレーズを心の中で唱《とな》えたことか。意味が分からず、思考停止のまま固まっていると、兜が焦れたように振り向く。

「ほら早く。ママチャリの運転なら任せて。オレ、高校生の時へラクレス号って愛車持ってたから、かなりの腕前だよ」

事故って潰しちゃったけど！　と楽しそうな兜に、篤郎は青ざめた。

「……いや、そういうこと訊いてないし。そもそもお前、議員の秘書が二人乗りなんてしていいのかよ」

「かたいこと言わない言わない。捕まらなきゃいいんだよ」

とんでもないことを言い、兜は篤郎の腕を引っ張った。篤郎はカバンを取り上げられ、カゴに入れられてしまう。

「まだ立て替えたお金もらってないよ。オレの言うこと聞いてくれないと困るなあ」

それはお前が受け取らないからだろ、と篤郎が言っても、兜はヘラヘラ笑っているだけだった。このままでは埒が明かない。こういうのも兜の気まぐれの一つなのだろうから、付き合ってやるしかないと、篤郎は半分怒りながら、自転車の荷台に跨がる。座ると足の置き場がないので、金具に立って、兜の肩に摑まることにした。

自分の安いジーンズはいいとして、兜は上等なスーツで、よくもこんなオンボロに乗る気になったものだと思ったが、そこは破格の金持ちだから逆に気にしないのかもしれない。

「じゃあ、いっくよー」

兜は歌でも歌い出しそうなほど陽気な声をあげ、ペダルをぐん、とまわした。とたん、自転車は急加速し、篤郎は予想外の速さに眼を見開く。

と同時に、錆と錆が擦れ合う、耳障りな金属音がキーッと響き渡った。

「うわっ、兜、止めろ！」

あまりにも気持ち悪い音に、篤郎は慌てた。耳を塞ぎたいが兜に摑まっているので塞げない。けれど兜はその音を聞くと、篤郎にはまったく理解不能だが、爆笑しはじめた。

「すっごい音！　頭おかしくなるね、これ！」

そう言いながら、ぐんぐん走っていく。甲高い金属音はやがてかすれて消えたが、その瞬間、自転車は大通りの急勾配な下り坂に入った。あっという間に車輪は転げだし、ジェットコースターのようなスピードに、篤郎は息を止めた。向かいからはトラックやバスが勢いよく走ってきて、男二人を乗せたオンボロの自転車は今にも壊れそうになりながら、その横を駆け抜ける。大型車からくる風圧に、篤郎は思わず怯えた。

「兜！　止めろバカ！　ブレーキ踏め！」

「あはははは！　楽しいーっ」

兜は大笑いしており、ブレーキもかけずに道を駆け抜けていく。信じられない、お前もうすぐ三十路《みそじ》の、議員秘書で、弁護士で、将来は政治家になる——兜甲作《こうさく》だろう！

篤郎は心の中でそう叫んだが、加速した自転車が真っ向から浴びる向かい風に圧《お》され、最後はもう、ぎゅっと眼をつむっていた。

「信じられない！　お前ってバカ⁉　ああバカだっけ！　知ってたわ！」

篤郎は真っ赤になって怒鳴っていた。

「そんな怒ることないでしょ。ケガはなかったんだし」

対して、怒鳴られている兜は平気な顔をしている。篤郎はそれがまた腹立たしく、持っていたカバンで、思わず兜の背中を叩いた。兜は「いたっ」と言ったが、ちっとも痛そうではない。カブトムシの体は鉄のように頑丈《がんじょう》なので、この程度が痛いはずはなかった。

坂道を転げるようにして下りた後、どうなったかというと、自転車は壊れたのだ。

兜が「あれ？」と言い、そのとたん、ペダルが道の向こうに飛んでいき――二人ともケガはなかったが、兜が両足を踏ん張って停車したところで、前輪が外れ、車体はすっかり無残な姿になった。

壊れた自転車を路肩に寄せたあと、兜が実家の秘書に電話をして、後始末を頼んでいたが、このあたりから篤郎は抑え込んでいた怒りが爆発してしまった。

いつの間にか出ていた河川敷の道を二人で歩きながら、篤郎はずっと怒っていた。坂道を下りている間、怖かったせいもある。恐怖から解放され緊張が解けて、一気に感情が吹き出てきた感じだ。

「絶叫マシンみたいで楽しかったじゃない」

「死ぬかと思って楽しむどころじゃねえよ。やっぱり俺たち、合わない。決定的に感覚が合わない。俺、お前のことほんと理解できない」

笑いながら言ってくる兜に、篤郎は反論する。

「あっちゃんて、実は絶叫系嫌い？　お化け屋敷も苦手？」

「そういう話じゃないだろ。お前、自分の立場分かってんの？　通報されたらどうするんだよ。俺みたいなのはどうでもいいけどな、もうちょっと弁《わきま》えろよ」

「えっ、それってオレのこと心配してくれてる？　あっちゃんも、オレが好きになってきたってことかな？」

「なんでそうなるんだよ！　お前の頭はお花畑か！」

篤郎が怒鳴りつけても、兜はなにが嬉しいのか、ニコニコしている。やがて、

「あっちゃんがこんなに喋ってくれるの、数年ぶりに見るなあ」

貴重、と言われて、篤郎は脱力した。

悪態をつかれているのに、それさえ楽しいというのか？

(俺のなにがそんなに、いいんだよ)

兜相手にわめいても暖簾《のれん》に腕押《うでお》しだ。バカバカしくなり、篤郎は「もういい」と、ため息をついた。疲れがどっと襲ってくる。すると兜が、持つよ、と言ってさりげなくカバンを持ってくれた。

「なに女扱いしてんだよ」

「まあまあ。罪滅ぼしだよ。ほらほらあっちゃん、夕日がきれいだよ」

指さされて、篤郎は顔をあげた。川は幅が広く、河川敷の道からだと、視界が大きく開け、空はどこまでも続いて見えた。燃えるようなオレンジ色の空を背景に、遠くの鉄橋が黒いシルエットになって浮かび上がっている。

ふと篤郎の脳裏に、郁の姿が蘇ってきた。

菜の花の広がった河川敷に、家から出られない郁を負ぶって走った、幼い日のことだ。春霞に煙った空の下、ずっと続く黄色の絨毯を二人で眺めた。歩きたいと郁が言うので、そっと下におろすと、裸足だった郁の足が土で汚れた。家に帰ると、待っていた継母は心配そうだったけれど、郁の足をきれいに洗ってくれたし、篤郎には、郁を連れていってくれてありがとうと、言ってくれたのだ。

その晩郁が熱を出したから、篤郎は父に叱られ、物置に閉じ込められたけれど……。

「……お前のこと言えない。俺も相当バカだったわ」

気がつくと、ぽつりと呟いていた。兜が不思議そうにこちらを振り返る。篤郎はまた歩き出しながら、昔、と続けた。

「七歳の時かな。郁を連れて、外に出たことがあるんだよ。無理させて、熱出させて……怒られて。そういうこと、子どもの頃は、結構多かった。学習しろって話だよな」

後ろからついてきた兜は、しばらく黙っていたが、「あっちゃんの口から、郁ちゃんとの話聞くの、初めてかも」と言った。篤郎はハッとして、口をつぐむ。そうだ、郁が生きているか死んでいるか、知りたくないから、なるべく言わなかった。なのについ、思い出を口にした自分に驚きながら、兜の反応を見るのが怖くて、顔を上げられなかった。

けれど兜は、郁についてはなにも言わなかった。ただ一言、

「あっちゃんの愛って、痛いんだろうね」

と、言った。その言葉に胸を刺されるようで、篤郎は思わず顔をあげた。

——愛は痛い。

それはいつも、どんな時でも、篤郎が感じていることだ。

一人でいる時、昔のことを思い出している時、その痛みは心の隙間に忍び寄ってくる。

兜は遠く、夕焼けに染まった空を眺めている。

「小さい頃、あっちゃんがどんなだったかは、六年前に郁ちゃんから何度か聞いたよ。その時は、郁ちゃんが過去のことを美化しすぎてるんじゃないかって思ってた」

郁の言うことを信じてなかったと、兜は肩を竦めた。

「でも今なら少し、分かる気がする。小さな頃のあっちゃんが、どんなふうに郁ちゃんを愛してたか……あっちゃんは園で子どもたちにしてるみたいに、自分の精一杯の力を全部注いで……ただひたすら、愛してたんだろうなあ……って」

——ただひたすら、愛して……。

その言葉に、篤郎は胸が痛み、足を止めた。兜が小さく笑う気配がする。困った子どもを見た時のような、そんな笑い方だ。

「そんなに自分を注いでたら、きっと痛かったろうなあって……そう、思ってたんだよ」

痛かった。

愛は、篤郎にとって、とてつもなく痛かった。古い愛の記憶を、篤郎は不意に生々しく思い出す。自分のすべてを注いで、全部注いで……命さえ削《けず》るようにして、愛そうとしていた。守ろうとしていた。七歳の自分はそうだったと、篤郎も、思う。

父に打たれても構わなかった。ただ郁に笑ってほしくて、河川敷に連れ出し、雪の日に一緒に雪だるまを作り……結果として、それではダメだと父に叱られた。

「……バカだったから、間違ってたんだよ」

思わず言う。

「間違って……それに気付いたら急に、分かった。俺がどれだけ頑張っても、郁は死ぬかもしれない。俺じゃ、守れないって……そうしたらそれが、怖くなって……」

どうして自分は、兜にこんなことを話しているのだろうと、篤郎は思う。

けれどもしかしたらずっと、誰かにこの懺悔を聞いてほしかったのかもしれない。

幼い頃、郁が望めば外に連れ出してあげられたのは、自分が守ると決めていて、郁は死なないと根拠なく信じていられたからだ。十五歳になった時、突然篤郎は、自分には郁を守る力がないこと、死は容赦なく郁に訪れるだろうということに、気がついた。

──愛では足りないのだ。愛しても愛しても、死は必ず訪れる。

そう思った瞬間、篤郎は父と同じように、郁を屋敷の部屋の中へ縛り付けたくなった。

そうして、そんなふうに考える自分が恐ろしくなった。

それが郁の望む愛ではないと知っていた。父のように、なりたくなかった──。

「でも俺はもっと悪い。父さんと違って逃げ出して、郁を……殺そうと、したから」

声が震えた。背中から槍《やり》で体を突き刺されたような痛みが、全身を貫いていく。

夕焼けの逆光で、兜の顔が見えない。篤郎は足が震え、その場に立っているのさえ辛くなる。

初めて篤郎は、郁を殺そうとしたと、口にしたのだった。

突然世界がぐらりと傾《かし》ぎ、眼の前がチカチカと明滅して、篤郎は息ができなくなった。足の下に闇が広がり、その闇の中から恐ろしい手がいくつも伸びてきて、足首に絡《から》みつく。引きずられて、どこかに連れ去られそうになる。心臓が痛い。苦しい。このまま死んでしまいたい──。

「あ……」

なにか温かなものに、体を引き寄せられたのはその瞬間だった。

「大丈夫だよ」

耳元で声がする。頽《くずお》れそうになっていた篤郎の体は、大きく温かいものにくるまれ、抱き締められていた。大丈夫、ともう一度、やけにはっきりとした声で言われた。甘いアマレットの香りが、篤郎をいっぱいに包む。

「あっちゃんが郁ちゃんを傷つけたのは、憎かったからじゃない。……愛しすぎてたからなんだよね？」

眼の中で明滅していた光が落ち着いていく。篤郎の視界には、空いっぱいの夕焼けが映る。体は震え、足に力はなかったけれど、兜が抱き締めてくれているから、立っていられた。遠い鉄橋の上を、電車のシルエットが通っていく。

「あっちゃんはきっと、愛しすぎるんだよね……」

鼻の奥に、ツンとしたものが走る。視界が歪み、こみあげてきた涙が頬をこぼれる。

やめてくれ、と篤郎は思った。

そんなふうに言わないでほしい。そんなふうに、篤郎の愚《おろ》かさを、美しい言葉で飾らないでほしい。そうやって、許さないでほしい――。

「違う」

篤郎は涙声で言い、震える指を兜の胸に押し当てて、離れようとした。けれど手に力が入らない。それにどうしてか、こうして抱き締められていることに安堵し、強張った心が、溶けそうになっている。

「違う。俺は、ずるかったから、逃げて、自分のエゴで、郁を」

「あっちゃん」

兜が強い声で名前を呼び、篤郎の言葉を遮《さえぎ》った。

もういいよ、もうやめよう、と言われて、篤郎はしゃくりあげた。

「郁ちゃんのことで自分を責めるのはいいよ。でもそれより先に、もっと前に遡《さかのぼ》って、もっとちゃんと、怒らなきゃ。さっき俺に怒ったみたいに――自分を殴ったお父さんや、助けてくれなかったお母さんに」

そうしなきゃ、あっちゃんはずっと苦しいままだよと兜が言う。

「……苦しいままでいなきゃ、俺は」

楽になってはいけないのだと涙声で言いかけたら、兜にぐっと強く抱き込まれて、言葉を遮られる。温かな胸に抱かれると、兜の心臓の音が、とくとくと聞こえてきた。

そんなふうに戒《いまし》めなくたって、と兜は呟いた。

「……忘れるほど、弱い痛みじゃないでしょ。それにお父さんに叱られた時、あっちゃんは、小さな子どもだった。ハイクラスでオオスズメバチでも、幼い子どもだったんだよ」

小さな子を、あっちゃんはどうしてそんなに責めるのと、兜が優しく続ける。

「きみがもし、小さな自分を前にしたら、きみは責める？」

もしもあの頃の自分が眼の前にいたら……？

兄を守ろうと必死になり、守れずに泣いてばかりいる子ども。父と母に助けを求めたいのに、そう口に出せずに怯えていた。もし眼の前にあの子どもがいたら、篤郎はどうするだろう——？

（俺なら……抱き締める）

不意にそう思う。ごく自然に、当たり前のように。自分なら抱き締める。自分なら愛する。自分なら許す……。

（ああそうか、俺は郁への償いじゃなくて）

幼い頃の自分がしてほしかったことを、園の子どもたちにしているのだと、篤郎は気付いた。頭の奥で、七歳の篤郎が泣いている。淋しい、淋しい、淋しいと泣いている。どうして僕の声を無視するの。郁のことばかり気にしないで。僕の声も聞いてと、小さな篤郎は叫んでいる。

——お父さん、愛して。お母さん、助けて。

その子どもはそう言って泣いている。篤郎はずっと、小さな頃から、ドラッグをやっている間も、更生をしてからも、そして今も、その声を無視し続けてきた。

郁を愛せたはず、守れたはずだと、自分を責めてきた。愛し守るより前に、愛され守られたかった自分を、見ないようにしてきた。

（痛い……）

篤郎の心に、幼い自分の心が返ってくる。

それはとても痛く、自分の差し出せるすべてを注ぎ、心を削るようにして愛しているのに、それでは足りないと怒られて、どうしていいか分からず、苦しんでいる心だ。

「俺……頑張ったんだ」

喘《あえ》ぐような声が出た。兜がうん、と頷く。

「頑張ったつもりだった。だけど……足りてなくて、足りなくて、どうしたら……父さんは俺を好きに、なってくれたのか……」

分からない、と言う声は涙にしゃがれて、もう、声になっていなかった。

郁と継母が来るまで、不在がちだった父。一人でも淋しくないな、と訊かれて、淋しくないと答え続けた。郁と継母を守るように言われた時も、必死になって、二人を愛した。父の期待に応えるのは当然だと思っていた。けれど父には、一度も褒められなかった。

「お前みたいだったら」

気がつくと篤郎は、しゃくりあげながら言っていた。

「もし俺が、お前みたいだったら、父さんは、俺を、愛して、くれたのかな……」

「……あっちゃん」

ため息まじりに言い、兜が抱き締めてくれている腕に、いっそう力を込める。

なにかに流されるように、篤郎は震えながら、兜のシャツにしがみつく。

そうしなければ、もう立っていられないと思った。もうこれ以上、一人で立っていられない。

子どもの頃、いつか自分は、兜のようになるのだと信じていた。ロウクラスにも優しく、相手を守れる力強い存在に。ドラッグに漬かりながら、心のどこかで篤郎はいつも、兜を見て思っていた。

——もしかしたら俺が、なりそこねたかもしれないもの……。

けれどそうではない、今では、まったく違っていたのだと分かっている。

どんなふうに頑張っても、自分では兜にはなれなかった。根本から違っていた。七歳の自分がそのまま大きくなっていても、きっと兜ほど強くはなれなかった。そして今の篤郎は、罪を犯した弱い人間だ。体は十五で成長を止め、ハイクラスとしてはか弱く、不完全で、日陰で生きている。

「……オレはあっちゃんが、オレみたいじゃなくて、よかったけどね」

ふと兜が、おかしそうに言う。からかいまじりの声は甘く、篤郎の耳に染みてくる。

「今のあっちゃんだから、オレは、好きになったから」

嘘をつけと、篤郎は思った。

(お前が、俺なんかを好きになるはず、ない……)

けれどもう、悪態も出て来ない。体を離され、泣き濡れた眼で顔をあげると、兜がじっ

と見下ろしてくるのが分かる。

日が落ちたあと、水平線の残照《ざんしょう》に、兜の顔が淡く浮かんで見える。メガネの奥で、濃い茶色の瞳の中に、篤郎の顔が映っている。

眼が合うと、兜は微笑んだ。

ポーズなどではないと、篤郎は思った。兜の瞳に浮かんでいる慈愛は、偽りではない。これは七歳の頃の自分。郁に向けていたのと同じ眼。守りたい者を見つめる、慈しみの眼差しだ。

兜が屈み込み、形のいい額を、篤郎の額に押しつけてくる。吐息が唇に当たり、篤郎の睫毛《まつげ》にかかっていた涙が、ぽろっと頬を伝う。甘いアマレットの香りが、鼻先に漂《ただよ》い、なにかに誘われるように、篤郎はもう我慢できずに、眼を閉じていた。

兜の唇が自分のそれに触れるその一瞬だけ、篤郎は怯えた。

けれど強く抱きすくめられると、不安は消えて安堵に変わる。兜の唇は温かく、舌の上には涙の味が残って、塩辛い。

これ以上すがってはいけないと思いながら、篤郎は震える指で、兜の背にしがみついていた。

手のひらに伝わってくる兜の体は大きく厚く、篤郎が寄りかかっても、たやすく受け止めてくれそうなほど、力強かった。

六

兜《かぶと》と、キスをしてしまった。

そんなつもりなどなかったし、どうしてしてしまったのか分からない。男とキスなんて、セックス同様無理だと思っていたのに、自分は自然に眼を閉じ、受け入れてしまった——。

（雰囲気に流された？　気が弱ってたから？　俺、なに考えてるんだよ——）

昨日から篤郎《あつろう》は、そのことばかり考えて、落ち込んでいた。

篤郎は今日、午後休をもらって病院に来ている。背中の傷はとうに治っていたが、その時ついでにおこなった採血の結果を聞くためだ。大きな病院なので、待合室は午後でも人が多かった。

篤郎の携帯電話には朝、兜からメールがあり、検査の結果が分かったら教えてね、と書いてあった。仕事が終わったら、篤郎のアパートに立ち寄るとも。

（なに勝手に、来るとか決めてるんだ。誰も呼んでないだろ）

そう返信しようか迷って、結局なにも返せていない。瞼の裏には何度も、昨日兜とキスした時のことが蘇ってきて、そのたび篤郎はドギマギとうろたえてしまう。

一番不思議なのは、キスをしたことより、兜とのキスが嫌ではない自分自身だった。

昨日、口づけられた後はどうしたかというと、兜がタクシーを呼んで、家の近くまで送ってくれた。篤郎が泣いていたので、とても歩いて帰すのは無理だと思われたのだろう。てっきり家にあがられるかと思ったが、

「今日はしっかり休んでほしいから、やめとくよ」

と言って、そのまま帰った。立ち寄ってほしかったわけではないが、これまで強引にあがりこまれていた分、急に遠慮されて、逆に気になってしまった。

兜の態度はキスした後も特に変わらず、今日もいつもどおり他愛のないメールが、数通届いている。けれどキスのことには、まったく触れてこない。

動揺しているのは、篤郎だけだ。これまでは返信などする気も起こらなかったのに、今ではつい途中まで返事を書いてしまい、慌てて削除したりしているのだ。

（どうしよう……）

兜のことを考えると、胸がぎゅっと搾られたように痛み、困った。抱き締められ、慰められた心地よさと一緒に、胸一杯に広がった安堵感《あんどかん》。もう一度、あんなふうにされてみたい。兜を頼りたいと、篤郎は心のどこかで思っている。

このまま兜と一緒にいたら、淋しさは癒され、何度も訪れる死への衝動も消えるかもし

れない。生きていくことは、それほど辛くなくなるかもしれない……。

（バカ。そんなことできるわけないだろ。郁にしたこと、忘れたのか……？）

モヤモヤと考えていた時、

『蜂須賀《はちすが》篤郎さん、七番にお入り下さい』

アナウンスの声が聞こえてきて、篤郎は、慌てて立ち上がった。

とにかく、兜のことを考えるのは後にしよう、と自分に言い聞かせる。

自分たちはたった一度、キスをしただけだ。まだ付き合っているわけでも、これから付き合うと決まったわけでもない。兜からも、答えは急かされていない。

（セックスだって、しなくていいって言ってくれてたくらいだし……）

それなのにキスはしてしまったわけだが。

それでもきっと、篤郎が望むなら、兜は答えを待ってくれるはずだと、そう思った。


「蜂須賀さんね。血液検査の結果ですが」

七番の診察室に入った篤郎は、そう言いながらカルテをめくる医者を前に、あれ、と思った。以前、背中の傷で受診した際、診てもらった医者とは違う人が、すぐ後ろに控えていたからだ。

正面の医者は、前と同じ医者だ。ただの採血結果に、どうして二人も？　と不思議に思っていると、前からの医者が「ちょっと私の専門外の話がありますので、こちらの医師に替わります」と言って、立ち上がってしまった。

後ろに控えていた医者が、入れ替わりに正面に座し、簡単な自己紹介をする。なにやら予測していなかった展開で、篤郎は内心緊張してきた。

（もしかして……毎日の微熱と頭痛はなにか大きな病気だったのか？）

若い頃にドラッグをやっていたので、内臓を悪くしていてもおかしくはない。

少し構えて、篤郎は膝の上できゅっと拳を握りしめたが、それでも自分がさほど悪い状態だとはまだ思っていなかった。

最初の医者が退室すると、検査結果を広げた正面の医者が「蜂須賀さんは薬物の既往歴《きおうれき》がありましたので、かなり細かく検査したんですが」と呟き、やがて腹を決めたように篤郎を見つめてきた。

「結論から言うと、蜂須賀さんはボルバキアウィルスに感染して、発病してます。俗に言う、ボルバキア症です」

篤郎は一瞬、なんのことだか、分からなかった。

――ボルバキア症？

耳慣れない単語を、記憶の中に探してみる。けれど知らない。まったく覚えのない言葉だった。それでもまだ、大したことはないだろうと思っていた。

「ボルバキア症には治療法がなく、今のところ半分は死亡、もう半分は、妊娠《にんしん》することで死亡を免れます」

死亡。……妊娠？

意味が分からず、篤郎は固まった。医者は咳払いし、淡々と説明を続けていく。

「ちょっと驚くかもしれませんが、ボルバキア自体は、我々の起源種であるムシの八割に寄生している細菌です」

その細菌は、人類が節足動物と融合する際、人類にも感染するウィルスとして発展したと、医者は話した。さほど珍しいウィルスではないが、感染するのは男性のみ、それも、免疫力の低いロウクラスに多く、発病するケースはさらに少ないという。

（なんだ……？　一体、なんの話？　俺の話……？）

とても、そうは思えない。遠い世界のＳＦの話でも、聞いているような気がする。指先がかすかに震えていたが、それさえ、感覚がない。

「ボルバキアウィルスは、感染した男性の体を出産できるように作り変えます。ボルバキアは精子には棲《す》みつけないので、次世代に自分の遺伝子を引き継ぐために、宿主に卵子を作らせて妊娠と出産を促《うなが》し、子孫を増やすんです」

そしてもし、妊娠をしなかった場合は、その男性を宿主として不適合と見なし、死に至らしめる。それゆえ、ボルバキアは古い時代からオス殺しと呼ばれているそうだ。

人類が節足動物と融合していなかった旧文明時代、ボルバキアは数種のハチから発見された。そのせいかは分からないが、とにかく現人類においても、ハチ種の感染・発病率は他種と比べて高いらしい。

「このウィルスは性行為で感染します。潜伏《せんぷく》期間は数年……心当たりはありますか？」

篤郎は、なにも答えられなかった。心当たりなど、ありすぎるほどあった。荒れていた時期は手当たり次第に男と寝ていて、誰が相手だったかなんて、覚えていない。

それこそ篤郎は、郁の恋人とも――脅して、関係を持った。

（……これは過去からの、罰？）

まだどこか他人事のように思う。眼の前が真っ暗になり、篤郎は呆然と宙を見つめた。

「蜂須賀さんの……その、体格は、オオスズメバチとしてはかなり小さなほうですね。成長期の覚醒剤使用の影響でしょうが、あれは免疫も著《いちじる》しく下げます。発病の原因はそれでしょう」

そもそもハイクラスでは、このウィルスに感染はしても発病することはごく稀《まれ》だという。

「今はワクチンがありますから、母子感染は防げます。発病した以上、道は二つしかありません。死か――妊娠です」

きっぱりと言われ、篤郎はなにも返せなかった。

（妊娠って……）

「……俺は、男、なのに？」

出た声はかすれ、情けないほど震えている。けれどそれも、まるでどこか遠くから響いてきているようで、とても自分の声だとは思えない。医者はこの頃ずっと続いている微熱は、篤郎の体が女性化していることの現れだと話した。

「ホルモンが変化して、偏頭痛と微熱が起こっているんです」

「でも……見た目は……そんな、なにも……変わってないんですが」

まだ信じられず、喘ぐように言った。

「少し背丈が縮み、体つきが丸くなっていませんか？　自覚は？」

（……そういえばこの頃、目線が前より低いとは……思ってたけど）

つい先日兜に負ぶわれた時も、軽いと言われた。けれどそれは、単に痩せているせいだろうと思っていたし、ロウクラスの中で仕事をして、無意識に背を丸める癖がついたからだと思っていた。医者はそれに客観的に申し上げれば、と、言いにくそうに付け足した。

「ハイクラスの上位種の女性は、大体あなたくらいの体格ですよね。あなたはとても美しく……大変、誘惑的な香りをまとっています。ボルバキア症になった男性は、妊娠できるよう、フェロモンが強まります」

言われて、篤郎は呆気にとられていた。

まさか、と思う。思いながら、もしかして、とも思った。

(だから、兜が俺に、構うのか――?)

無意識のうちに、篤郎が発しているフェロモンに惹かれて?

うつむいて考えている篤郎には構わず、医者はさらに説明を足す。

「発病しても、劇的に外見は変化しない。変わるのは内部構造で、今あなたには、子どもを宿せる器官が備わっている。それでも外側に、その器官への入り口はありません」

医者は言葉を選び選び、どういうメカニズムで妊娠するかを話し、これまでにも既に例のあることだから、死ぬよりは、と強く出産を勧《すす》めてきた。

「発病して一年以内に妊娠しない場合の致死率は、八割です。そう長い時間はありません。今すぐにでも、お相手を探すべきでしょう」

(一年……)

あまりに短すぎる猶予《ゆうよ》期間に、また、頭を叩かれたようなショックを受けた。衝撃が強すぎて、思考が止まり、医者にこれ以上なにを訊けばいいのかも分からなかった。

「どちらにしろ、当院ではボルバキア症患者を助けるだけの医療技術がありません。紹介状を書きましたので、近日中に専門の病院に出向き、精密検査を受けてください」

やっと肩の荷が下りたというように言うと、医者は篤郎に分厚い封筒を渡してきた。

まだなにも納得していない。まだなにも、理解していなかったが、もう話すことはないという医者の態度に、篤郎はのろのろと頭を下げ、封筒を受け取って、診察室を出た。

受付で会計をすませて外へ出ると、四月下旬の太陽は、思ったよりも暑かった。

——ボルバキア症患者の半分は死亡、もう半分は妊娠します……。

医者の言葉が頭の中でリフレインしている。

（なんだそれ、そんなこと、現実にあるのか……？）

しかもその現実が、自分に起きている。なにか悪い夢を見ているのでは？　そう思った。とても信じられず、困惑しながら電車に乗り、いつの間にかアパートへ帰り着いていた。そこまでの意識はほとんどなかった。

部屋に入ってもしばらくは、どうしていいのか分からずにボンヤリと玄関に立ち尽くしていた。冷たい汗が額ににじみ、胃がきりきりと痛んでいるのに、それも膜一枚隔てたように感じられる。体の感覚が遠くて、なにがなんだかよく分からない。

（妊娠なんて……ありえない。じゃあ俺は、死ぬんだ。たった一年後に……？）

償いのために生きているだけ。自分の人生は既に死んでいるも同じ。ずっとそう思ってきたのに、死ぬと言われて、死にたくないと感じている。

——死にたくない。でもそんな自分を、篤郎はおかしいと思う。

(だってこれは、過去からの報《むく》いなんじゃないのか……)

ドラッグに漬かっていたから、感染し、発病した。まさに自業自得《じごうじとく》、因果応報《いんがおうほう》だ。

これこそ、篤郎が望んでいた罰かもしれない。更正し、郁への罪に向き合いはじめてからずっと、何度も何度も死にたいと願ってきたはずなのだから――。

それなのに今、篤郎の手足は冷たく、ぶるぶると震えていた。死ぬことが、怖いのだ。

脳裏には、ちらりと兜の影がよぎった。

昨日兜は篤郎を抱き寄せ、大丈夫だよと言ってくれた。自分の罪を責めるより前に、愛されずに苦しんでいた小さな篤郎を、助けてあげようと……。

――やっと生きていていいのかなって、思えそうだったのに。

胸の中で、幼い篤郎が呟く。

突然、体の感覚がはっきりと戻ってくる。耳鳴りと胃の痛み。汗が噴き出て、息が乱れ、篤郎はその場によろよろと膝をついた。早鳴る心臓が痛くて苦しい。

(どうしよう、俺、本当に死ぬの……? 郁……嫌だ、怖い――)

ぎゅっと眼をつむり、震える体を抱き締めたその時、部屋の中にインターホンが鳴り響いた。ハッとするのと同時に、薄っぺらい鉄のドアがノックされ、

「あっちゃーん、帰ってる?」

と、兜の声が聞こえてきた。

（……兜）

篤郎の頭の中で、一つのイメージが弾けた。ドアノブにすがるようにして飛びつき、扉を開けて、兜の大きな胸に飛び込んでいく自分。抱きつき、泣いて、「死んでしまうかもしれない」「助けて」と請《こ》う自分の姿が。

そうしたい。兜にすがりつき、助けてほしい……。

けれど刹那《せつな》の衝動が過ぎ去るまで、篤郎は必死にこらえた。

（いけない。落ち着け、冷静になれ。頼っちゃダメだ——……）

自分で自分にそう言い聞かせ、篤郎は深呼吸した。乱れた息とドキドキと鳴っている鼓動は、それでもまだ完全には落ち着いていない。けれどすぐ外で兜がまた扉を叩いている。篤郎はゆっくりと扉を開けた。緊張で、指が震えている。兜の顔を見た瞬間、すがりついてしまったらどうしようという不安、自分がおかしく見えないかという不安、そして昨日キスしたことを今になって思い出し、どういう顔をすればいいか考えていなかったという、三つの不安が交《ま》ざり合っていた。

「あ、いたんだ。よかった。お肉買ってきたよ、あっちゃん」

おずおずと扉を開くと、もう夕刻を過ぎ、薄暗くなった空を背景に立っている兜は、いつも通り楽しげに笑って、なにやら肉屋のビニール袋を掲《かか》げて見せた。

「あっちゃん？　あがっちゃうよ？　どうかした？」

兜は無言の篤郎に構わず、窮屈《きゅうくつ》そうに背を屈めて、狭《せま》い部屋へと上がってきた。

「……勝手にあがるなよ」

やっと一言声が出せたが、自分でもおかしいと思うくらい、かすれていた。

「もしかして、検査の結果よくなかったの？」

兜に訊かれ、篤郎はぎくりとした。慌てて兜の手からビニール袋をひったくり、「違う。ていうかなんだこれ？　肉なんか持ってきてどうするつもりだよ？」と悪態をついた。

「カレールウも買ってあるよ」

兜はのんびりと言い、篤郎はとりあえず誤魔化せたかと、ホッとした。少し冷静になってくると、やはり兜に病気のことを言うわけにはいかないと思う。

（一年後に死ぬんだって言われても、困るだろ……俺たちが、恋人同士ならまだしも）

一人モヤモヤとしながらも、兜が差し入れしてくれた袋を開けた篤郎は、けれど一瞬病気のことも、キスのことも忘れてしまうくらい驚き、そして腹を立てた。

「なんだよこの肉？　こんなのカレーに使えるか！」

思わず、大声で毒づいてしまう。カレー用にと兜が買ってきた肉は、桐《きり》の箱に入った霜降りの美しい高級肉だったのだ。それに引き替え、一緒に入っていたルウはスーパーで売っている安い市販のもの。どうしてそこはアンバランスなんだと思う。

「なんで？　カレー嫌い？」

「そうじゃない。勿体《もったい》ないだろ？　もういい、すき焼きにする」

篤郎がイライラして冷蔵庫の中から青ネギを出すと、兜はわくわくした様子だった。

「あっちゃんて、堅実《けんじつ》なんだね、そんなところも可愛い」

「黙れよ、あっち行ってろ」

褒められているのか茶化されているのか分からず、篤郎は兜を睨みつけて、テーブルにカセットコンロを出すように命じた。命じられた兜は、素直に従っている。

（ほんとこいつ、お坊ちゃんなんだな。父さんのカード勝手に使ってた時だって、俺はこんな贅沢《ぜいたく》なもの食ってないぞ）

裕福な家だったが、継母がロウクラスだったせいもあり、篤郎の根っこには庶民的な感覚がある。肉以外の材料は奇跡的に冷蔵庫に入っていた糸ごんにゃく、豆腐と麩にさっと焼き目をつけて準備した。卵もちゃんと用意する。

すき焼き鍋など持っていないので、フライパンをカセットコンロに載せ、肉についていた牛脂を落とした。脂はすぐ熱に溶け、とろとろになった。

「あれ、オレが知ってるすき焼きのやり方と違う」

斜め向かいに座って兜が言うのに、「お前が知ってるのは、東のやり方だろ」と答えた。

「うちは継母がもともと、西の人間だったから。お前んちは、割り下《わりした》で煮込むんだろ？」

訊くと、兜はそうなのかなあ、と肩を竦めた。

「うち、すき焼きなんて家でやったことないんだよね。一人用で出てくるから」

篤郎の言葉に、兜はそんなふうに言う。どうやら一人用の鉄鍋と素焼きのコンロで初めから炊かれたすき焼きが出るらしく、まるで旅館料理のようなその様子に、篤郎は（さすがお坊ちゃん……）と思う。

「お前んとこの料理人ほど腕ないから、期待するなよ」

言いおいてから、篤郎はネギを炒《い》りつけ、大きな薄切り肉をフライパンの上にきれいに敷いた。サッと砂糖を振り、出汁と醤油を少量絡めると、じゅうじゅうと音が立つ。肉はあっという間に色味を変えて焼けていき、かんばしい匂いが部屋の中に立ち上る。焼けきる前の一番美味しいところを狙って、篤郎は肉を引きあげた。

兜の椀《わん》に入れてやり、「ほら、今一番美味しいから、急いで食べろ」と言って渡す。兜は心持ち眼を丸くしたが、すぐに嬉しそうに受け取り、肉を口にした。

「あっ、ほんとだ、美味い！」

美味いの一言を聞くと、自分が食べたようにほっこりと、嬉しい気持ちが胸に広がるのを感じた。同時に、なにをやっているのだろう、とも思う。

（今日、俺は死ぬかもって聞いたばかりなのに……なんで肉なんて焼いてるんだろう）

そうは思っても、途中で手を止めては味が落ちる。水差しから出汁を入れ、醤油もとぷとぷと注いで、パンの中に糸ごんにゃくや豆腐、麩を並べた。

「母親が……郁《いく》のお母さんだけど、いつも一番美味しい一枚目を俺にくれてたんだ」

熱々の最初の肉を、彼女はごく自然に篤郎にくれた。篤郎はいつもそれを、郁と半分こして食べていた。なぜか思い出し、篤郎はなんの気なしに話す。

毎回最後に食べる継母にも食べてほしくて、ある時「お母さん、食べて」と差し出すと、継母は眼を瞠って驚き、それからニッコリ、微笑んでくれた。

――あっちゃんは優しい子ね。だけどお母さんは、あっちゃんたちが美味しそうなのを見るほうが、幸せなのよ……。

（……母さん。元気にしてるのかな）

その優しい思い出、遠くなった実家の団らんが、ふと頭をかすめていくと、とたんに病気のことが、篤郎の胸に重たくのしかかってきた。

自分はこのまま、二人に会えないまま死ぬのだろうか？

「……あっちゃん？　どうかした？」

敏《さと》い兜が、篤郎の変化に感づいたらしく顔を覗き込んできた。

「やっぱり病院での検査、なにか言われたの？」

兜は、本当に心配そうな顔をしていた。なんの悪意も、下心もない表情だ。

（……俺、もうすぐ死ぬって）

すがりついて、そう言いたい。そう言って泣いて、怖いと言えたら……。一瞬湧き上がってきた気持ちを、篤郎はこくりと飲み下す。

「いや……重度の貧血だから鉄剤飲んで、通院しなきゃいけなくなった。若い頃に、薬呑んでたせいだってさ。俺の免疫力、ものすごく落ちてるから……」

あまり軽い症状にしてしまっては嘘がばれるだろうと思い、篤郎はほんの少し真実を織り交ぜた。兜は眉を寄せ「大丈夫なの？」と訊いてきたが、篤郎は「平気だろ」と返した。

「ちゃんと治せばいいんだから……。それよりもう、こっち煮えたから、食べろよ」

くつくつと煮えていくフライパンの中から、篤郎は麩がつゆを吸い過ぎる前に、兜の椀にひょいひょいとよそってやった。

「美味しいよ」

食べながら兜が言う。それは素直に嬉しく、病気のことも忘れて篤郎は小さく笑った。

「だろ？　こんないい肉をカレーにしなくて良かっただろ」

火を弱め、自分もようやっと箸をとる。すると「あっちゃんて、お母さんみたいだね」と言われて、顔をあげた。

「……男にお母さんはないだろ」

褒められているのか分からず、複雑な気持ちで反論すると、兜がくすっと笑った。

「うんでも、保育園で子どもの面倒みてる時のあっちゃんも、お母さんぽいよ。……オレさ、あっちゃんはどこでそういう愛し方を覚えたんだろうってずっと思ってたんだけど」

お母さんなんだね、と、兜が言った。

「あっちゃんのお母さんが、こうやってあっちゃんに食べさせてくれてた。あっちゃんはお母さんから、愛し方を教わって……そのやり方で、誰かを愛するんだね」

ゆっくりと言う兜の眼が、なにか愛しいものを見るように篤郎に注がれている。その視線の甘やかさに、篤郎は思わず、息を止める。

頭の隅をよぎっていく、継母の笑顔。すぐ隣にはいつも、郁がいた。篤郎が友達とケンカをして帰った日、泣いて郁に心配させるかなと言うと、継母は篤郎の幼い体を膝に乗せ、心配させてやりましょうと笑っていた。

……だってあっちゃんは、郁の弟なんだもの……。

悪戯っぽく言う継母の、優しい声はまだ、篤郎の耳に残っていた。

（愛し方……？）

「……そんないいもの、俺の中に、あるかな」

ぽつりと呟くと、あるよ、と兜は即答してくれた。

なにげない兜の言葉が、篤郎の中にある柔らかく感じやすい場所にしみてくる。そうして、頑《かたく》なに兜を拒《こば》もうとしている気持ちをまた揺する。兜なら、篤郎の体も心も包んで、抱き締めてくれる。どんな不安も全部、きっと受け止めてくれる――。

（俺、死ぬかもしれない。……子どもを妊娠しないと、死ぬって……お前、お前もし、も

しもだけど、俺と――子どもを、子どもを作ってって……言ったら)

けれど頭の中に出てきた言葉に、篤郎はハッとなった。

耳の裏からすーっと血の気がひいていき、それから次には、カッと頬が熱くなった。

「うどん……、うどんとってくる。シメに入れるから……」

篤郎はろくすっぽ食べないまま、立ち上がった。後ろで兜が「あっちゃん?」と名前を呼んだけれど、聞こえないふりをした。頭の中がぐちゃぐちゃになって、息が乱れ、額に汗がにじんでくる。

(俺、今、なにを言おうとしたんだ……?)

――俺と子どもを作って。

そう言おうとしたのか? 目眩《めまい》を覚え、篤郎は冷蔵庫の前にしゃがみこむ。心臓が嫌な音をたてている。それこそ今ここで死んでしまいたいくらい、自分が恥ずかしかった。

(俺が、俺なんかが、そんなこと言う資格ない。野垂れ死んだって仕方ない人生なのに、子どもを産んで、生き延びようなんて。それも、それも兜との子どもを――)

妊娠なんて荒唐無稽《こうとうむけい》な話、とても考えられないのに、それでも藁《わら》にもすがる思いで口走ろうとした自分に、ゾッとした。生への執着の、この恐ろしさはなんだろう。とても兜の顔を見られそうになく、冷蔵庫の前にずっと座っていると、すぐ後ろから「あっちゃん」と兜の声がした。

体温が分かるくらい近くにしゃがみこまれている。背中に気配を感じ、篤郎は固まった。

「やっぱりなにかあった？　少し様子がおかしいけど」

再度訊かれ、篤郎は首を横に振った。声が出ない。うどん、うどん、と頭の中で念じて、それから篤郎は「あ……うどんがない」と、呟いた。

やっと開けた冷蔵庫の中には、前に買い置きしておいたはずのうどんがなかったのだ。

「うどんならコンビニにあるよね。オレ、買ってくるよ」

聞いた兜が、ひょいっと立ち上がる。篤郎は慌てて振り向き、引き留めた。

「いいよ、わざわざそこまでしなくても」

「蜂須賀家のすき焼きはうどんで締めるんでしょ？　オレが食べたいから」

兜は笑い、子どもにするように篤郎の頭をくしゃくしゃと撫でる。急にそんなふうに触られ、篤郎は驚いて頭を庇い、後ずさった。けれどそんな態度にも、兜はさっぱりと笑うだけだ。

「食後のデザートも買ってくるよ。帰ってきたら、話しよう。なにがあったか、ちゃんと教えて。ね？」

最後の声は、まるで篤郎の不安を取り除こうというように、柔らかい。口にはしないけれど、大丈夫だからね、という響きが聞こえてくるように感じた。

なにもかも見透かされているようで、固まっているうちに、兜は部屋を出て行った。

兜がいなくなると、狭い部屋はシンと静まりかえり、急に心許《こころもと》なくなる。一人になって、得体《えたい》の知れない不安を感じている自分に、篤郎はうろたえた。

（あいつに次訊かれたら……俺、病気のこと、言ってしまう）

言ってどうする。相手を困らせるだけだと思うのに、同時に、言いたいのだとも思った。

（……俺、兜に――言いたいんだ）

言って、支えてもらえたい。一人ぼっちでいたくない。……そばに、いてほしい。

そう思っている。もうずっと、ずっと長い間――篤郎は、胸が張り裂けそうなほど、淋しいのだ。

（こんなに俺がダメな人間だと分かってて……支えてくれるなら……兜が、本当に俺を好きで、死なないでいいって……言ってくれたら……）

自分はそう言われたいのだろうか？　そして、子どもを作ろうと……？

自分でも分からず、篤郎はしばらくの間、混乱の中にじっと佇んでいた。

篤郎がふと思い出し、冷蔵庫の野菜室を開けたのは、それから数秒後だった。すると、ないと思っていたうどん玉が、野菜室には三つも入っていた。

篤郎は慌てて、部屋を飛び出した。兜を引き留めようとして、アパートの敷地から道路を覗く。もう行ってしまったかと思ったが、兜は幸い、数メートル先にいた。日も暮れてあたりは暗かったが、その大きな背が街灯に照らされて浮かんでいる。

「兜……」

声をかけようとして、篤郎はやめた。見ると兜は立ち止まり、携帯電話を耳に当てている。どうやら通話中のようで、普段のにこやかな顔とは違い、淡々とした表情をしていた。

（仕事の電話かな？）

そう思っていると、「あわのさんだっけ？」と言う兜の声が、風に乗って聞こえてきた。

「ありのさん？　あやたかさん？　緑茶さん？　ハイハイ、分かってるって、綾野《あやの》さんとこのご令嬢ね。見合いでしょ、一応行くつもりだから心配しないでよ」

耳に入った内容に、篤郎はぎくりとして息を詰めた。そんな必要はないのに、つい、アパートの壁に身を隠す。それでも兜がため息をつき、「そりゃ一応、でしょ？」と文句を言っている声が、まだ聞こえてくる。

「三十までは好きにしていいって言ってたじゃない。オレ一応まだ、二十八だけど。そりゃ知ってるって、子どもが必要なのは。父さんも気が早いな」

いや、べつに不満とかないけど。オレ、結婚はできても二年後だからね――。

兜の話し声は、篤郎の耳にかすかに響いてくる。けれどその声よりずっと、自分の心臓の音がうるさく、眼の前が揺れはじめ、篤郎は話に集中できなくなった。

（なに？　なんの話……）
篤郎が困惑している間にも、兜は話を続けている。
「オレ、今はお気に入りの子、いるんだって。悪い癖？　そーね。でもちゃんと、男とし
か付き合ってないでしょ」
子どもできたら、父さん困るんだろ、と、兜が言う。
「男でも妊娠するケースって……どんだけ稀少《きしょう》例の話なの、それ」
やがて電話の向こうで父になにを言われたのか、兜は呆《あき》れたようにため息をついた。
「性モザイクとかチャタテとか？　ああ、あと、ボルバキア症だっけ。そういう子とは、
付き合ってないから安心してよ」
大体そんなに個体数ないでしょ、と言って、兜は電話を切った。通話を終えると、兜は
口笛を吹きながら、コンビニエンスストアへと歩き出す。口笛の音がゆっくりと遠のき、
やがて聞こえなくなっていく――。
――だから、男としか付き合ってないって。子どもができたら、困るんだろ。
――ボルバキア症だっけ。そういう子とは、付き合ってない。
兜の言葉が、篤郎の頭の中で何度も何度も繰り返し、わんわんと響く。そのたびに頭を
重いもので打たれるような、ショックを感じる。
（見合い……？　三十になったら、結婚……。悪い癖、お気に入りの子――）

篤郎は、自分の息が震えているのを感じた。喉がからからに渇き、血の気がひいて足元が覚束《おぼつか》ない。眼の前が、真っ暗になっていく――。

（それって……俺のこと？）

兜の、「今の」お気に入り。結婚するまでの繋ぎ。でもいずれは別れるだろう相手。

……子どもができないよう、男を相手にしているだけだと、兜はハッキリ言った。

（じゃあもし俺に、子どもができるような可能性があるって、知ったら……？）

兜から何度か言われた「好き」という言葉が、篤郎の中で不意に寒々《さむざむ》しく、薄っぺらいものに変わっていく気がした。兜は篤郎を、本気で好きではないのだ。

（俺のそばにいても、黙って、見合いには行くのかよ……）

騙されていたのだ、遊ばれていたのだと思うのと同時に、違うという声がする。自分の心を慰め、労ってくれた兜は本物だった。篤郎を見つめる、慈しむような視線にも嘘はなかった。兜は篤郎の中の、幼い篤郎を慰めてくれた。誰も、気付いてくれなかった痛みを見つけてくれた。篤郎はほんの少しだけ、自分を、好きになれそうな気がした……。

そう思う篤郎の耳の奥に、古い記憶が戻ってくる。

――オレはね、オレじゃなきゃ、幸せにしてあげられないって子がいいの。そういう子がオレで幸せになってくれるのが、好きなの。

それは六年前、兜が語った好みの相手のことだ。兜が好きなのは、いつでも自分より弱く、かわいそうな子だった。

先日、偶然居合わせた元恋人にも、兜は似たようなことを言っていた――きみを幸せにしたくて、付き合ったと。

(でも俺が幸せになったら、別れるつもりだった。そういうことか……？)

呆然としたけれど、そんな自分が滑稽に思えてくる。そんなことは、うすうす分かっていたではないか。兜は三年前まで、篤郎が嫌いだった。今になって好きになったのは、篤郎が金もなく、一人ぼっちで、いつも淋しそうにしているからだ。

(分かってたのになんで……俺、ショック受けてんのかな)

篤郎はアパートの壁に凭れたまま、思わず嗤った。

兜が好きだと言ってくれても、これは兜の気まぐれ、遊び、からかいだと、何度もはね除けていたのは、自分じゃないか。

(危うく絆《ほだ》されるとこだった、あいつに病気のこと言う前に眼が覚めてよかった)

必死になってそう思い込む篤郎の耳の奥で、あっちゃん、と笑う声がした。

悪戯っぽい響き。けれどすぐにそれは優しい声音に変わる。

――あっちゃんはお母さんから、愛し方を、教わったんだね……。

とたん篤郎の胸には、切ない痛みがしみてくる。

(ひどいやつ……)

ひどい男だと思った。きっと愛情からではなく、人並みはずれた観察眼と、頭の良さから、兜はあんなふうに簡単に、篤郎のほしい言葉を口にできるだけだ。

(それでもそうやって優しくされて、俺は簡単に……救われてる――)

その兜の優しさが嘘なのかと思うと、傷ついた心ごと、誰もいない一人ぼっちの暗闇の中に、ゆっくりと落ちていく気がした。

眼の奥が熱くなり、こみあげてきた涙が頰を伝ってこぼれていく。胸が締め付けられて苦しい。兜に、愛されていないことが苦しい。

兜にとって、篤郎はいつでも別れられる相手なのだと思うと、苦しい――。

(兜が好きなのは……好きなのは、俺の……)

その先の言葉を頭の中で呟くのが、怖かった。認めてしまえば、胸が張り裂けてしまう。声をこらえて泣きながら、篤郎は観念するように思った。

(……俺は兜を、好きに、なってたのかな)

好きだよと言われ、一人にしないと言われ、そのすべてを薄っぺらいとバカにしながら、本当は飢えていた。兜に想われたら嬉しい。好かれたら嬉しい。その好きが本物なら嬉しい……。

虚勢《きょせい》を張って突っぱねる心の奥底で、素直な篤郎はずっとそう感じていた。

あたりは日が暮れていて、こぼれた涙が道ばたに落ちるのも見えない。

兜から離れようと篤郎は決めた。

兜は篤郎の病《やまい》を知れば、簡単に篤郎を捨てるかもしれない。ボルバキア症は、男が妊娠をする厄介な病だ。ついさっき、兜が自分の口で、そんな相手とは付き合わないと言っていた。

（それなら、捨てられる前に俺から離れた方が、まだマシだ）

そう思った時、篤郎の上着のポケットで、携帯電話が鳴った。

涙を拭って取り出すと、画面に表示されていたのは、『鎌谷《かまたに》』の名前だった。

七

――来ないなら、あの写真、ネットに流しちゃうけど？

電話で脅された篤郎《あつろう》は、鎌谷に呼び出されるまま、保育園のある駅前まで行った。

よく考えれば、昨日待ち伏せされていたのだから、今日連絡が来るのは当然と言えば当然かもしれなかった。

夜の八時過ぎで、商店街は軒並み店を閉めている。最初に言われたとおりの金額分、金を渡すと「おーおーありがとよ」と鎌谷はニヤつき、篤郎の体に腕を回してきた。

「なあ、暇なら付き合えよ。こないだから、どうもお前の匂いが忘れられなくてさ」

ホテルに誘われ、篤郎は鳥肌がたった。嫌悪を抑え、まだ仕事があるからこの次にする、と抵抗し、ようやく鎌谷から逃げ出せた時には夜も九時を回っていた。

（……これからどうしよう）

携帯電話を見ると、兜《かぶと》からの着信が数件と、メールも数通、入っていた。

『今どこにいるの？』『なにかあった？』

メールの文面からはどれも、焦りと心配が窺《うかが》えた。それはそうだろう。篤郎は部屋の中に、『用事ができた。鍵閉めなくていいから、適当に帰って』とだけ書き残して、出てきたのだ。うどんを買って帰ってきただけの兜にしてみれば、なにがなにやら、意味が分からないに違いなかった。

（部屋に帰ったら、兜がいるかもしれない。……今日はネットカフェにでも泊まるか）

今はまだ気持ちの整理がついておらず、篤郎は兜と顔を合わせるのが怖かった。

鎌谷に金までとられ、一年後に差し迫っている死の影に怯え——兜を好きになっていた自分に落ち込み、その兜には愛されていないと思い知らされて傷つき、篤郎はもう、どこから悩めばいいのか分からなかった。一歩歩くのも、まるで水の中を歩いているように体が重たい。その重い体をひきずるようにして、駅から少し離れた場所にある、小さなネットカフェに入り、一晩泊まれるよう一番長いコースを選んだ。

リクライニングソファのある個室に案内され、椅子に座ると、隣はカップル席らしく、若い男女が甘ったるい小声で会話しているのがうっすらと聞こえてきた。

好きだよ、俺も、と繰り返しあう若い声に、あんな時代は自分にはなかったな、と、篤郎は思った。

（……好き。好きっていうのは……俺にとっては、その人がいないと、生きていけないくらいのものだったけど——）

不意に篤郎の耳の奥には、いつか言われた兜の言葉が蘇ってきた。

——あっちゃんは、愛しすぎるんだ……。

(でも兜は違ってた。……あいつは俺みたいに、壊れるほど誰かを好きになったこと、ないんだろうな)

リクライニングソファを倒し、ネットカフェの薄暗い照明を見つめながら、篤郎はぼんやりと思う。そしてたぶん、それでいいのだ。もしかしたら、そのほうが普通なのかもしれない。それに兜は名家の人間で、いつかは決められた人と結婚しなければならない。

携帯電話を取り出すと、画面にまた、兜からの着信マークが増えている。篤郎は電源を切って、もう鳴らないようにした。もちろんこれで、誤魔化せるとは思っていない。

(明日……どうやって言えば、兜は俺から離れてくれるだろう)

病気のことは、知られたくなかった。手ひどく捨てられるのも嫌だが、同情され、一年だけそばにいてあげると言われる可能性もあると思った。かわいそうな人間が好きな兜なら、子どもさえ作らなければいいと割り切って、篤郎を支えようとするかもしれない。

(……でもそれはつまり、俺が死んでもいいってことだ)

兜の回答がどんなものであれ、自分は傷つくことになる。

このまま死んだら、と、篤郎は思う。自分の生きてきた意味はあったのだろうか。誰かに深く愛されることもなく、愛した人のことは傷つけ、苦しめて終わった。

いつか結婚した兜が、ふと篤郎のことを思い出すとしたら、どんなふうに考えるのだろう？　ほんの一時、気に入っていた、気難しい男の子。

きっとその程度だ――。もしかしたら二度と、思い出さないかもしれない……。

眼を閉じると、疲労が一気に体を襲い、遠い過去から誰かの声が聞こえてきた。

――ごめんね、あっちゃん。守ってあげられなくて。

泣いているその声は、継母のものだ。父の打擲《ちょうちゃく》から守ってあげられなかったと、継母は篤郎を抱き締めてよく泣いた。泣かないでと言いたくて、それ以上に、助けてと言いたかった。けれど言えなかった。

お母さん、そこまであっちゃんを愛してないわ……。

継母からそう言われたらどうしようと、ただそれが、恐ろしかったのだ。

（……痛いなあ）

眼を閉じたまま、篤郎はそう思う。あの頃の自分の痛みと愛されたい気持ちが、心に返ってくる。息が詰まりそうだ。愛されたい。愛している人に、同じように愛されたい……。

（兜は、こんな想いしたこと、あるんだろうか）

きっとないのだろうと篤郎は思った。

願わなくてもそれなりに愛されてきて、そして、それなりに愛することができる……。

「嘘でいいの、優しくしてくれたら」

隣の女の子が、甘えた声で彼氏にねだっている。優しくしてくれるなら、嘘でいい。なぜかその言葉が、身に染みるように痛かった。

優しい嘘に心揺らされ、兜を好きになりかけていたのは、きっと自分も同じだったのだと、篤郎は思ったからだった。


「どういうことか、説明してほしいんだけど」

翌日の早朝、ネットカフェから外へ出た篤郎は、店の前に車を寄せ、待ち伏せしている兜を見て驚き、一瞬言葉を失ってしまった。

まだ朝早いので、駅前には人気がない。兜は昨日と同じスーツを着ていて、シャツはくたびれ、髪もいくらか乱れていた。政治家の秘書として、いつもさっぱりと身だしなみを整えている兜にはそれが珍しく、

(……まさか、一晩中探してた?)

と、篤郎はほんの少し、眼を瞠《みは》った。

「――お前、前から思ってたけど、もしかして暇なのか？　……こんな朝早くから、よく俺なんか構いに来れるな」

それも、本気でもない相手に対して。

思わず呟いた瞬間、兜の眼の中に、これまで見たことのない苛立ちが点るのを感じた。

大股に近づいてきた兜は、いきなり篤郎の腕を摑むと、「あのねえあっちゃん」と、少し怒ったような声を出す。

「きみがオレをどう思ってるかは知らないけど、オレは結構きみのこと、本気で大事に想ってるんだよ」

真剣な声だった。まさか、嘘をついているとは思えないくらいに——。まっすぐ見下ろされると、心臓がドキンと大きく脈打ち、同時に胃の奥に、ぎゅっと痛みが走る。

「昨日病院から帰ってきて、明らかに様子が変で、そしたらいきなり消えて、電話が通じなくて……それで心配しないわけないでしょ？　今までどこでなにしてたの？　なんでオレからの電話、出なかったの？」

強い口調で責められ、篤郎は胸の奥から、もやもやと我慢できない気持ちが迫り上がってくるのを感じた。兜の顔は真面目で、その眼からは本当に、篤郎を心配していたという気持ちが伝わってくる。

その真剣さに心を打たれ、揺れる。兜は自分を好きでいてくれる。そう、期待しそうになる——。

「……だったらなんで、見合いなんかするんだ？」

気がつくともうたまらず、篤郎はそう、口走っていた。

違う、こんなことを言うつもりじゃなかった。もっと考えて、うまく別れる言葉をいくつも用意していたはずだろうと、心の中で声がする。けれど口に出してしまった言葉は戻らない。

「お前、見合いするんだろ。いつかは親の決めた相手と、結婚するんだろ。最初から別れることを前提にして俺に好きだって言ってる。そんなお前の好きってなに？」

我慢できずに、篤郎は続けた。

好き。あっちゃんが好き。好きだよ……。

甘い声で囁かれたあの言葉は、一体なんだったのか。どういう好きなのか。どんな気持ちで兜は言うのか。篤郎はそれを兜の口から、直接訊きたかった。

もしも兜が篤郎の言葉に焦り、違うんだよあっちゃん、と言ったなら。

オレが本当に好きなのは、本気で好きなのはあっちゃんだけなのだと言ってくれたなら
──頭の隅にばかげた考えがよぎったその時、一瞬、驚いたように眼を見開いていた兜が、苦笑を浮かべて困ったように首を傾げた。

「そっか……もしかして昨日、オレの電話、たまたま聞いちゃった？」

兜の眼の中からは、ついさっきまで篤郎に向けられていた、余裕のない苛立ちが、とうに消えている。ニッコリと微笑むその顔に、篤郎は不意にどこか熱が冷め、頭の中の一部が、すうっと冷静になっていくのを感じた。

（……ああ。こいつ嘘つく時、こういう顔になるんだ──）

なぜだかそう、篤郎は分かってしまった。

一体どこでなにをしていたと篤郎に迫り、怒っていた兜は急に遠のき、今眼の前にいる兜は、賢く予防線を巡らせたにこやかな男に変わっていた。

「見合いの話聞いたから、急にいなくなったの？　でもあれは、親が決めたものだよ？」

安心させるように優しい声で、兜が言う。

「言ったでしょ。オレは本気であっちゃんを想ってるし、今までの子たちとはたしかに別れてきたけど――それは相手が、自分の力でちゃんと立てることが分かったからで、そう望まれたからだよ。オレから別れたことは一度もない」

兜は落ち着いた、優しい声で諭すように喋っている。実際それは真実なのだろう。きっと本当に兜は、自分から別れたことがないのだ。

「あっちゃんのことだって……あっちゃんが幸せになるまではそばにいるつもりだよ。もしたとえ結婚することがあっても……オレが本当に好きなのは、あっちゃんだよ」

眼を細めて話す、兜の声がどうしてか遠くから聞こえてくる。

こいつの声はこんなに空々しく、こんなに嘘っぽかったけ、と、篤郎はぼんやり思う。

先のことは分からないけどさ、と、兜が続ける。

「オレは今のところ、あっちゃんのそばにいるつもりだよ。そりゃあっちゃんが幸せになって、それから別れようって言われたら、仕方ないけど、でも……」

「……好きって」

まだ話している兜の言葉を、篤郎は無意識のうちに、遮《さえぎ》っていた。

我慢ができなかった。胸が震え、息が苦しい。言葉は勝手に、口から飛び出ていた。

「好きって、そういうのじゃ、ないんだよ」

声が震え、しゃがれた。顔をあげ、まっすぐに兜を見る。アーモンド型の優しい眼。ああ、この眼が好きなんだと篤郎は思った。

この眼でじっと、慈しむように見られることが、たまらなく好きだったと――。

「愛って、そんなんじゃ、ないんだ。そんなに簡単じゃ、ないんだよ」

喉が焼けるように痛くひりつき、熱いものがこみあげてくる。胸が苦しくて、篤郎は震えた。

「……お前は誰かに、愛されたいと思って、でも愛されなくて泣いたこと、あるか？」

搾《しぼ》り出すように訊く。兜の顔から笑みが退いていく。篤郎の睫毛には、こみあげてきた涙が引っかかり、一粒だけ、こらえきれずに頰をこぼれる。

「愛されてなかったらと思うと怖くて、たった一言が言えない苦しみを、味わったことは？　愛したことで、相手を傷つけて……もう二度と、取り返しがつかない。そんな痛みを、経験したこと、あるか？」

ないだろう。ないだろうと、篤郎は思った。

愛に心を傷つけられ、のたうち回るほど苦しんだことなど、兜にはきっとない――。

「そんなふうに冷静に……相手が望んだから離れられるようなら……それは愛じゃない。愛じゃないんだよ。それはただの親切で……愛とは、言わない――」

心の中にあるものをすべて、吐き出すように篤郎は言った。

「愛しすぎたって、お前は俺に……言ったよな。俺は郁を、愛しすぎたって。……だから傷つけたんだって。そう言ってくれて、嬉しかった。俺は、救われた気がした」

うつむくと、こらえていた涙がぼろぼろと、頬を伝った。早朝の薄青い光の中、道路に向かって落ちていく、自分の涙の粒が見える。

救われた。嬉しかった。助けられた。

あの罪は愛のせいだと言われたら、許された気がした。自分の中にあるものが、ヘドロのような薄汚いものから、美しいものに変えられたような――そんな錯覚を起こした。できることならあの兜の言葉を、そっくりそのまま、信じたかった……。

でも違う、と篤郎は呻いた。

「違うんだ。……それでも、愛しすぎていても、郁を傷つけて殺しかけた、あれはもう……もう、愛じゃない。愛じゃ、なかったんだよ」

血を吐くような気持ちだった。どっと涙が溢れ、声がかすれた。体がわななき、嗚咽《おえつ》がこぼれる。篤郎の脳裏によぎっていくのは、床にうち捨てられた郁の、無残な姿だ。

「どんなにきれいな言葉で飾っても、どんなに俺が郁を愛してても、それでもあの事実は許されない。あれを愛だと言ってしまったら、傷つけられた郁の痛みは、どこに……どこに行くんだ?」

泣き濡れた眼をあげても、涙で歪んだ視界では、兜の顔がよく見えない。しゃくりあげ、篤郎は兜に問いかけたが、答えは戻ってこない。

「あれはもう、愛じゃないんだ。俺は愛するのに失敗して……もう誰も、二度と愛さないと思った。こんな苦しみしか、生めないなら……俺は愛するのに、向いてなかったんだって……」

乱暴に涙を拭うと、ただじっと篤郎を見つめ、無言で次の言葉を待っている無表情の兜が見える。でもそれは、お前だって同じだ、と、篤郎は続けた。声が震え、しゃがれた。それでも続けた。本音しか、今言えるものがなかった。

「お前も、愛するのに向いてない。お前はきっと誰にも、一生、自分の全てを注いだりしない。……俺と違って、きっと持ってるものが多いから、そんなふうに愛さなくても、相手を幸せにできるんだろう。だけど」

兜は笑みを消したまま、ただ篤郎を見ている。

「お前はそれなりの愛しか、一生知らない。一生、それなりにしか、人を愛さない」

最後の言葉が、静かな街の瀬にやけに大きく響いたように感じた。

兜はまだなにも言わず、篤郎を見下ろしている。篤郎は鼻を啜《すす》り、兜から眼を背けた。

「……全部注ぐことしかできない俺と、それなりにしか愛せないお前とが、一緒にいても意味なんてない。もし他の誰かにできたとしても——お前にだけは、一生、俺を幸せにはできない」

俺とお前じゃ、合わないんだよと、篤郎は呟いた。そして、それでいいのだと。

「……ひどい言われようだね」

長い沈黙のあと、ようやく口火を切った兜の声は低く、静かだった。

「でも正直、反論できないよ。……たしかにオレは、自分の全部を注いだりはしない。しないけど、それを責められても、オレが悪いの？　って感じ」

兜の声音は、いつもの軽快さとはほど遠い、淡々としたものに変わっていた。その響きに違和感を覚え、篤郎は涙に濡れたままの顔をあげる。兜は「じゃあこっちも訊くけど」とさして興味もなさそうに付け加える。

「あっちゃんこそ、知らない男の匂いがついてるんだけど。それ、なに？」

篤郎は眉を寄せた。なんのことかと思い、それからハッとした。きっと、鎌谷の匂いだろう。鎌谷はハイクラスの上位種だ。ちょっとくっつかれただけで匂いがうつる。そして鎌谷よりさらに上位種の兜は、そのわずかな香りを嗅ぎ分けたに違いなかった。

「……なにって、昔の仲間だよ。昨日呼び出されたの」

ぽつりと言う。すると兜は眉を寄せ、冷たい笑みを口の端に浮かべた。

「呼び出されただけ？　ヤラせたんじゃなくて？」

「……は？」

篤郎は思わず、顔をしかめた。なぜ自分が、鎌谷と関係を持ったように言われなければならないのだ。腹が立ち、兜を睨みつける。

「寝てたら、もっと匂いつくだろうが」

セックスをすれば、相手の匂いが強くうつる。鎌谷の香りはかすかにしか残っていないはず。それなのにどうしてそんな疑いをかけられるのかと、篤郎は兜の正気を疑った。けれど兜の眼には、どうしてかそれまで見たこともないほどの苛立ちが、はっきりと浮かび上がっている。

「匂い消しの薬飲んだら、ちょうどそのくらいになるでしょ。これからあっちゃん仕事だし、普通なら飲むよね」

「……だから、ヤラせてないって」

「信用できないね。あっちゃん、男誘う匂い、すごいもん」

言われて、篤郎は呆気にとられた。

「誘うって……」

思わず声がかすれ、それから一瞬の後、カッと頭に血が上った。

「……話にならねー。じゃあな」

　兜はもしかしたら、先ほど篤郎の言った言葉で、腹を立てているのかもしれなかった。その意趣返しに、こんなくだらない言いがかりをつけられているのなら、冗談じゃない。傷ついているのはこっちも同じなのにと、みじめな気持ちさえ湧く。

　どちらにしろ話は終わったのだと、篤郎は兜の横をすり抜けようとした。

「それなりの愛ね……あっちゃんだって、オレにはその程度しか返してくれなくない？」

　その時不意に兜が小さく、唾棄《だき》するように言う。なんで俺がお前に返すんだよ、とムッとしたのと同時に、ものすごい力で腕を摑まれ、篤郎は引き留められた。

「本当にヤラせてないか、確かめさせてよ」

「放せよ」

　反射的に、唸るような声が出る。

「放さなかったら？　刺すの？」

　せせら嗤う声。突然、力尽くで、篤郎は腕をひねりあげられていた。あまりの痛みに悲鳴が漏れる。

　そうして兜の車の助手席に、篤郎は無理やり乗せられていた。やっと腕が離れたと思うと、体を起こすより先に兜が運転席に乗り込んできて、エンジンをかける。

　慌ててドアを開けようとしたが、ロックがはずれない。

「無駄だよ、こっちでしか開けられないから」

兜が淡々と言い、手早くシートベルトを締めると、車を発進させる。振り返って見たその横顔は、笑ってもいなければ、怒ってもいない。なんの感情も浮かべていなかった。

「俺は……仕事があるんだよ！」

「一日くらい休んだって問題ないでしょ？」

声を荒げても、兜は動じなかった。その声があまりに冷たく、突き放されたようで、篤郎はぎくりとした。心臓が嫌な音をたて、額にじわっと汗が浮く。不意に兜は、眼を細めて嗤った。

「あんまりかわいそうだから、忘れてた。……あっちゃんて、スズメバチだったね。毒針、隠してたんだっけ」

刺されちゃったね。そう言う声は楽しげだったが、眼はまるで笑っていない。苛立ちと怒り、傷つけられたプライドが、その瞳に見え隠れしている。

「それなりの愛で、いいんだよね。オレにはそれしか、できないから」

それならそれなりに愛してあげる、と兜は言った。

（は？）

篤郎は耳を疑う。そうじゃない。篤郎は、それなりの愛をくれと言ったわけではない。

「違う。俺が言ったのは、俺たちじゃ合わないって話で……」

言いかけた篤郎は、けれど兜に鋭く一瞥《いちべつ》されて息を呑んだ。兜を、怒らせた。それも、ものすごく怒らせたのだと分かったからだ。

遠い昔、兜のこんな顔を見たことがある。郁を傷つけた後に向けられた、軽蔑と嫌悪のまざった表情だ――。冷たい眼光に貫かれ、篤郎は体が震えた。

（そうだ、こいつはヘラクレスオオカブトで……ハイクラスの王者なんだ――）

急に、いつもの何倍も何倍も、兜が大きく見えた。

もう一度取っ手に手をかけたが、ドアは開かない。恐怖が、腹の底から湧き上がってくる。

無駄だって言ったでしょ、と、兜は無感情に、静かに繰り返した。

目的の場所に着くまでの間、兜は怖いほどに無言だった。

なにを考えているのか、冷めた表情でフロントガラスの向こうをじっと凝視し、車に乗ってからは一度も、篤郎のほうを見ようともしない。途中からは、まるで隣に篤郎が座っていることさえ、忘れているようだった。

窓の外の景色は、既に篤郎が暮らしている下町ではなく、都心のものだ。

（こいつ……俺をどこに連れてって、なにするつもりなんだろう……）

助手席に座ったまま、篤郎はキリキリと痛む胃に、片手を当てて考えていた。はずみでさらけ出した本音に、兜は怒っているようだ。兜から離れようとは決めていたものの、篤郎は特に考えがあったわけではない。この展開は予想外で、どうしたらいいものか、結局また兜に振り回されてしまっている。

「ああ、もしもし。オレだけど。うん、今日ちょっとK市に視察に出るから、先生にはそう言っておいてくれる？」

と、信号待ちで停車した時、兜が携帯電話でどこへやら電話をかけ、連絡を入れた。

「……おい、仕事サボるつもりかよ」

通話を終えた兜に篤郎が言うと、「あっちゃんこそ」と、兜は淡々と返した。

「職場に連絡入れといたほうがいいよ。無断欠勤になるからね」

「ふざけるな、なんで俺が休まなきゃいけないんだよ。いい加減、下ろせ――」

言いかけた篤郎の声を無視し、兜が車を急にカーブさせた。思わずシートベルトに摑まる。気がつくと、兜の車は大通りから見知らぬマンションの地下駐車場へと入り、停まった。地下駐車場は広く、がらんとしている。停まっている車の台数は少なかったが、どれも高級車であることは一目で分かる。

「下りて」

言葉少なに命令され、助手席から下りると、すぐに腕を摑まれた。兜の力は強く、引き抜こうにもびくともしない。

「放せよ」

篤郎は唸ったが、兜はまるで聞いていなかった。エレベーターに乗せられたかと思うと、いきなり上着のポケットから携帯電話を取り上げられる。勝手に着信履歴を開いた兜が、メガネの奥で冷たく眼を細めた。

「……鎌谷ってのがさっき言ってた男？」

無関心げな声だが、兜の瞳には一瞬、ぎらりと苛立ちが走った。自分より上位種にあたる男の怒りとは、こんなに怖いものなのだろうか。篤郎はぎくりとし、体が無意識に強張るのを感じた。電話を取り返そうとしたが、摑まれた腕をぐっと下へ引っ張られ、体勢を崩している間に、兜が勝手にどこかへかけてしまう。

「あ、もしもし園長さんですか。お世話になってます。兜です。はい、すいません急に」

篤郎は驚いて、動きを止めた。電話の向こうから、耳慣れた声が聞こえてきた。『くまのこ保育園』の、園長の声だ。兜からの電話に、華やいだ声をあげている。兜はそれにニコニコとして、「ええ、蜂須賀《はちすが》先生のことで」と応えた。

「昨日から体調を崩されて、一時入院になりまして……ああ、病院のことや詳しいことは、あとでお伝えします。ちょっと今ばたついてるので、すいません。それでは」

兜が通話を切り、篤郎は頭から血の気がひいていくのを感じた。

「……お、俺は、入院してないだろ？」

笑顔で、まるで天気の話をするように、ごく自然に大袈裟な嘘をついた兜に、篤郎は怖くなった。なんだかやばい、まずい、なにかとんでもないことになっている。本能的な恐怖が、胸の奥からふつふつと湧いてくる。

「そう言っておいたほうが楽じゃない。大丈夫だよ、適当に入院証明出してくれる病院、いくつも知ってるから」

電話を切った兜は笑顔を消し、無表情で言い放った。

そういうことではないと、篤郎は思った。けれど篤郎の言葉には構わず、兜は片手でこめかみをおさえ、物憂《ものう》げにフーっとため息をついた。

「それより話しかけないでくれる？　オレ今、あっちゃんに苛《いら》ついてるんだよね」

（な……なんだよそれ……）

篤郎は、口の中が渇いていくのを感じた。兜が怖い。ものすごく怖《おそ》ろしく感じられた。

最上階にエレベーターが到着し、ポオンと音をたてて扉が開く。兜は能面のような顔のまま、篤郎を力任せに引っ張って下ろす。エレベーターの向こうには、玄関らしきものは一つしか見当たらない。どうやら最上階にあるのは、この一室だけらしい。黒い大理石が底光りする、高級な外装で、下からは強烈なビル風が吹き付けてくる。

部屋のロックは指紋認証で、兜が玄関脇のパネルに指を置くと、カチリと乾いた音がした。扉が開き、篤郎は「いやだ」と抵抗したが、無理やり中へ押し込まれた。玄関からはホールのように広々としたリビング、鍋一つ置かれていないキッチンシンク、ドアの開け放たれた広いベッドルームまでが見渡せた。モノトーンで統一された調度、棚には物が入っておらず、どこかのホテルのスウィートルームにでも来たかのようだ。

（自宅……じゃない）

あまりに生活感のない様子に、篤郎はすぐに察《さっ》した。兜クラスの金持ちは、都内にいくつもマンションを所有しているものだ。恐らくその一つだろう。

「じゃあ、しよっか」

立ち尽くしていた篤郎に、兜がいきなり言う。なにを？　と問う間もなく、篤郎は腕を引っ張られ、キングサイズのベッドに、突き飛ばされるようにして転がされていた。幸いスプリングの利いたベッドで、衝撃はなかったが、ハッとして起き上がるより先に兜にのしかかられ、組み敷かれていた。

「なんの……つもり」

出た声はかすれ、震えていた。篤郎は信じられない思いで、兜を見上げた。

「だから、確かめるの。あっちゃんが鎌谷って男とヤってないか」

兜は物憂げに眼を細め、

「楽しくなかったらやめるけど。とりあえずイライラするから」

とんでもないことを言い放ち、篤郎を呆然とさせた。

（イライラするからって……確かめるって、どういうこと）

もしかしてセックスをすると、言われているのでは。追いつかない思考でそう考える。

（……俺が、抱かれるのは怖いって、知ってるのに？）

篤郎は呆然と、兜を見つめた。篤郎の知る兜は、こんなひどい言葉を吐けるような男ではなかった。自分が罵倒《ばとう》したことへの意趣返《いしゅがえ》しなのだろうか。

「……冗談よせよ。退け」

戸惑いながらも、睨みつけて言う。けれど兜はバカにするように鼻で嗤ったただけだった。

「やだなあ。誰が合意だって言ったの？　あっちゃんがどうしたいかなんて、オレは聞いてないから、勝手にやるよ」

おかしそうに言う兜の眼は本気だ。背筋にぞっと寒気が走り、篤郎は血の気がひいていくのを感じた。

――こいつ、堂々と犯す気だ――。

体を起こそうとしたが、篤郎の細い手足は、がっちりと兜に押さえ込まれている。渾身の力を込めても、びくともしない。

「セックス、興味なかったんじゃないのかよ……！　しなくてもいいって言ったろ!?」

怒鳴りつけたが、眼の前の兜が怖くて、その声は情けないほどに震えていた。

「そうだけど。べつに嫌いじゃないよ？　ていうかさ、あっちゃん」

篤郎の怯えを見ても、兜は平然としていた。肩を竦めて、おかしげに見ている。

「今まで散々男と寝てきて、オレにはダメって、それは通らないんじゃない？」

それにあっちゃんは、罰されたいんでしょ。兜は篤郎の反応を楽しむように嗤った。

（なに？　なんて言った？　……今）

心臓が嫌な音をたてている。今まで散々男と寝てきて。兜はそう言った。そしてこれは、篤郎への罰だとも。明らかな蔑みに、心が抉れて、体が強ばり、耳鳴りがした。他の誰に言われても、きっとこれほど傷つかない。兜に言われたから、自分はとても傷ついている――。

頭が叩かれたようなショックの後で、瞼の裏に、六年前の狂った夜のことがよぎる。サイケデリックなクラブの電飾と、その中で倒れていた郁のむごい姿。汗が全身に吹き出る。

怖い。セックスは嫌だ。怖い。

「……兜、やめろ……って」

絞《しぼ》り出すように言う。その瞬間、兜の体からアマレットの香りが、噴《ふ》きこぼれるように溢れてきた。

それは何度か嗅《か》いだことのある、兜の誘引《ゆういん》フェロモンだった。けれどその匂いは、これまでとは比べものにならないほど濃厚で激しい。突然甘い香りの渦に巻き込まれ、篤郎は震えた。匂いが鼻腔《びこう》から体の隅々まで駆け巡り、指先から脳天までが、ドラッグに溺れた時のようにじいんと痺《しび》れていく。篤郎を見つめる兜の視線から、眼を逸らすことができない。唇がわななき、全身が急激に乾く。

（嘘だろ……オオスズメバチなんて……メじゃない……）

篤郎は愕然とし、震えながら息を呑んだ。

カブトムシは普段隠している翅を擦り合わせ、相手の性衝動を掻《か》き立《た》てるという。

今になって篤郎は、兜が完全に誘引フェロモンをコントロールしていることに気がついた。この強い香りはたった今、意図して自分に向けられている。今まではあえて、隠されていたのだ――。

フェロモンの出し入れなど、同じハイクラスのトップ層に位置するオオスズメバチにすらできない。そして兜のフェロモンは、十五の時から数年間、何人もの男と寝てきた篤郎でさえ、体験したことがないほど強烈なものだった。

あっという間に、匂いに体が支配され、心には畏《おそ》れに似た感情が、本能的に浮かび上がってくる。これが王者の香りと言わずして、なんというのだろう。兜の前にひれ伏し、体を投げ出したいとさえ、思う気持ち。理性ではそんな自分に驚き、ありえないと分かっているのに、本能は完全に屈服しようとしている。

「抵抗しないんなら、レイプじゃないね？」

兜は意地悪く嗤い、それからいきなり、篤郎の着ていたシャツを引きちぎるようにして剝いだ。ボタンが弾けて、床に落ちる。恐怖に襲われ、篤郎は細く悲鳴をあげた。同時に脳裏をかすめたのは、自分が子どもを宿《やど》せる体だという事実だった。

（そうだ……抱かれたら、妊娠するかも、しれない）

本当はその説明を医者から聞かされた時、あまりのショックにぼんやりとしていて、男とのセックスで妊娠すると言われたかどうかも、よく覚えていない。それでも恐ろしくなり、篤郎は、

「いや……！　やめろ！　いやだ……っ」

声をあげて兜の胸を押しのけようとした。けれど匂いに侵されて、腕に力が入らない。覆い被さってきた兜が、「おとなしくしてよ」と呟いたかと思うと、篤郎は乱暴に、唇を塞がれていた。

厚い舌に歯列《しれつ》をこじ開けられ、中へ侵入される。とたん、砂糖水のような甘い液体が、口の中いっぱいに落ちてきた。

「ん……っ、う」

「しっかり舐めてね。カブトムシの蜜は、美味しいでしょ……？」

言われて初めて、篤郎はその甘いものが、兜の唾液だと気がついた。多くのハイクラスは、体の内側に相手への催淫《さいいん》効果をもたらす物質を、潜《ひそ》ませている。タランチュラの毒、蟻のギ酸、篤郎のようなスズメバチも毒として持っている。

（これが、兜の毒……）

毒とは思えないほどの、甘ったるさだ。

砂糖を煮詰めたような、濃厚な味。喉が焼けるほどの甘さ——。

「ん……、う、あ……」

甘い唾液がとくとくと篤郎の喉を伝い落ちるたび、肌の表面がざわめき、体の奥がうずうずと疼いて、下肢《かし》の間で欲望が持ち上がる。一方で、篤郎の頭の中には傷つけた郁《いく》の姿が何度もフラッシュバックし、欲情と一緒になって吐き気がのぼってくる——。

「やめ、いや……だ」

唇が離れた時、兜の胸を叩いたが、力が入らない。

（逃げないと……今、逃げないと、本当に、やられる……もしも子どもが、できたら）

篤郎は必死になって、利き手の爪に神経を集中した。ゆっくりと、爪を伸ばしていく。

キュルキュルと伸びていく爪は、ハチ種が持つ唯一にして最強の武器だった。オオスズメバチは神経毒を打つことができる。一時的に兜を麻痺させ、逃げるしかない。篤郎は力を振り絞った。狙いを定め、伸ばした爪を兜の首筋に突き立てる。静脈のある、一番弱い場所へ——。

ずぶり、と音たてて爪が皮膚の中へ沈み込むかに思えたその一瞬、篤郎は指先に走った鋭い痛みに、金切り声をあげて仰け反った。

兜の皮膚は、触れるほんの一瞬前までは柔らかかったはずが、爪が食い込もうとしたとたん、鉄よりも硬くなったのだ。力任せに押しつけた篤郎の針は、その硬さに折れ、人差し指の爪は無残にも割れて剝がれ、指の皮膚が裂けて血が出た。

「あ……っ、あ……、あ……」

指の痛みに喘いでいる篤郎を見て、兜は嗤った。

「ねえ、本当にそれで逃げられると思った？」

次の瞬間、篤郎は利き手をとられた。血の出た指をぐっと握られ、痛みに悲鳴が漏れる。

それから視界に映ったのは、兜がもう一方の手を、振り上げるところだった。

あっと思った刹那、冷たい痛みが、篤郎の頰を走った。

兜に頰を、打たれていた。そうと分かったのは、数秒後のことだった。

「……痛い？　痛かったらやめようね。こういうことするの」

頰がジンジンと痛んでいる。爪の割れた指の痛みも、火傷したように指に残っている。

（今俺、打たれた……？）

兜に。頰を、打たれた……。

（どうして……俺、叩かれた……？）

信じられない思いで、のろのろと兜を見る。兜は眼をすがめ、篤郎の指を握る手を緩めてくれた。傷つき血に濡れた指先を、篤郎は怖々《こわごわ》、もう片手で庇《かば》うように包む。

「オレね、こういうところで刃向かう子は、嫌いだよ」

兜が憐れむような微笑を浮かべ、肩を竦める。

「あっちゃん、きみはどう見ても、出来損ないだよ。ごく普通のスズメバチでも、オレには敵《かな》わないのに……きみの針じゃオレの甲殻には刺さらない」

——出来損ない。

言われた言葉に、一瞬息ができなくなる。兜が空いた手で、篤郎の髪を撫でる。

「おとなしくしてたら、優しくしてあげるから」

それからあっちゃんて、バカなんだねと兜は嗤った。

「ずっとおとなしくしてたら、レイプだってされなかったのに。……なんでオレの優しさを、踏みにじるようなこと、したの？」

兜の眼に冷たい光が走った。それは怒りだと、篤郎には分かる。

「どうして感謝できないの？　オレは尽くしてあげたでしょ？　二年はあっちゃんに使うつもりだったんだよ」

ため息混じりに、兜はまるでだだっ子を見るような顔をしている。

「二年もあれば、オレはきみを幸せにできた。きみは感謝して、オレから離れていったと思うんだけど」

なのになんで壊すようなこと、するのかなあと兜が独りごちた。

（俺はこんな男、知らない……）

こんな兜を知らないと、篤郎は思った。

篤郎が知っているのは六年前の、篤郎にまるで興味がなかった兜。汚いゴミでも見るような眼で、冷たく篤郎を突き放していた兜。そのくせ表面だけなら陽気で、人当たりのいい兜。ロウクラス相手になると、とたんに優しい眼を向け、甘やかな表情になる兜。

そしてつい数日前まで、それと同じような眼を篤郎に向けてくれ、甘やかしてくれた兜……。けれど今眼の前の兜は、そのどれでもなかった。

酷薄《こくはく》な顔をして嗤い、怒っているのに、同時に楽しげで、篤郎をいたぶって面白がっている。ふと下方に眼を向ければ、スーツのパンツの下で、大きく膨れあがっている兜の性器が分かった。

（俺の頬を打ちながら……欲情できるのか？　お前は俺を……）

——俺をちっとも、愛してないんだな。

好きな相手に、こんなことはできない。こんなひどいことはできない。してしまったら、それはもうそこで、愛ではなくなる……。

頬の痛みより、恐怖よりずっと、心が痛くて震えていた。

ほんの一時、篤郎を好きだったはずの兜は、消えたのだ。兜の眼の中に、あの時の慈しみに満ちた眼差しを探した。けれどその感情は、もうかけらも見つからなかった。

八

「あ、あっ、ん……や、あ……っ」

　ベッドの上、シャツもパンツも、下着さえ脱がされて裸にされた篤郎《あつろう》は、煌々《こうこう》とついた灯りの下で、兜《かぶと》に乳首を弄《いじ》られていた。兜はまだスーツを着たままだ。自分だけが無防備な姿を晒《さら》すことに抵抗があり、篤郎はぎゅっと眼を閉じていた。

「もっと楽しんでよ、あっちゃん。せっかく気持ちいいことしてるんだから」

　兜はおかしげに言いながら、篤郎の乳首を指で捏《こ》ねくり回している。嫌なのに、乳首を弄られると、そのたび甘酸っぱい刺激が腰に走り、篤郎はひくひくと震え、喘いでしまう。兜の濃厚なフェロモン香と蜜が、篤郎に恐怖よりも快楽を与えていた。

　乳首に与えられる刺激は、長い間忘れていたものだ。けれど兜の手管は、どこで培《つちか》ったものなのか思った以上に慣れていて、篤郎は触れられるたび、胸から広がってくる快感に羞恥を覚えた。

（セックスは……怖い、はずなのに）

「あ、ん、ん」

兜の甘い匂いに体の隅々まで支配されると、愛撫のたびに体に甘いものが溢れ、あれほど強かったトラウマさえ頭の隅にチラチラと浮かぶだけになってしまった。

「あっちゃんって、胸弱いんだね。男とヤり慣れてるから？」

たぶんわざとなのだろう。兜は平気でひどいことを言い、嗤っている。その言葉に、篤郎は胸が絞《しぼ》られたように痛み、悲しくなる。

（どうせ俺は、汚れてるよ——）

蔑まれてまともに傷つき、自己嫌悪でいっぱいになると、セックスは嫌いなはずが、快楽を感じている自分が汚く思えた。苦しくて、目尻にじわっと涙が浮かぶ。

（バカ、泣くな）

泣いたって、もう兜はきっと慰《なぐさ》めてくれない。そう思うのに、涙は呆気《あっけ》なくこぼれて、篤郎は兜にそれを見られないよう顔を横に背《そむ》けた。

「なに？　意地悪言われて傷ついたの？　でも、本当のことじゃない」

兜は篤郎の反応をせせら嗤い、次の瞬間つまんだ乳首を痛いほどに強く引っ張りあげた。

「いた……っ、あ、あっ、あん……っ！」

鋭い痛みが乳首に走ったが、持ち上げられたところでぐりぐりと捏ねられると、それでもそれはすぐ、甘い快楽に変わっていく。悔しいくらいに深い愉悦に、篤郎は真っ赤になり、「う、うう……」と呻《うめ》くように喘いだ。

「なんだ、痛くないんじゃない。気持ち良さそうな声出して」

「あ……っ」

不意に乳首を離され、篤郎はベッドへと落とされる。乳首はジンジンと腫れていた。

「こんなことされても、勃《た》っちゃうんだね……」

兜は嗤いながら、篤郎の性器を握った。乳首への刺激だけで、篤郎のそれは硬くなっており、勃ちあがって先走りをこぼしている。兜に鈴口《すずぐち》を押されると、痺《しび》れるような悦楽《えつらく》が体の芯を駆け抜けていき、篤郎は「ひゃあっ」と声をあげて、腰を大きく跳ねさせた。

「あっ！　や、あっ、だめ……っ、やめ……っ」

「なんかすぐ出ちゃいそうだね。なにがセックス怖い、なの？　鎌谷《かまたに》とかいう男とも、やっぱりしてたんじゃないの？」

兜は嘲るように眼をすがめて嗤い、冷たく篤郎を見下ろしている。鎌谷の名前を出したその瞬間だけ、兜の瞳には暗い苛立ちが走ったようだった。性器を弄《もてあそ》ばれ、震えながら、違う、と篤郎は思う。鎌谷とはしていない。けれどそれを言っても信じてもらえるか分からない。なにも言わずにいると、兜はその態度が気に入らなかったのか、

「淫乱」

舌打ちと一緒に呟いた。心に冷たい痛みが走り、篤郎は唇を嚙みしめて、震えた。どう

してこんなことを言われながら、抱かれているのだろう？　苦しくてまた泣けてきたその時、兜が篤郎の足を高く持ち上げ、股を開いた。灯りの下に奥を晒《さら》され、検分《けんぶん》するように後孔《こうこう》を見られる。羞恥《しゅうち》で、体が硬くなる。次の瞬間、兜は無遠慮に、篤郎の後孔へ指を一本突き刺してきた。

「あっ！」

ずぷっと入れられ、中を乱暴に掻き回される痛みに、篤郎は内ももを震わせ、怯えた。

「ふーん……なんだ、使ってないみたいだね」

気のない言葉とひどい仕打ちに、篤郎は悔しくてぶるぶると震えていた。

なんで、どうして、ここまで貶《おとし》められなければならないのだろう？

たしかに自分はかつて淫乱で、誰とでも寝ていた。だとしても、一度は兜だって、自分を好きだと言ってくれていたのに――。

（兜は俺に、好きって言ってた間も……一方では俺を淫乱だと、思ってたってこと……）

不意に、そう思う。

好きだと、あっちゃんは変わったと口では言いながら、六年前と変わらず、兜は心のどこかでずっと、自分を軽蔑していたのかもしれないと。

するとそれが悲しくて、ぼろぼろとこぼれる涙を拭うこともできず、篤郎はしゃくりあげる。

「なんで泣くの」

兜が、興ざめするじゃない、と呆れたように言う。

「そんなに泣いたら、お目々が溶けちゃうよ」

おかしそうに言い、篤郎の目尻に唇を寄せると、涙を啜《すす》る。それは優しい仕草だった。それだけなら、昨日までと同じ、篤郎を好きでいてくれている兜のように感じられる。

「……オレに傷つけられて泣いてるあっちゃん、可愛いね」

けれど兜はひどいことを囁き、空いている手で、篤郎の後孔を撫でた。それから兜は「あれ」と不思議そうな顔になった。

「あっちゃんのここ、勝手に濡れてるね。ハチってこうなの？」

ハチとはエッチしたことないから、分かんない、と兜は首を傾げた。

「知らなかった、便利だね」

兜が面白そうに言っているが、篤郎には分からなかった。後孔が濡れることなど、男なのだからありえない。先走りが垂《た》れただけだろうと思う。

それに考えている余裕などなかった。兜が「ちょうどいいや」とだけ言って、自分の前を寛《くつろ》げ、篤郎のそれとは比べものにならないほど大きな、凶器のような怒張を、後ろにあてがってきたからだ。邪魔だと思ったらしく、兜はスーツの上着を脱ぐ。水色のストライプが爽《さわ》やかなシャツの上から、肉の締まった分厚い胸板が見える。

「じゃあ、いただきます」

眼を細め、舌なめずりをする。篤郎は兜の性の大きさと熱に震えた。

「ま、待って……っ、あっ、あ！」

篤郎の脳裏を、病気のことがよぎった。入れられたら、本当にもうどうなるのか分からない——。恐ろしくてあげた制止も虚しく、兜が一息に篤郎の後ろを貫いてきた——。

乱暴に押し入られ、息が止まる。ものすごい質量に、後ろの媚肉《びにく》がかき分けられ、篤郎の内部がぎゅーっと窄《すぼ》まる。

「あ、い、いた……いたい……っ、いや……っ」

その圧倒的な硬さと大きさに、三年間誰にも開かなかった後ろが、ぴりぴりと引き攣《つ》って痛む。

「平気でしょ？　慣れてるんだから」

けれど兜はそう言うだけで、強引に、篤郎の腰を揺さぶった。

「あ！」

痛みに足が突っ張り、一度引っ込んでいた涙が目尻ににじむ。篤郎の前は完全に萎《な》えている。このままでは後孔が切れそうで、怖くて、篤郎は「止まって、止まって」と喘いだ。

「兜、かぶ、かぶと、おねが、やめ、やめ、て、止まって……おねがい」

途中からはもう泣きじゃくって懇願《こんがん》していた。プライドもなにもない。すべて力尽くで奪い去られて、篤郎は子どものようになっていた。けれどやめてもらえるどころか、篤郎は突然、腕を引かれて体を起こされ、兜の腰に跨《また》がるようにして、対面座位《たいめんざい》に持ち込まれていた。下から、ずん、と強く突かれ、篤郎は仰《の》け反《ぞ》って悲鳴をあげる。

「あっ、ああっ、あー……っ」

怖さと痛みで、もはやなにも考えられず、篤郎は泣きながら兜の胸にすがりついた。

「い、いや、だ、かぶと、この体勢、やだ……」

怖い、怖いと泣くと、兜がよしよし、と篤郎の背を撫でてくれる。

「大丈夫、大丈夫。このくらい、経験済みでしょ？」

——ひどい。ひどい、ひどい、ひどい……。

篤郎はもう辛くて苦しくて、ぐすぐすと泣いていた。知らない、もう覚えていない。男と寝ていた時、自分はいつもドラッグを呑んでいて、なにもかも曖昧で記憶になかった。だから罪がないとは言えないが、あれはもう今の自分とは別の自分で、篤郎が一番、あの頃の自分を嫌悪している。

本当はあんなふうに抱かれたかったわけじゃない。誰かと愛し合いたかった。空しくて悲しい交わり。愛のないセックスなんて、二度としたくなかった。

それなのに下からまた強く突かれ、全身に走る衝撃に、篤郎は声をあげた。

「でもさ、どの男のより、オレのが大きくて、長いでしょ？」

ゆらゆらと腰を揺らしながら、兜が言う。昔のことなど記憶にないが、たぶんそうだろう。それに早く終わりたくて、篤郎はこくこくと頷く。すると兜はやっと満足そうにした。

「じゃああっちゃんの一番奥は、オレが初めてだよね？」

そう言うと、兜は深く沈めた性器を、篤郎の中でぐりぐりと回転させた。下腹部に兜の性器の先端が、ごつごつと当たり、篤郎はそのたびに体を震わせた。

「あっちゃんも初めての場所を痛くされたらかわいそうだね。気持ちよくしてあげるね」

子どもに言うような優しい声で、兜が今度はゆっくりとゆるゆると腰を揺らす。篤郎は楽になりたい一心で、しゃくりあげながら尻を持ち上げ、後孔を緩めるように努力した。

「ああ……すごい。上手だね、やっぱり淫乱あっちゃんだ」

褒めるような口調で、ひどいことを言われている。ようやく体から力が抜け、兜の性器の大きさに、後ろが馴染んできた瞬間、尻を持たれ、強く突き上げられる。

「あっ！　あ！　や、待って……っ、待って！」

やっと慣れてきたのに、急に動かれてまた痛みが強まる。けれど同時に、中の良いところをダイレクトに刺激されて、甘酸っぱい悦楽が、全身を貫いてもいく。

「もう待つの、飽きちゃったよ。悪いけど出させて」

「この……最低、野郎……っ」

とうとう我慢できず、悪態が口をついて出た。すると兜はとたん声をあげ、心底楽しそうに笑った。そうして、「あっちゃんも同じでしょ」と返してくる。

「大事にされないのは、あっちゃんのせいでしょ。郁ちゃんにしたこと、忘れた――？」

耳元で囁かれる。それは篤郎を最も傷つける言葉。篤郎のすべてを奪い去る言葉だった。

ほんのわずかに残っていた理性もプライドも、ひび割れてガラガラと崩れていく。

郁にしたことを、忘れるはずがない。覚えている。なにもかも全部……。

（……俺が悪いから）

しゃくりあげながら、思う。

（俺が悪い人間だから、兜は俺に、ひどいことするのか……？）

これは罰だと。そしてだから、篤郎は、死ぬ病に冒《おか》されたのか――？

ベッドに押し倒され、篤郎は放心した状態で、がくがくと揺らされた。

兜が、汗で曇っていたメガネを外す。篤郎を見下ろす眼差しに、欲情が燻って、点っている。

「いいところ擦ってあげるから、可愛く喘いでね」

いつの間に見つけていたのか、それとも本当は初めから分かっていたのか、兜は正常位になると、篤郎の中の、もっとも感じるポイントを、性器の先端でつつくようにした。

とたん、体がふわっと浮き上がって崩れていくような快楽が、篤郎の背を駆ける。

「あ、ん……っ」

甘い声で喘いだ瞬間、激しく中を穿《うが》たれた。何度も何度も繰り返し突かれて、体が上にずれていくほどの強さだったが、篤郎はもうやめろとは言えなかった。

「あっ、あ、あ、あ……っ」

篤郎はもうなにもかもすべて、兜に委ねた。感じるところを擦られるたび、体が一瞬、重力から解放される。溶けていくような快楽に、下肢の感覚がなくなり、篤郎はシーツをぎゅっと握りしめ、声をあげる。

「あん、あ、あっ、や、ひ、あっ、ああ……っ」

「あー……あっちゃんの中……うねってる。それにすごい匂い……やばいな、クる」

独り言のように言い、兜が大きく腰をグラインドさせると、中で達する。篤郎の腹の中に、熱いものが広がっていく。とうとう出された——そう思った瞬間、篤郎は、それまでに感じたことがないほどの激しく甘い快楽に襲われて、びくりと体をひきつらせた。

「あっ？　……あ、あ……あー……っ」

内股がぶるぶると震え、たまらない愉悦に篤郎は胸を反らした。まだ、兜の射精は終わっていない。腹の中に吐き出されてくる兜の精に、篤郎は身悶えするほどの熱を感じる。

（なに、なにこれ……こんなの……っ）

「あっ、あ、あっ、や、いや……いっちゃ……」

その絶頂は、今までに一度も経験したことがないほど、強烈な感覚だった——。体が急激に墜落させられ、そして持ち上げられるような浮遊感。それが連続するのだ。

「あ、あ、あっ、ああっ、あ、あっ」

「え、なに？　ドライでイってる？　……オレ、動いてないよ？」

兜が驚いたように言ったが、篤郎はがくがくと揺れながら、「あっあっ」とだらしなく口を開け、何度も何度も繰り返される絶頂感に翻弄《ほんろう》されていた。

「……もしかして、オレの射精で感じてるの？」

耳元で訊かれ、篤郎はびくびくと震えた。兜の吐精《とせい》は長く、まだ続いている。その熱がうねるように篤郎の内側を襲い、激しい快楽がまた押し寄せてくる。

「あっちゃんて、出されて感じるの？」

兜に言われて、篤郎は真っ赤になって首を横に振った。

「ちが……こんなの、は、はじめて……っ、なったこと、な……」

中に出されて感じるなんてことは、今までに一度もなかった。そこまで淫乱じゃないと弁解したけれど、兜は眼を細め、なぜか今日一番、嬉しそうにした。

「初めて……？　そっか……」

どこか満足したように、小さく呟く。

ようやく兜は全ての精を出したらしい。篤郎は小刻みに震えながら、ぐったりとベッドに寝そべっていた。まだ快感に溶けたままの頭で、そういえば、兜のメガネをかけていない顔は初めて見る、と思う。遮《さえぎ》るものがなくなると、その整った顔だちがさらに際立ち、アーモンド型の眼は、思っていたよりずっと虹彩《こうさい》の色が淡いことを知った。窓から入ってくる光に照らされると、琥珀《こはく》のようにキラキラと光って、美しい。汗ではりついたシャツ越しに、厚い胸板と腹筋の隆起がうっすらと見え、それもまた無駄なく鍛え上げられていて、きれいだった。

「お前って……きれいな男」

無意識に呟くと、兜が一瞬、眼を見開いた。それから「そう?」とからかうように笑う。

「……あっちゃんも。相当、きれいだよ。……不安になるくらいにね」

ボンヤリしている篤郎の耳に、兜の声はよく聞こえない。篤郎の顔をじっと見下ろし、

「……もう一回しよっか」

兜は不意に、とんでもないことを言う。篤郎はさすがに、正気を取り戻した。

「ちょっと、待って――」

慌てて起き上がろうとした篤郎は、けれどそれより先に、体を持ち上げられ、中に兜のものを入れられたまま、体を反転させられた。

「ひゃ……あっん!」

回転させられたのと同時に、後ろに収められたままの兜の性器が、また硬く大きくなっている。四つん這いの体勢で高く腰を持ちあげられ、篤郎は「待って」と言いかけた。

「ごめん、待たない。ていうか、待てない」

ちっともごめんと思っていなさそうな即答とともに、腰を打ち付けられていた。

「あっ、あ……！　ひぁっ」

一度中でたっぷりと出されているから、突かれるたび、篤郎の中でジュプジュプと水音がたち、肌と肌のぶつかる音と一緒に、部屋の中にこだまする。

「あん、あ、あんっ」

篤郎の体はすぐに快楽に飲まれ、形のいい白い尻が、びくびくと上下する。

「ねえ、あっちゃん、ドライでいったのって、初めて？」

篤郎の体を貪りながら、訊いてくる兜の声は欲情にか、激しい動きにか、上擦っている。

「はじ、はじめて……お前が、はじめて」

素直に告白すると、そっかあ、と言う兜の声は、どうしてか嬉しげだ。

「今までヤッた男で、一番多く中に出されたのは何回？」

兜が片手を伸ばし、篤郎の乳首をつまんで引っ張る。

「あっ、あんんっ」

胸と後ろ、両方から攻められて、篤郎は腕で体を支えきれず、枕に顔を突っ伏す。甘い喘ぎ声が、シーツの波の中でくぐもる。教えてよ、とまた、兜が言う。

「なんでかな。オレはそれよりたくさん、あっちゃんの中に、出したいんだ……」

兜は独り言のように言う。

けれども篤郎は、答えられなかった。あまりに強い快感の渦に飲まれて、理性は消え、ただただ、喘ぎ続けていた。


眼が覚めたのは、その日の夜になってからだった。

さらさらのシーツは替えられたばかりらしく、リネンの香りが心地好い。しばらくまどろんでいた篤郎は、軋むような体の痛みに、ハッと眼を開いた。起き上がると、そこは広いベッドルームだった。寝ていたのは篤郎一人で、薄く開けられたドアの向こうから、なにやら香ばしい匂いが漂ってくる。

（……そうだ、俺、兜のマンションに連れて来られて）

レイプされたのだったと、篤郎は思いだした。

——出来損ない。

言われた言葉が耳の奥に返ってきて、そのとたん、血の気がひいていった。頬に手を当てると、引っぱたかれた痛みがじんと蘇り、爪の割れた指先には絆創膏が巻かれていた。こんな暴力を受けたのに、自分は快感に流された。自己嫌悪で体が震え、吐き気がする。

窓の外を見るともう真っ暗で、時計は七時半を指していた。最後に意識があったのはいつ頃か、篤郎は兜に何度も中で出され、数え切れないほど絶頂を迎えて、最後には気絶し、そのまま眠ってしまったのだ。

（……兜が体、洗ってくれたのか？）

見ると、篤郎は裸にバスローブを着せられている。長い時間陵辱されたはずだが、体は清潔だ。おそるおそる触っても、たっぷり精を飲まされた後孔もきれいだった。

その時、開いたドアの向こうから、兜の鼻歌が聞こえてきた。食器を出すような、軽い音も聞こえてくる。兜がすぐそこの、キッチンにいる。そう思うと篤郎の胃は絞られたように痛み、緊張で体が硬くなった。

兜が怖い。逃げなければ、次はなにをされるか分からない。

篤郎は足音を消して、ベッドの外へ出た。何度も揺すられた腰が鈍く痛み、また微熱が出ているらしく、頭がくらくらした。

ベッドとちょっとした小物があるだけの部屋を見回したが、篤郎の服も鞄もない。かといって他の部屋に探しに行けば、兜に見つかる。

（家に帰れば多少は金が置いてある。下でタクシーを拾えばいいか……）

バスローブで逃げるのは多少気が引けたが、兜とこれ以上なにか話すことに比べれば、まだマシに思えた。忍び足でベッドルームの外へ出て、ゆっくりと玄関に向かって歩く間、篤郎は貧血になっているかのように、何度か目眩を覚えた。必死になって息を殺しているが、心臓はバクバクと音をたてている。兜が怖いからなのか、それとも病気のせいなのかは、よく分からなかった。

（俺……大丈夫なのかな）

妊娠していないだろうか。また病気のことを思い出し、不安に襲われた。どうして最初の説明の時、男同士のセックスで子どもができるかどうか、きちんと聞いておかなかったのだろう。

玄関までやっとたどり着き、ノブに手をかける。ここを出たらもう、兜と会うことはないだろうなと篤郎は思った。

（もう俺のことなんか、好きじゃないだろうから……これで終わりになるはず）

最初からその程度の気持ちだったと分かっているのに、昨日までの、あの優しかった兜はもういないのだと思うとまだ胸が痛んだ。妊娠は考えられないから、きっと自分はこのまま死ぬ。兜はその間に見合いをし、結婚するだろう。風の噂で自分が死んだと聞いたら、少しくらい、憐れんでくれるのだろうか……？

胸が切なく締め付けられ、篤郎はそのみじめな想像をそこでやめた。けれど胸の内だけでさよならを言い、ノブを回そうとしたその時、

「どこ行くの？」

すぐ耳元で声がし、ノブを持っていた篤郎の手に、一回り大きな手が被せられた。

（……兜）

まったく気配がしなかったのに、いつの間にいたのだろう——。

篤郎は振り向き、なにか言おうとしたけれど声が出なかった。

篤郎に覆い被さるようにして立っている兜が、ニッコリと笑い、篤郎の手を握りしめてノブから離させた。

「そんな格好で出てったら、風邪ひくよ。今日はちょっと気温、低いんだから」

嫌な汗が額にじとっと湧いてきた。力尽くで抑えられ、散々暴言を吐かれた記憶が、脳裏に蘇ってくる。恐怖を感じたが、気丈に振る舞おうと、兜を上目遣いに睨みつける。

「……俺、帰るから……服と、荷物……どこ？」

ようやく出した声は、しゃがれていた。けれど兜は微笑んだ。

「あっちゃん、手、熱いよ。ちょっと熱あるでしょう？　とりあえずこっち来て」

大きな腕を肩に回され、簡単に抱き込まれて、篤郎はびくっとした。自分の体はこんなに小さく、頼りなかっただろうか？　兜の腕が、あまりに強く感じる。

「……そんなに緊張しないで。もう痛いことしないよ」

ごめんね、と兜が言って、まるで落ち着かせるように、篤郎の背中をそっと、優しく撫でた。兜の眼を見上げると、ほんの少し、すまなさそうに見える。引っ張られると抗えず、促されるままリビングへ行く。

二十畳はあろうかという広いリビングには、キッチンカウンターがあり、その横に四人掛けのダイニングテーブルが置かれている。兜は椅子をひいて篤郎を座らせると、キッチンのほうから、いそいそと白い陶器のボウルを持ってきた。

バスローブ姿になっている篤郎と違い、兜はノーネクタイで朝とは違うスーツ姿だ。

「眼が覚めたらお腹空いてるかなと思って、作っておいたんだ」

篤郎の眼の前に置かれたのは、カボチャのポタージュだった。生クリームもきれいに垂らされ、美味しそうな湯気がたっている。どうやらベッドルームまで漂ってきた香ばしい匂いのもとは、これらしい。

「……お前、料理なんて……できたの」

ぽつんと言うと、「器具はあるから、ネットで作り方見て作った」と、意外な答えが返ってくる。篤郎は思わず顔をあげ、ニコニコしている兜を見た。

(なんで急に、ネットで見てまで作ろうと思ったんだ?)

そう思ったけれど、ひどい陵辱《りようじよく》を受けたあとで、その相手とそんな間抜けな会話をするのも妙な気がして、訊けなかった。それに引き替え、兜は「食べてみてよ」と、まるでさっきまでのセックスなどなかったかのような、楽しげな様子で、向かいに腰を下ろす。

仕方なく、篤郎は一口だけスープを含んだ。空腹なのもあって、兜の手料理は思ったより美味しかった。ただ、胃の奥には犯された後の不快感がわだかまったままで、飲み下すのには少し時間がかかった。

「どう？　どう？」

　身を乗り出して感想を求めてくる兜はキラキラと顔を輝かせており、まるで初めて作った料理を、母親に褒めて欲しがっている子どものように見える。

（……なんで犯した相手に、そんな無邪気な顔できるんだろ）

　篤郎は困惑しながらも、そうか、兜はこういう男だっけ、と思うと腹も立たなかった。昔から好奇心旺盛で、妙なものに興味を持つが、飽きればそれはそれで早かった。

（とりあえずセックスしたから、俺にはもう、飽きた……ってことかな）

　自分には、陵辱されたからといってまともに抗議するつもりもないし、ならばもう、忘れたふりをしたほうが楽かと思って、篤郎は「美味しいよ」と、小さな声で言った。

「ほんと？　やったー、よかった。あっちゃん料理上手だから口に合わないかと思った。あ、他はデリで買ってきたやつだけど、チキンもサラダもあるよ。ベーグルは好き？」

　篤郎が褒めると、兜は喜び、立ち上がってキッチンから紙袋を持ってくる。近場の高級デリで買ったらしき惣菜を、次々テーブルの上に並べ、「オレンジジュースでいい？」と言って、冷蔵庫からジュースの瓶を取り出してもくる。そのうきうきした様子は少年めいていて、数時間前まで自分を抱いていた男とは思えず、篤郎はただただ呆気にとられた。

（兜を理解するほうが、無理な話なのかも……）

　ゆっくりとポタージュを飲みながら、篤郎は思った。

そもそも篤郎には、「かわいそうだから」好きになる、という発想がない。一度好きだと思えばそれは一生だし、幸せにしてあげたいと思ったら、やはり一生を懸けようと考える。兜のように一時的に付き合い、相手が自立したら離れようとは考えられない。誰かと付き合いながら、親が用意した結婚が先にあるはずの、自分の道を着実に歩む、そんな器用さも持ち合わせていない。けれど兜の中ではそのどれもが、矛盾なく成立しているのだ。

生きている世界も、価値観も違う。どちらが悪いわけでもない。

(……だから傷ついたって、仕方ないんだ)

分かり合えないから、仕方ないのだと、篤郎は感じた。

「——ごちそうさま。食べたから、俺の荷物返してくれるか？」

空になったボウルを兜のほうへ寄せ、篤郎はできるだけ落ち着いた声で言った。けれど兜は動こうとしない。篤郎の前に座ったまま、「コーヒーいる？」と訊いてくる。

「いいよ。もうなにもいらないから、荷物を……」

返してと言いかけた篤郎の声は、けれど、「オレさ、さっきそのポタージュ作りながら考えてたんだけど」という、兜の言葉に遮られた。

「あっちゃん、しばらくここに住んだほうがいいんじゃないかな？」

——ここに住んだほうがいいんじゃないかな。

篤郎は言われた言葉の意味が分からず、一瞬、口をつぐんだ。兜はニッコリし、「だってさ」と続ける。

「保育園には、入院してるって言っちゃったし。それに鎌谷とか、他にも男がいるのか知らないけど、とりあえずまた誰かに呼び出されて襲われても大変じゃない」

「……は？」

兜の提案が理解できない。篤郎は眉を寄せ、「なんで？」と、訊いていた。

「やっぱりオレとあっちゃん、恋人になったほうがいいと思う。ていうか、なることにしたから、それでいいよね」

まるで雨が降ってきたね、とでも言うような軽い調子で、兜が決めつける。

（恋人になることにした……って）

篤郎はなかば放心し、兜を見つめた。向かいに座った兜は、ニコニコと微笑んでいる。

「恋人だから、セックスはオレとだけにしてね。心配だから、他の男の始末がつくまではここにいてほしいし。体調が整うまで、仕事も休んでほしい」

「……なに、勝手に決めてるんだ？」

本当に分からなかった。篤郎は困惑し、血の気がひいて、頭痛が激しくなるのを感じた。

「大体お前、近々見合いするんだろ？　いずれは結婚するんだろ？　なのに俺と付き合うって、その時になったら捨てるって言ってんのか？」

あっちゃんさ、それ何度も言うけど、と兜が苦笑する。

「結婚は二年くらい先だから、今考えなくてもよくない？　その時もまだあっちゃんに、そばにいてほしかったら、愛人ってことになっちゃうけど」

——愛人？

篤郎は目眩を感じ、声も出せずに兜の顔を見た。

（こいつ俺の話、聞いてない。俺の気持ちなんて、どうでもいいんだ……）

穏やかに笑っている兜の眼の中に、自分への軽蔑を探した。これは篤郎への報復で、まだ、腹いせが続いているのかと。そのほうがまだしも、兜の気持ちを理解できる。けれど兜の眼差しは凪いでいて、特別慈愛に満ちてもいないけれど、嫌悪感を浮かべているわけでもない。

「……そういうの、相手の女性にも失礼だろ」

小さな声で言う。本当は相手だけじゃない。自分にも、ひどい。

「大丈夫だよ。ちゃんとそっちも大事にするし……あっちゃんが言ったとおり、オレ、たぶん結婚相手のことも、それなりに好きになれるから」

さらりと返された瞬間、篤郎はもう我慢できず、カッとなってテーブルをドン、と叩いて立ち上がっていた。

「俺のことは……っ、それなりにさえ、好きじゃないだろうが……っ」

怒っても、兜とは価値観が違うのだから意味がない、それにどれだけ怒鳴りつけても、軽くあしらわれるだけだと思って我慢していたものが、一気に弾ける。

「お前はもう、俺を好きじゃないだろ……!?　だからあんな、あんなひどい抱き方したんだよな!?　屈服させて暴言吐いて……挙げ句に愛人てなんだよ!?　バカにするな！」

乱暴に出て行こうとすると、テーブルが揺れて陶器のボウルが倒れる。とたん、兜が表情一つ変えず立ち上がり、篤郎の手首を握った。待ってよ、と言われ、篤郎は「待たない」と言い切った。

「放せよ。オレのことはもう、構うな」

低い声で唸るように言った篤郎に、兜は小さく笑った。

「……できない。だって嫌だから」

返された言葉に、篤郎は眉を寄せた。

「どうしても、嫌なの」

と、また兜は言いながら、篤郎の手首を持つ指に、力をこめる。

「あっちゃんが言うとおり、オレはいつか他の誰かと結婚しなきゃならない。そうしたらあっちゃんは傷つくかもね。たしかにオレは、ひどいのかも。でもさー、あっちゃんだって、オレと離れたら、他の男とどうこうするんでしょ？　それはそれで、オレにひどいよね」

（……はあ？）

なぜ、どうして、篤郎が他に相手を作ることが、他の人間といずれ結婚する兜に対して、ひどい、ということになるのか。篤郎には分からない。兜の思考も、論理も分からない。

兜はテーブルを回り、篤郎のほうに近づいてくる。その体が妙に大きく思え、篤郎は奥歯を噛みしめて、後ずさりたいのをこらえる。

「どうしても、嫌なんだよ。あっちゃんがオレのいないところで、他の男に抱かれるかもって考えると……気が変になりそう。どうしても、オレ、今、あっちゃんを、オレのにしときたい」

兜の声も表情も、淡々としている。それなのに一歩近づいてくるたびにその体から放たれる凄みが増していく。ヘラクレスオオカブトの、王者の威圧《いあつ》とでもいうのだろうか――眼には見えない圧倒的な空気に縛られ、篤郎はその場に棒立ちになった。

「これだってさ、愛なんじゃないかな？　……独占したいって、好きって気持ちじゃないの？」

篤郎の前に立つと、兜はいけしゃあしゃあと言う。

なにが？　と、篤郎は困惑した。

篤郎を縛り付けて恋人にする。けれど二年も経てば結婚はするし、その時篤郎が必要かは分からない。もしも結婚しても篤郎が必要だったら、愛人にする――好きな相手に、愛している相手に、そんなことを言えるのか？

「好きって……愛って……そんなんじゃないって、俺、言ったよな……？」

小さく呟くと、兜は「でも口にしないだけで、その程度で付き合う人たちのほうが、多いんじゃないの」と、肩を竦めた。

「ごめんね。オレはオレの、したいようにする」

篤郎の答えなど初めから聞いていない。自分がそうしたいからするだけだと、兜は堂々と言い放った。それにどう抗っても、篤郎は敵わないのだ。そんなことはもう、とっくに分かっている。これが厳然《げんぜん》たる階級の差であり、だからこそ持てる者は、持たざる者に寛容《かんよう》でなければならない――。

（こいつにとっては、俺の気持ちなんて……あってもなくても、同じなんだ）

最初から、兜は篤郎の気持ちを無視している。篤郎が傷つくことを知っていて、愛人扱いで縛るつもりだ。それは篤郎が好きだからではなく、ハイクラス種なら誰もが持っている、餌《えさ》に対する独占意識のようなものかもしれない。あるいはセックスをしてみたら、楽しかったからというだけ――。

兜は性欲が弱く、セックスにさほど興味がなさそうだった。だから、抱いた相手に対しても、執着しないと思い込んでいた。

（そうじゃない。こいつはただ、自分の性欲をコントロールできてるだけ……）

樹液に集まる縄張り争いとなると、森の中ではカブトムシに敵う種などいない。彼らは大きな角と体で相手をなぎ払い、餌を独占する。きっと兜が篤郎に対して感じているのも、そんな縄張り意識の一つだろう。太古の昔から続く、本能のようなもの。同じハイクラスだからこそ、よく分かる。

好きだと言って、優しくしてくれたことなど、もう遠い昔のようだ。

「……保育園、やめろって言うのか？」

やっとの思いで訊く。あの職場は、自分に残されたたった一つの生き甲斐だった。せめてそれだけは、失いたくない。

「まさか。それはさすがに、子どもたちもかわいそうだから……そうだね、あっちゃんが、オレを好きになったら出してあげる」

笑いながら、兜は冗談のように言う。

（本当に、なんにも分かってない、こいつ……）

篤郎は胡乱な眼で、兜を見つめていた。

（俺はとっくにお前のこと、好きになりかけてたのに……）

だからこそ、兜の言葉一つ一つに、こんなにも傷ついている。

「まあでも、あっちゃんは罰されたいんだっけ？　じゃあべつに、鎌谷とかいらないよね？　オレだけに罰されたらいい。オレたちギブアンドテイクで、結構うまくいくよ」

兜は陽気な調子で言う。それから腕の時計を見る。

「ごめん、ちょっと仕事で事務所に戻らなきゃなんだ。遅くなるから、先に寝てて。具合よくないだろうし、しっかり寝てね」

　薬はそこに買っておいたから、と言い置き、兜は篤郎の額に素早くキスをすると、上着を取って出て行った。

　玄関扉が閉まる、無機的な音が部屋に響く。しばらくの間その場に立ち尽くしていた篤郎は、ゆっくりと玄関まで歩いていき、ノブを回した。

　扉は開かない。見ると、横に指紋認証《しもんにんしょう》のパネルがあり、そこを通さないと開かない仕組みになっていた。当然ながら、指を押し当てても『認証できません』と返ってくるだけで、つまり、このドアは兜でなければ開けられない。

　部屋の窓はすべてはめ殺しになっていて、ベランダにさえ出られなかった。それもそのはず、ここはタワーマンションの最上階で、外に出れば突風で吹き飛ばされ、落下する危険性もある。

「郁《いく》……」

　広いリビングに戻ってきた篤郎は、虚空《こくう》に向かって、郁の名前を呼んだ。

（こんな時郁なら、どうする……？）

　胸の中に答えを求めても、郁はなにも言ってくれなかった。きっと篤郎に分からないから、郁にも分からないのだろう。

　……あっちゃんはオレに、罰されたらいい。

出際に軽く言われた言葉が、耳の奥へ蘇る。あれは、兜が篤郎を、愛することはないという意味だ。兜は篤郎を幸せにしたいとは、もう思っていない……。

優しさは嘘でいいとは、どこで聞いた言葉だっただろう。

(……本当に全部、嘘だったなんて)

うつむいて、自分の手を見る。白い手。白い腕。痩せた体……この体の中で篤郎の心がどれほど兜の言葉に傷ついているか、兜には見えない。

頭のいい男だから、想像すればすぐ分かるだろうに、篤郎の気持ちなど、兜は分かりたいと思っていないから、一生知られることはない。

知られない心は、ないのと同じだ。

篤郎の兜への気持ちは、ずっとないままにされるだろう。

(俺を愛してくれる人は、この世界には、一人もいないんだなあ……)

そしてきっとこのまま、誰からも愛されずに、自分は死んでゆくだろう。

(——それが俺には、相応しいって、分かってるけど)

誰かに愛されることを想像してみると、それは途方もなく非現実的なことに思えた。

愛し愛される喜びは、この世界にはきっとごまんと溢れているのだろうけれど。

篤郎はもうずっと、それを知らない。愛はまるで幻のようにおぼろで、二度と訪れない奇跡のように果てしなく遠く思えた。

九

――あっちゃんて、一年で死ぬの？　それならちょうどいいや。オレが結婚する前に、片付くってことでしょ？

兜《かぶと》が笑っている。いつもの陽気な顔で、ひどい暴言を吐く。

篤郎《あつろう》はその言葉に、やはりいつも通り返す言葉もなく、呆然と立ち尽くしている。心は傷つき、じくじくと血を流しているように痛い。けれど、傷ついたと、辛いと、ひどいと、責める言葉を言えない。ふと笑っている兜の顔に、一瞬鼻白んだようなものが走り、それからその眼に、嫌悪が滲む。

――妊娠ってまさかオレの子？　やめてよ。子どもができないからヤったのに――。

篤郎は、ああこれが殺されるということかと思った。自分の存在も、命も、なにもかも今、兜に殺されたのだ。お前にはなにも価値はない。お前のことなど、これっぽっちも愛していないと――。

泣きながら眼が覚めた。見慣れぬ部屋の、モノトーンのカーテンから、白い朝の光が漏れ、高い天井に映っていた。泣き濡れた眼をふと横に向けると、兜の顔があり、兜はスーツ姿のまま寝そべって、頬杖をつき、篤郎の顔をじっと覗き込んでいた。

「……おはよ。怖い夢でも見た？」

うなされてたよ、と言って、兜は篤郎の目尻に指を乗せると、そっと涙を拭ってくれた。その手つきは優しく、篤郎のことを嫌っているようには思えないほどだ。

（……そうか、俺は今、兜のマンションに閉じ込められてたんだっけ――）

壁にかかった時計は、朝の九時を指している。昨夜、兜がマンションを出て行った後、篤郎は自分の荷物を探したのだが見つけられなかった。外の世界と連絡をとることもできず、マンションからは出られず、やがて体調が悪くなっていったので、諦めてベッドに潜り込んだのだった。

そこからこんこんと、十二時間ほど寝ていたらしかった。体はまだ熱っぽく、こめかみがずきずきと痛む。

「熱あるね。体痛い？　朝、仕事終わって帰ってくる途中であっちゃん家に寄ったんだけど、これって病院からもらった薬かな？」

兜はどのくらいの間、篤郎の横にいたのだろう。着ているスーツはしわくちゃになっており、昨夜出る時に着ていたものと同じだった。ベッドから下りると、兜は大きなボストンバッグを取り出し、中から、篤郎が病院で処方された鎮痛剤を出してくる。

「……俺の家、行ったのか」

警戒しながらベッドの上に起き上がり、訊くと、「いろいろ、ないと困るものもあるでしょ？」と言って、兜は部屋を出て行った。戻ってきた時には手に水を持っており、篤郎に薬を飲むよう促す。体が辛かったので、篤郎は素直にそれに従った。

「そういえばこれ、薬と同じところに置いてあったんだけど」

と、兜が取り出した封筒を見て、篤郎は青ざめた。思わず、兜の手から奪うように取る。それは病院から出された紹介状で、中を見られれば篤郎が、ボルバキア症に罹患《りかん》していることが分かってしまう。

今朝見た夢のことが蘇り、ぞっとして、篤郎は「中、見たのか……!?」と、問い詰めるように言っていた。兜は肩を竦め、「まさか」と否定した。

「そこまでしないよ。でもその病院、オレの知り合いが働いてるとこだからさ。あっちゃんの症状って、そんな大きなとこじゃないと治せないものなの？」

念のため封を見たが、切られた痕はない。ホッとしながら、篤郎は「専門医がここにいるって言われたから」と、ごまかした。

篤郎が紹介された病院は、七雲《なぐも》病院――国内では最も有名な病院で、知らない者などいないようなところだ。そして篤郎には、この名前にどうしても拭えない嫌な思い出がある。

六年前、クラブで遊んでいた頃、篤郎は七雲という名前の男と関係を持ったことがある。もしもまだ郁《いく》が生きていてくれるのなら、その男はパートナーとして、郁の側にいるはずだった。七雲病院は、その男の一族が経営する病院だったと、記憶している。

七雲病院に行けば、郁の生死が分かってしまうのではないか。もしもう、郁が死んでいたら……？

紹介状を見ると、篤郎はそんな憂鬱な想いに駆られてしまう。よりによってここを紹介されたのは、皮肉だとしか思えなかった。

「その紹介状出されたの、こないだでしょ。早く行ったほうがいいよね。今日にでも連れていこうか？」

紹介状を見つめたまま、じっと黙り込んでいる篤郎の顔を、兜が覗き込んで訊いてくる。優しく気遣うような態度に、篤郎は眉を寄せた。

（なんでこいつ、俺を心配してるみたいな顔、するんだろう）

兜がよく分からないと、篤郎は思った。

――出来損ない、淫乱、何人とヤったの……。

あんなことを平気で言うくせに、と思う。夢の中の兜は、一年後に篤郎が死ぬことを喜び、子どもができたと聞いて嫌悪していた。

（騙されちゃいけない。こいつは俺が、好きなわけじゃないんだ）

篤郎はそう、自分に言い聞かせた。兜の「親切」を「愛情」とはき違えることは、二度としない。たぶん兜が親切なのは、一種の条件反射なのだから。

「そんなことより、いつまで俺を閉じ込めるんだ？」

訊ねたとたんに、それまで優しげだった兜の眼に、冷たい色が映る。

「途中でやめるつもりなら、荷物取ってきたりしないよ。あっちゃんこそ、オレを好きになる努力して？」

「――俺は絶対お前を好きにならない。だからこんなこと、意味ねーよ」

きっぱりと答える。兜はその瞬間、完全に笑みを消した。不意に篤郎の肩を摑み、ぐっと押してベッドへ抑えつけてくる。ハッとしたのと同時に、深くキスされていた。開いた口に舌をねじ込まれ、激しくねぶられると、兜の甘い唾液がいっぱいに広がってくる。

「ん、ん、ふ、う、うー……っ」

息がうまくできずにもがいたが、兜が全身から強いフェロモン香を放出し、鼻腔の奥まで満たされると、篤郎は体に力が入らなくなる。喉に落ちてくる甘い蜜に、体の芯が甘く疼き、性器と後孔の中が、ずきんずきんと反応しはじめた。

「やめ……兜……なに」

唇が離れた時、篤郎は兜の胸を押して離そうとした。

「オレ朝の七時まで仕事でさー……」

寝てないの、と兜が言い、篤郎から掛け布団を剝ぐ。バスローブの裾《すそ》を割られると、下着を穿いていない下半身が露《あらわ》になる。兜のフェロモンにやられ、キスだけで既に半分勃ちあがっているそこが恥ずかしくて、篤郎は咄嗟《とっさ》に内ももを閉じたが、兜はそれを見ると、おかしそうに笑った。

そうしてスラックスの前を寛《くつろ》げ、中から、大きな自分の性を取り出した。兜は篤郎の足首をひょいと持ち上げると、篤郎が必死になって閉じている股の裏から、陰嚢《いんのう》へ、その大きな怒張を擦りつけた。

「疲れマラってやつ？　勃っちゃって。だから、入れさせて？」

なんて簡単に、最低のことを言うのだろう――。

篤郎は怒りで、顔が赤くなるのを感じた。まるで篤郎を、性具のように扱う兜の口振りに、傷ついた。けれど陰嚢を何度も刺激されると、ぞくぞくしたものが背を駆けぬけていき、唇からはだらしなく、「あ、あ」と声が漏れてしまう。

「や、やめろ、兜」

やっとの思いで言った瞬間、太ももを持たれてぐいっと開かれた。ものすごい力に、篤郎はまったく抵抗できない。兜は足の間に体を入れ、篤郎の性に自分の性を押しつけながら、バスローブをはだけさせて胸を晒した。

「触ってないのに、もう乳首、勃ってるね」

噛われて、篤郎は頬を染めて震えた。性器への刺激で、乳首はもうぷくんと上を向いている。兜は両手で篤郎の胸を揉むと、ぎゅっと乳首に向かって肉を寄せた。

「なんかあっちゃん、ちょっと胸ある？　柔らかい。乳輪も乳首も大きいしね？」

「あ……っん」

寄せられた胸の頂で震えている乳首を、ぴんと弾かれ、親指で両方一緒にくりくりと捏ねられて、篤郎は背を逸らせた。甘い疼きが腰に走り、膨《ふく》らんだ性から先走りがこぼれる。

（……胸なんて、前までなかった……もしかして、病気のせい）

ボルバキア症は、女性ホルモンの増える病気だ。見ると、兜が揉んでいる胸は、たしかにうっすらと膨らんでいる。

「……きれいなピンクで、美味しそう」

兜が言い、乳輪ごと篤郎の乳首を大きな口に含んで、吸い上げた。

「……ん、う、あっ」

体の奥に、快感がじわっと広がっていく。不意に兜が、篤郎の性器の先端を握り、くるくると手のひらを動かしてきた。切ない刺激が腰を抜け、尻がうねるように揺れた。

「や、あ……っ」

「気持ちいい？　こうされるの、好き？」

今度は竿《さお》を握られ、上下にしごかれる。痺れるような快楽が、体を駆けていく。

「んっ、あっ、う、んーっ」

空いた指で、乳首をつねられた。同時に兜が唇を寄せ、篤郎の下唇を、甘く噛む。篤郎はキスをされながら、もう我慢できずに、吐精していた。

「……イっちゃったね」

びくびくと背を震わせ、達した篤郎からようやく唇を離すと、兜は眼を細めて言った。その声は興奮にかやや上擦っていたが、昨日のように冷たくはなかった。頬にキスをされ、「俺にもご奉仕してね」と言われて、篤郎はハッとした。

「いや……」

かすれた声で抵抗する。けれど兜は篤郎の後孔を漲《みなぎ》ったものでツン、とつついた。

「またここ、濡れてる。分かる？　ぬるぬるしてるの」

大きく足を開脚させられたまま、兜のものが、慣らされてもいない後ろへぬぷっと入ってきた。昨日も散々抱かれたせいか、そこは痛みも感じずに、その怒張《どちょう》を受け入れる。

「待って、ま、待って」

篤郎は真っ赤になり、ふるふると横に首を振って、必死に言った。先端だけをぬぷぬぷと出し入れしている兜が、「なあに」と言う。

「ゴ、ゴム、して」

昨日乱暴に抱かれて、最初は快楽以上に痛みを感じていた。けれど中に出された時、今まで感じたことがないほどの激しい絶頂感を何度も得たのだ。冷静になるとあれはおかしい。自分の体が、変化しているからだとしか思えなかった。妊娠の可能性がある以上、中に出されるのは、知識がない状態ではとても怖い。

「お願い。お、お願い……」

もはやプライドを捨て、兜の腕にすがって懇願《こんがん》するうちに、こんなことしかできない自分の無力さがみじめで、悲しくなってきた。オオスズメバチとして、ハイクラスとしてのプライドなどとうの昔になくなっていたが、それでも悔しい。兜が篤郎を好きなら、こんなことはなんでもない。けれど自分を好きでもない男に、ゴムをつけてと訴えて、抱かれなければならないなんて……。鼻の奥がツンと酸っぱくなり、涙が溢れてくる。泣くまいとしたけれど、盛り上がった涙はぽろぽろと頬を伝った。

「あっちゃん？　なんで泣くの」

泣きだした篤郎に、けれど兜は、驚いたように動きを止めた。

「オレ今日は、優しくしてるよ。痛いことしてないでしょ……？　泣かないで」

兜は大きな手のひらで、慰めるように篤郎の髪を撫で、目尻に唇を寄せてキスをしてくれた。まるで、恋人にするような甘い仕草だ。そうして初めて、篤郎は今日の兜が強引だが、乱暴ではないし、最初ほど冷たくもないと気付く。

「ゴ、ゴムしてくれるか？」

「えー……中出ししちゃだめ？　オレ、あっちゃんの中に出したいんだけど……」

兜は困ったように眉を寄せた。

「だってあっちゃん、出してる時すごい可愛いかったじゃない。あんなの、オレが初めてなんでしょ……」

兜はしばらく渋っていたが、篤郎が泣き濡れた眼でじっと見ていると、「分かったよ」と折れてくれた。ベッドの引き出しからスキンを取り出し、手際よく自分のものにつけると、「痛くしないから、力抜いて」と言って、再び篤郎の腰を引き寄せる。後孔にモノを押し当てられ、篤郎は必死に力を抜いた。

「ん……っ」

兜の大きな性器は、それでも難なく、篤郎の中に沈んでくる。カリの部分が入ると、兜はぐっと一気に腰を進めた。後ろに入ってくる兜の杭で、篤郎は、奥の奥までいっぱいになるのを感じ、びくん、と震えた。

「慣らしてないのに、全部入っちゃった……あっちゃんの後ろ、やらしいね」

兜が言い、篤郎を軽く揺さぶる。感じやすい場所を擦られると、すぐさま、蕩《とろ》けそうな甘い悦楽に、篤郎は襲われた。

「あ、あ、あん、あ……っ」

後ろを突かれて、篤郎は思わず、腰を揺らしてしまった。

「気持ちいい？　痛くない？」

訊かれて、真っ赤な顔で頷く。痛みは微塵《みじん》もなく、兜の怒張が出入りするたび、深い愉《ゆ》悦《えつ》で、脳が溶けそうになった。十分慣れたあたりで、兜が篤郎の尻に、ぱん、と音がするほど強く、腰を打ち付けた。

「あんっ」

衝撃と一緒に中がきゅうっと締まり、兜の性器が媚肉に擦れて篤郎は体を仰け反らす。

「いい？　あっちゃん、気持ちいい？　いいって言って……」

兜が続けざまに、腰を打ち付け、何度も言う。快感にわけが分からなくなり、篤郎は「うん、うん」と頷いてしまう。

「可愛い、あっちゃん」

兜も感じているのか、かすれた声で、篤郎の耳元に呟く。それにさえ感じて、篤郎は尻をびくびくと揺らした。

気持ちがいい。気持ちがいい――。

昨日より何倍も何十倍も、何百倍もよかった。優しく蕩かすように抱かれて、いつの間にか抵抗するのも忘れ、篤郎は兜の肩にしがみつき、喘いでいた。兜の体は逞しく、すがりつくと胸の奥に不思議な安堵《あんど》が広がる。強く抱き締められる形で、ぐっと体を起こされ、また座位に持ち込まれたが、昨日のような痛みはなく、体の、兜にしか暴《あば》かれたことのない深い場所まで性器が入り込んでくる感覚が切なくて、腰がガクガクと揺れた。

「ここ、あっちゃんの初めて？」

奥をぐりぐりと刺激され、篤郎はまた「うん、うん」と頷いた。快楽が過ぎて、生理的な涙が溢れ、ぼろぼろと頬を落ちていく。

「はじめて、そこ、お前が、は、はじめて……っ」

犯されているのに、本意ではないはずなのに、篤郎はどうしてか嬉しい、と思った。初めての場所が、兜のために、一つでも残っていてよかった……。

（なんで俺……そんなふうに思ってしまうんだろう——）

揺さぶられているうちに、脳がぐずぐずと溶けていく。もう出るかも、と兜が言った時、篤郎はまったく、自分でもどうしてだか分からないけれど、ほとんど無意識に口走っていた。

「ゴム、や、やだ。はずして……」

兜が一瞬、動きを止める。

「でもさっき、あっちゃんがしてって」

いや、やだ、やだ、と篤郎は子どものように言っていた。兜にしがみついたまま、きゅうきゅうと、入ったままの兜の熱を締め付ける。それだけで内側の媚肉が擦れて、動かれなくても感じてしまう。

「出して、お願い、中に、兜の、出して——」

なにを言っているのだろう、俺は。頭の隅で冷静な声がする。けれどもう止まらなかった。中に兜の精がほしくてほしくて、体は疼き、尻は勝手に揺らめいている。兜がごくりと、唾を飲む音がした。

「……あっちゃん。じゃあ、そうするよ。俺昨日より、たくさん出すかも……」

こめかみに、兜が音をたててキスをしてくれながら、入れていたものをずるっと抜く。篤郎はうん、うんと頷きながら、早く、早く、早くしてと急かした。兜がスキンを外し、それから一気に、生の性器で篤郎を貫いてきた。

「あっ、あああーっ」

貫かれた篤郎は、顎を仰け反らせて叫ぶ。後ろがきゅうっと締まり、とたん、とうに限界にきていたらしい兜のものが、篤郎の中で弾けた。

「あっ、あっ、あっ、あー……っ」

腹に広がる熱に、篤郎はもはやどうしていいか分からないくらい、感じさせられた。中に溢れてくる精のすべてを、自分の体で飲み込みたくて、篤郎は兜の性を、後孔で締め上げる。媚肉に精液が染みこんでくる感触に、また、たまらない快感を感じた。

「あん、あ、あ、いっちゃ、いっちゃう……」

今にも吐精しそうだった篤郎の性器は、今やだらんと萎えている。それなのに深い絶頂が、大波のように何度も何度も襲ってきて、篤郎は秒刻みに連続で達した。

すごいね、あっちゃん、と兜が呟いた。

「すごい可愛い……。こんなことなら……きみに最初に誘われた時、抱き潰しておけば、よかった……」

出し終わった兜が、すぐさま腰を持ち上げ、再び下から突き上げてくる。篤郎は気持ち良すぎて、頭がおかしくなりそうだった。ぎゅっと兜に抱きつくと、兜もまた、抱き締め返してくれる。

——セックスが、愛ならいいのに。

ふと頭の隅で、そう思った。

欲情がそのまま愛なら、その愛に騙されたまま、一年後死んでも……それはそれで構わなかったかもしれない。それこそ、今こうして抱き合っている時間は、嘘も愛に思える。

「あっちゃん、こうして抱かれるの、好き？　さっきより……オレのこと、好き？」

耳元で兜が、そんなことを囁いてくる。お前はどうなんだと、篤郎は心の中だけで思う。

（お前は俺を、少しは好き……？　その好きは、お前にとって、どんな好きなんだ……）

篤郎は今度も結局、三度続けて抱かれ、情事が終わる頃には、すっかり疲弊《ひへい》していた。

「ごめん。ほんとごめん。あっちゃん具合が悪いんだった」

兜は出し終えてすっきりすると、思い出したように顔を青くして慌て始めた。

篤郎はベッドの上で丸まり、布団を被って自己嫌悪と後悔に、深く沈み込んでいた。

（なんで俺……ゴムはずさせたんだ）

冷静になると、自分で自分が信じられなかった。十五の頃から男に抱かれてきたが、射精されることであれほど深く感じたことは一度もなかった。ドライで達したのも、兜相手が初めてで、それで流されてしまったのだろうか？

（もしこれで、妊娠なんてしてたら……）

そのことが、なにより篤郎は怖かった。

「あっちゃん、なにか心配ごとがあるなら、オレ、聞くよ。ずっと様子変だし」

不意に兜が言い、篤郎は布団の中から、胡乱《うろん》な眼を向けた。人を監禁《かんきん》まがいに遭《あ》わせておいて、どの口がそんなことを言うのだろう。

と、その時、兜は時計を見て青ざめた。

「やば、今日、午後から委員会だったや」

慌てた様子で、兜はバスルームに駆けていった。

シャワーを浴びている最中、兜がベッドボードの上に放り投げていった携帯電話に、着信があった。ちらりと見ると、画面には「父」と表示されている。電話は留守録にかわり、発信音の後、壮年の低い声が聞こえてきた。

『見合いだが、相手の時間が丁度空いた。急ぎ、連絡するように』

どことなく、兜に似た声。それだけ言うと、兜の父は電話を切った。

とたん、篤郎の心臓に、鋭い刃が差し込まれたような痛みが走っていった。

やがてバスルームから飛び出してきた兜が、せわしげに髪を乾かし、スーツを着ていく。ベッドに寝転がったまま、その様子を見ていた篤郎は、こいつ、見合いの席ではどんな顔をするのかなと思った。相手の女性は、まさかマンションで兜が男を一人、飼い殺しているなんて、思いもしないだろう。

そんなこと、自分には関係ないけど、と思っているのに、腹の底からむかついてきて、蹴りたいほどの気持ちになった。

「──あのさ。もし俺が女で……子どもできてたらどうしたの？」

その時篤郎はほとんど無意識に、そう訊いていた。一瞬間が空き、前髪を撫でつけていた兜が真顔で篤郎を振り返った。それからすぐに、ぷっと吹き出す。

「あっちゃんが女なら、最初から付き合ってないでしょ」

全然違う人間なんだから、と兜は笑い、それから、もしそんなことがあったら、そりゃ間違いなく結婚するよ、とつけ足す。楽しそうな、優しい顔──けれど、嘘をついている時の顔だと、篤郎は思った。

「あっちゃんが女の子で、オレの子ども産んでくれるなら……そりゃ、産んでよ」

――どうしてこんなことを、訊いてしまったのだろう。

篤郎は自分をバカだと思った。けれどそういえば、自分はもともとバカなのだった。分かっていて傷つくほうばかり選ぶ。だからドラッグなどにはまったのだ。郁を傷つけたりしたのだ。兜に、愛情なんて、求めたりするのだ……。

と、兜が、「これ渡しておくね」と言って、新品の携帯電話を渡してきた。

「オレの番号が入ってるから、なにかあったら連絡して。すぐ出られないかもしれないけど、着信あったらかけ直すから。具合悪くなったら、電話してね」

「……俺の、もともとの携帯は？」

うすうす答えを知りながら訊くと、

「あっちは、鎌谷とかに番号知られてたじゃない。危ないから処分しといたよ」

と、返ってくる。

「あ、鎌谷なら、とりあえず片付けといたからもう心配ないよ。他に仲間がいるかどうかは今調べてるけど、あっちゃんはなにも心配しないでね」

兜はニッコリ言うと、篤郎の頬にキスして出て行った。甘い仕草に、少し怖い言葉……。

兜はもしかすると篤郎のことを、それなりには好きなのかもしれない。ふと、思う。それは抱いても妊娠しない、便利な性具程度にだが。

（……気に入り、っていう言葉、使ってたしな）

胸の奥底がチリリと、焼けるように痛んだ。

渡された携帯電話を見つめながら、篤郎は、ふとこれでネットに繋げると思いついた。検索窓を出し、『ボルバキア症　妊娠　方法』と打つ。けれど、検索ボタンを押そうとして、篤郎はやめた。書いた文字をすべて消す。見るのが怖かったというのもあるし、ネットに流したものは、情報として、兜に裏で監視されているかもしれないと思ったせいもある。

ため息をつき、篤郎はベッドを出た。熱があるせいか、足元が少しふらついて、ドアのところに置かれたままの紙袋に足が当たった。

見ると、それは兜のものだった。ぶつかったせいで、中身が少しこぼれている。

慌ててしゃがみこみ、こぼれたものをしまおうとして、篤郎はぎくりとなった。ペンやクリアケースなどに混ざって、厚紙の写真台紙が床に落ちて開いていたのだ。台紙には大判の写真がはめこまれていて、若い女性が一人、微笑んで映っている。訊かなくても分かる。きっとこれが、見合いの相手なのだろう。

（きれいな人……）

篤郎は床に座り込み、素直にそう思った。優しげに笑っている女性は、きっと育ちもよく、篤郎のような、人には言えない後ろ暗い過去など、一つもない人間だろう。そう思うとなんだかおかしくなって、篤郎は嗤っていた。

——あっちゃんが女の子なら、そりゃ間違いなく、結婚するよ。

出がけに言われた兜の言葉に、嘘をつけ、と思う。ひどい嘘だと。

（俺が女でも、お前は結婚なんか、しないだろ。……俺じゃ全然、釣り合ってない）

兜は前科持ちの相手を妻にするような、そんな人間ではないのだ。

（もしオレがこんな体だって知ったら、あいつ俺のこと、すぐ捨てるだろうなあ……）

ぼんやりと、篤郎は思った。女のあっちゃんなら付き合ってないと言われたくらいだ。

兜は篤郎を愛人程度にしか扱わないし、扱えないのだ。

病院には行かねばならないが、行けば、兜に体のことを知られてしまう。そうすれば解放してもらえるだろう。自由の身になれるのだから、むしろすべて話してしまえばいい。

そう思う一方で、どうしてか篤郎は、兜に病気のことを知られたくないと思っている。

（……どうせならこのまま、なにも知らせず、病院にも行かないで……一年間兜に飼われて、それで、死のうか）

ふっと、そんな暗い考えが、頭をよぎった。

ある日ベッドの上で自分が冷たくなっていたら、兜はかわいそうにと泣いてくれるだろうか。けれど同時に、ちょうどよかった、とも思うかもしれない。

そろそろあっちゃんが、邪魔になっていたんだ——。

泣いた後で、なんでもないことのように笑う兜の姿が、容易に想像できた。もしそうなら、そんなふうに死んでしまったら、自分が生まれて生きて、死んでいくことに、一体なんの意味があったのだろう……？

壁にかかった時計の秒針が、カチコチ、と物の少ない部屋の中に反響している。途方もない孤独が、篤郎の心にシンシンと広がっていく。

床にしゃがみこんだままの篤郎の眼にはいつしか涙がこみあげて、音もなく落ちていった。抱かれている間に何度も兜が訊いてきた言葉が――「オレを好き？」という言葉が、耳にこだましていた。

好きだよ、と篤郎は思った。涙がこぼれ、心が傷ついて、血を流している。それでも、好きだよ、と思う。

（俺は、お前が好き。どうしようもなく、勝手なお前が、好き……お前に好かれたい。同じくらい好きになってほしい。それなら、俺の生きている意味も、あったと思える……）

けれどどこの気持ちを口にすることは一生ないだろう。伝えたところで同じものは返ってこない。兜はきっと誰のことも好きで、そして誰のことも愛さない。

それなりの愛で自分の人生には事足りることを、兜は賢いから知っていて、傷つくような愛し方をしない。

そういう人間なのだ。それはもう篤郎にも、分かったのだった。そして分かっていて、そんな兜を、篤郎は愛してしまったのだった。

篤郎の具合が本格的に悪くなったのは、夜七時を過ぎた頃だった。

冷蔵庫の中にあったものを少しだけ食べ、まだあちこち痛むのでベッドに入っていると、そのうち熱があがってきて、ひどい寒気を感じた。体がガタガタと震えるほど寒い。掛け布団の中で丸まり、じっとその寒気に耐えていたら、今度はいきなり高熱になり、滝のような汗をかく。そこで吐き気を覚え、篤郎はトイレに駆け込んだ。

食べたものをすべて吐いても嘔吐はおさまらず、今度は胃液を吐く。

苦しくて、涙がぼろぼろとこぼれた。

目眩がして立ち上がれず、便座に顔を突っ伏したまま、篤郎は気絶していた。起こされたのは、どのくらい後のことだったのか、兜の腕によってだった。

「あっちゃんしっかりして！　今病院連れてくから。ていうかなんで、連絡しないの⁉」

耳元で声がし、篤郎はうっすら眼を開けた。濡れたタオルで口元を拭かれ、兜が篤郎を抱き上げて、汚れた服を着替えさせてくれている。その兜の横顔は青ざめ、どうしてか必死に見える。

（いい。行かない。病院はいい――俺もう、いつ死んだっていいし）

そう言えたのか、言えなかったのかは分からない。とたん、肩を抱く兜の手に痛いほど力がこもった。

「なに言ってるの⁉　もうちょっと、自分のこと大事にしてよ！」

怖いほど真剣な顔で、兜が篤郎を見下ろしている。その瞳に怒りの色が映っている。兜は舌打ちし、篤郎を横抱きにして抱き上げた。気がつくと兜の車の、後部座席に乗せられていた。寝転がった篤郎の体を、兜が毛布でぐるぐる巻きにしながら、

「いつ、死んでもいいとか言わないでよ」

絞り出すような声で言うのが聞こえ、篤郎は眼を閉じる。兜の声が遠のいていき、まどろみの中でこだまして、それが夢か現《うつつ》か、よく分からない。もう少し、と兜が言う。

「自分のこと、もう少し好きになってよ。あっちゃん……」

――お前どういうことなんだ、これは。見合いするとか言ってなかったか。

誰かが、半分怒ったような声で言っている。低めの、色気のある男っぽい声。

――それとこれとは別なんだってば。それよりあっちゃんは大丈夫なの。

答えているのは兜だ。相手の男はそれを訊くと、腹を立てたように舌打ちした。

――クズか、お前は。とにかく患者が目覚めたら連絡するから、仕事行け。お前がいた

ら、治るものも治らない――。

声はそこで途切れ、篤郎はしばらくの間、眠っていたようだった。

気がつくと、白い天井と点滴が見え、病院特有の消毒の匂いが香ってきた。ゆっくり体を起こすと、篤郎はどこかの病院の個室に寝かされていて、点滴を打たれている。まる二日寝ていたらしく、時刻は朝の八時で、カレンダーの日付は土曜日だった。

「あ、七雲《なぐも》せんせーい、蜂須賀《はちすが》さん、眼を覚まされましたよ」

開け放された入り口のほうから、ちょうど立ち寄ったらしい看護師の、明るい声がした。

（七雲……先生）

知っている名前に、ぼんやりと霞がかっていた頭がハッキリとしてくる。入り口へ顔を向けると、白衣を着た長身の医師が一人、入ってくるところだった。その医者を見て、篤郎は思わず、ドキリと心臓が跳ねるのを感じた。

男らしい体軀に整った顔は、かつて付き合いのあった郁の恋人、七雲陶也《とうや》とよく似ていた。年齢もたぶん同じ、三十前後だろう。ただ違っていたのは、赤みがかった黒髪に、琥珀色の瞳をしていたことだ。けれどネームプレートには『七雲』とあるし、うっすらと漂ってくるフェロモン香からしても、この医者はタランチュラに間違いなかった。

（……陶也の親戚かな）

自分のことは知らないだろうが、それでも過去、郁にしたことで陶也に憎まれているので、篤郎はつい緊張し、目眩をこらえながら、よろよろと上半身を起こした。

「あ、無理はせず。蜂須賀、篤郎さんですね。担当医の七雲澄也《すみや》です」

ベッドサイドの椅子をひいて座ると、七雲澄也と名乗った医者は、ゆっくり、丁寧な口調で話す。物腰は柔らかく、口元には笑みを浮かべている。特別、憎まれている様子はない――。そう分かると篤郎はホッとし、ぺこりと頭を下げた。

「あの、ここには兜が……居候先の人が、連れてきてくれたんでしょうか」

「ええ。兜甲作のことなら、俺は幼馴染みで知人です」

言われて、篤郎は驚いたが、ふと、夢うつつに聞いた会話を思い出した。兜と話していたあの低く色気のある声が、澄也のものと重なる。よく考えれば、兜は陶也と親しかった。その親戚らしき澄也が、兜を知っていてもなんらおかしくはないだろう。

「これ、兜が持ってきていたので……あなたの紹介状ですが、読ませていただきました。当院宛でしたし、内容的には、俺が専門ですので」

白衣の内ポケットから、澄也が封を切った紹介状を取り出す。篤郎は一気に、血の気がひいていくのを感じた。心臓が嫌な音をたて、体が恐怖で震えた。

「あ、あの……あの、兜には、その中身のこと……」

もし、病気を知られていたらどうしよう。青ざめて訊いた篤郎の顔を、澄也は数秒間じっと見つめた。その眼の中に、かすかに、憐れむような色がよぎる。

「患者さんの病については、基本的に守秘義務《しゅひぎむ》があります。兜には言ってませんが……」

言われて、篤郎は安堵した。澄也はしばらく黙っていたが、やがて「ボルバキア症の妊娠事例については、前の病院で詳細な説明を受けてますか?」と質問してきた。

「……いえ。あの、あまりよく、分かってません」

うつむいたまま白状する。いよいよ、自分の病気と直面させられるのだという予感で、体が強張り、篤郎は胃がじわっと痛むのを感じた。澄也は丁寧にノートを広げ、図を交えながら噛み砕いて説明しはじめた。

「ご存知でしょうが、ボルバキア症の治療法はありません」

確認され、篤郎は頷く。

「治療法はありませんが、逆に言えば一度でも妊娠すれば、ウィルスはあなたを必要な宿主と見なし、けっして死ぬことはなくなる。世界中どの医療機関でも、ボルバキア症の患者さんには、妊娠を勧めています。子どもが一度でも宿れば、あとは出産しなくても、とにかく死ぬことはなくなりますから……」

自分がボルバキア症だと分かってから、もう五日が経っている。さすがに少し冷静に考えるゆとりはできてきたが、それでも妊娠か死かと言われると、また思考が停止した。第一、子どもをもつということは、自分一人の問題ではない。

握った拳の内側が、冷たい汗でじっとりと濡れてくる。澄也は篤郎の混乱を宥めるためにか、「少し具体的なことを説明しますね」と、話題を変えた。

「ボルバキア症にかかると、女性ホルモンが増えますので、多少体に丸みが出たり、背が小さくなったりはありますが……変化は主に内部で起き、子どもをお腹で育てられるようになります。産むのは帝王切開のみですが、受精は、アナルセックスで可能です」

澄也の言葉に、篤郎は体が硬直した。

――受精は、アナルセックスで可能です……。

額に冷たい汗が浮かび、こめかみを、つうっと流れる。

「外からは分かりませんが、後孔の内部に、精子を取り込む管ができていて、直腸とはべつに機能しています。この管は前立腺《ぜんりつせん》刺激によって反応して精子を取り込みます」

と言って、澄也は顔をあげた。

「……大変失礼ですが、兜とあなたは、どういうご関係ですか？」

ずばりと訊ねられ、篤郎はぎくりとした。眼を見開いたまま、なにも言わずに固まっている篤郎を見ると、澄也は深くため息をついた。

「プライベートなことに口を挟んで申し訳ない。ですがあなたから、兜の匂いがするので……あなたは、兜に抱かれていますよね」

セックスをすると、上位種の匂いが下位種にうつる。そして匂いに敏感なハイクラスほど、その匂いが誰のものか、嗅ぎ分けることができる。タランチュラの澄也には、一瞬で、篤郎が兜と寝ていることを見抜かれたはずだ。篤郎はそれが分かり、うつむいた。

「あなたは兜と関係を持っているが、恋人ではない？」

澄也は、もう既に答えを知っているような口ぶりで言う。まどろみながら聞いていた会話は、やはり現実のものだったのだと、篤郎は思った。

「兜はいずれ、女性と結婚するそうです。俺を抱いたのは、妊娠、しないからだって……」

途切れ途切れに言う。声が上手く出ず、篤郎は口を閉ざした。体が震えている。兜に抱かれ、ただオモチャにされていることを告白しなければならないことが、苦しかった。愛されていない。ちっとも愛されていないことを言わなければならないのが、辛かった。

「……あのバカ」

篤郎の答えに、澄也がこめかみを押さえてため息をつく。

「中に直接出されたこともあるんですよね。でなければ、そこまで強い匂いにはならないはずですから。一応今、あなたが妊娠していないかはチェックしていますが、正直、受精していても二週間は分からないんです」

なので二週間後、もう一度検査しますが、と澄也が言い置く。篤郎は怖くて、もう体がぶるぶると震えているのを止められなかった。自分は中に何度も出されている。

「ボルバキアウィルスは、宿主の受精を望みます。だから蜂須賀さんも、無意識に男性の精を欲しがるように変わっていると思います」

言われて、篤郎は愕然《がくぜん》とした。思い当たることが、ありすぎるほどある。

（もし、妊娠……してたら）

「……もしも、お、堕《お》ろしたら、どう、なりますか？」

気がつくと、篤郎はそう訊いていた。声が震え——そうして心が、なにか見えない手で引きちぎられたような気がした。眼に涙が盛り上がり、篤郎は顔を歪めた。下腹の上に置いている拳が、小刻みに震える。

とても考えられないことだけれど、それでもこの体の中に既に命が宿っていて、たった今母親である篤郎が、堕ろすと言った、その声が聞こえていたら……。

（かわいそうなこと、言ってしまった——……）

胸が締め付けられ、篤郎は泣きながら顔をあげた。

「い、今の、取り、消します。……聞かなかったことに、してください」

澄也はもう、痛ましげな表情を隠しもしていない。じっと篤郎を見つめ、それから安心させるようにそっと、震えている篤郎の拳を握ってくれた。男に触れられるのは怖いはずなのに、そこに性的な意味がないと分かるせいか、この時は嫌悪を感じなかった。

「大丈夫。とりあえず検査の結果を待ちましょう。もしできていても……俺があなたの、助けになります」

なにも言えなくなった篤郎に、澄也は力強い声で静かに約束してくれた。

――本当に？

本当にこの人が、自分を守ってくれるのだろうか。会ったばかりの相手をどう信じていいか分からなかったが、澄也の声は真摯で、信じていいと思わせてくれた。

篤郎は頭《こうべ》を垂《た》れ、お願いします、と言っていた。自分でも驚くほど、弱々しい声だ。

澄也は篤郎の肩から手をはずして立ち上がる。それからふと、独り言のように言った。

「兜は誰にも執着しない人間なんですが……蜂須賀さんには、少し違うようですね」

見上げると、澄也は難しい顔をしていた。

それからなにか考え込んでいるように、しばらくじっと、篤郎を見つめていた。

十

「セックス禁止ってなに。なんで澄也《すみや》クンにそんなこと指図されるの？」

五月間近の月曜、昼下がり。

七雲《なぐも》病院の、篤郎《あつろう》が入院している個室で、仕事を途中で抜けてきた兜《かぶと》が不服げに言った。

「なんでもなにも、蜂須賀さんの体調を考えてだよ。この先検査もあるし、とにかくダメ。ていうかお前は、見合いあるんだろ」

言われた兜は「澄也クンに言われたくないなあ」と拗《す》ねた様子だった。

兜を呼び出したのは、澄也だった。篤郎は大事をとり、十日間の入院となって、職場への連絡は澄也がしてくれた。そうして午後、慌ててやって来た兜は、

「ただの自律神経《じりつしんけい》の乱れだよ。でも内臓が弱ってるし免疫力が落ちてるから、療養が必要」という、澄也の医者ならではのよどみのない嘘に騙されてホッとしていたが、それからすぐに、篤郎の監禁を解くように、と言い渡されて、あからさまに嫌な顔になった。

「退院してもしばらくは自宅療養してもらうけど、その後、状態がよかったら普通に仕事

に復帰していいから」

　そう言われて、嬉しかったのは篤郎だ。澄也のおかげで兜からも解放されるし、もし妊娠していなかったら――これが一番怖いけれど、澄也は、確率的にはまずないだろうと言った――保育園に戻って、子どもたちに会える。

　ところが兜は、澄也の提案にことごとく反対した。

「澄也クン知らないだろうけど、この子ほっとくと、どんなムシが寄ってくるか分かんないの。だからオレ、自分の部屋に連れてってたんだよ」

　篤郎はさっきから、二人の会話を黙って聞いていた。澄也のほうは、カルテを脇に挟んで腕組みし、呆れたようにため息をついた。

「あのなあ、兜。蜂須賀さんはお前とはもう、縁を切りたいそうだぞ。俺もいい加減な付き合いは賛成しない。愛人なら、他に作れ」

　澄也の言葉に、兜の眼から余裕が消えた。兜はものすごい勢いで篤郎を振り向き、「そうなの、あっちゃん⁉」と訊いてきた。

「ていうか、なんで澄也クンに、オレとのこと、ベラベラ相談してるの⁉」

　腹を立てたらしい兜に、篤郎がどう返事したものかと固まっていると、澄也が口を挟む。

「無理強いさせたら、蜂須賀さんはずっと強制入院にして、お前、面会謝絶にするから」

　そこのところを踏まえて、話し合えよ、と言い置くと、澄也は篤郎の部屋を出て行った。

さすがに忙しい身の上で、これ以上は病室にいられなかったのだろうが、それでも澄也に後ろ盾をもらったので、篤郎はかなり気持ちが楽になった。

それに引き替え、兜は眼に見えて苛立っており、澄也がいなくなったとたん、篤郎を振り向いた眼が剣呑《けんのん》だった。

「……どうやって澄也クンを手なずけたわけ？」

「手なずけたなんて、七雲先生に失礼だろ……」

嫌な言い方にムッとすると、兜は面白くなさそうな顔になった。

「……澄也クンのほうが、オレより上なわけだ。へえ……」

不穏な表情で、兜は独りごちた。

（上とかそういうんじゃない。……お前は俺の体のこと、知らないから。俺が今どんな気持ちで、二週間後を待ってるかも知らないくせに――）

篤郎は、そう思う。思うが言えない。病院の個室内には、互いのイライラが満ちている感じだ。やがて兜が、諦めたようにため息をついた。

「……分かったよ。エッチ禁止、そんであっちゃんは元通り、アパート戻って保育園行くと。じゃあ俺は、職場への送り迎えするから、いいよ。見舞いも毎日来るし、退院の時も来るし、そのままあっちゃんのアパートに泊まるから」

いかにも譲歩したと言わんばかりの言葉だが、内容がおかしい。篤郎はつい眉を寄せた。

「……送り迎えってなんだよ。忙しい議員秘書が、なに言ってんだ？」

「オレが無理な日は家の使用人寄越すから問題ないでしょ」

不機嫌な顔のまま、さも当然のように言う兜を、篤郎はまじまじと見た。

「お前さ……そもそもなんで俺なんかに、そこまですんの？」

兜がどうしてこうも自分を縛りたがるのか、篤郎には分からなかった。兜はベッドサイドの椅子にどかっと座り、そんなことより、と篤郎を睨んできた。

「澄也クンに、オレと縁切りたいって言ったの、本当？」

なぜ、その話に戻るのかと疑問に思っていると、兜の携帯電話が鳴りだす。上着のポケットから電話を出した兜は、画面を見て「父さんか……」と舌打ちした。通話ボタンを押して出る兜に、篤郎はムカムカしたものが迫り上がってくるのを感じた。

（また見合いの話かよ……）

「悪いけど、今取り込み中だから切るよ。は？　写真？」

兜が、電話の向こうの父親に向かって、うるさそうに眉を寄せ、ああ見た見た、と無関心な様子で言った。

「どうって普通だよ、いいんじゃない、普通のお嬢さんで。可も不可もないよ」

失礼なことを平気で言ってのけ、兜は何度も「切るよ」と繰り返した。けれど父親が切らせないらしい。電話の奥からはうっすらとだが、「次はいつ会う」と急かしている声が聞こえてきて、篤郎の胸には嫌な気持ちが湧いた。なんだ、もう一度は会ったのか、と思う。まるで知らなかった。ということはつまり、兜は昨日写真で見た、あのきれいな人と会った前後に、篤郎を犯していたのだ。

（本当、最低……）

「だからオレ、二年は結婚しないよ。またアポなしで会わされても困るんだけど」

鬱陶しげに言ってのけ、兜は電話を切った。小さくため息をつき、電話をポケットに戻す。その瞬間、篤郎はたまらず、悪態をついていた。

「……結婚するヤツが、なんで俺のことまだ構ってるんだよ。俺なんて、なんの価値もないだろ。もう放っておけよ」

吐き出すように言うと、兜はイライラしたように「なんでそう、素直じゃないかな」と言った。

「あっちゃんを好きだって言ってるでしょ？　なのにオレにはちっとも頼らないで、初めて会った澄也クンに頼って、オレとのことまで相談したってなに？　あっちゃん、そんな簡単に自分の内面さらけ出す子じゃないでしょ？　まさか澄也クンが好みなの？」

矢継ぎ早に言ってくる兜は、腕を組み、足を組んで、実に偉そうな態度だった。

怒っている――ものすごく怒っているオーラが、兜からは伝わってきた。篤郎はその威圧感に負けそうだった。けれど、ここで退いてはこれまでと同じことになる。幸い、なにかあれば澄也が助けてくれるという気持ちが、篤郎を勇気づけてくれた。

「あのさ、俺たちそもそも付き合ってないだろ」

篤郎が言うと、兜は怪訝そうな顔をした。

「付き合うことにした、ってオレ、言ったよね？」

言われて、篤郎はようやく、最初のセックスの後、兜が言い出したことに思い至った。

同時に、あれは本気だったのか、と驚きもした。

「あんなの口実で、お前にとって俺は恋人じゃなくて、ただのオモチャだろ」

「ちょっと……ちょっと待って」

兜が不意に、篤郎の話を遮った。どうしてか困惑したような顔で、見つめられる。

「オモチャって？　オレ、そんなふうに扱ってないよね。優しくしてるでしょ」

腕組みを解き、やや身を乗り出して、兜は言い聞かせるように言う。

「優しく？　人のこと出来損ないって言ったり、愛人にしてやるって言うやつが？」

篤郎はだんだん、腹が立ってきた。兜は自分が篤郎にしたことを忘れたつもりだろうか。

「大体、俺のこと罰するから抱くって言ったのは、お前だろうが」

「それは言葉のアヤだよ。あっちゃんが素直じゃないから、オレもつい意地悪しちゃうっていうか……何度もあっちゃんが好きだって言ってるよね？」

「お前の好きは、本当の好きじゃない」

簡単に好きだと言う兜に、篤郎は腹が立ち、頬に熱が昇ってくるのを感じた。

「本当に好きなら、未来のないこの状態で、好きって言えない。俺なら言えない——」

篤郎は声が震えるのを感じた。兜が好きだなんて、今の自分には死んでも言えない。言えば傷つく。苦しむ。愛は痛みになって返ってくる。

それなのになにかのついでのように好きと言える兜が、たまらなく憎らしく感じる。

「……お前は俺のこと、昔から、ゴミを見るみたいな眼で見てた。俺のこと、クズだと思ってたし、今も思ってる」

「思ってないよ⁉」

不意に兜は叫び、立ち上がった。あまりに焦ったのか、椅子が音をたてて倒れる。けれど兜はそれさえ気にせず、篤郎の肩をぐっと摑んできた。どうしたのか、整った顔に焦りを浮かべ、身を乗り出してくる。

「あっちゃん、ちょっと話通じてない。過去と今を混同しないで。あっちゃんは変わったよ、変わったっていうか、地が見えたっていうか。オレはそれに気付いたから……とにかく、オレあっちゃんのこと嫌ってない、ちゃんと好きだよ」

「嘘つけよ」

篤郎は吐き捨てた。兜は「なんで嘘になるの⁉」と再び大きな声を出した。

——なんで嘘になる？

篤郎は本当に兜は分からないのかと、顔を見る。兜は困ったように弁解する。

「愛人とか言ったのは……それはもう、理解してよ。オレの境遇上、そうするしかないんだ。だけど家庭を持っても、オレはあっちゃんが好きで……」

半ば混乱した様子で兜が、ぐちゃぐちゃと、篤郎にはよく分からないことを言う。

(家庭を持ってもって……結局、俺は、一番じゃない)

「……お前の態度」

篤郎はそれ以上兜の言い訳を聞きたくなくて、遮るようにぽつんと、本音を言った。

「お前の態度……俺、愛されてるって感じたこと、全然ない。全然、一度も」

本当は最初に好きだと言われていた時は、何度も慰められた。けれど、あれが心からの愛ではないと知っている今は、そうとは言えなかった。顔を上げると、兜が眼を瞠り、固まっている。言われて初めて、篤郎の気持ちを知った。まるで、そんな顔をしていた。

肩に置かれている兜の腕から力が抜けるのを感じた。篤郎は、静かにそれを払った。

「俺寝るから。もう帰って」

これ以上話しても仕方がないと思った。布団の中に潜りこもうとすると、兜はハッと我に返り、「待って、あっちゃん」と言った。焦った顔で、まだ「オレ、ほんとに好きだよ」と、繰り返してくる。篤郎は兜を振り返り、じっと見つめた。

「じゃあ訊くけど、お前がいつか結婚する人への、それなりに好き、の好きと、俺への好きって、どう違うんだ？」

訊かれた兜が、驚いたようにメガネの奥で、眼を丸くする。

「……今までお前がかわいそうだと思って付き合ってきた子たちと、俺への好きは？　どう違う？　……それなりの好きなら、俺はいらない」

広く浅く。そういう愛で、兜はこれからも生きていけるだろう。けれどその愛では、篤郎には足りないのだ。篤郎は布団の中に潜り込んで、視界から兜を消した。

（もう、離れたほうがいいんだよ）

と、篤郎は、心の中だけで兜に言う。

（俺、子どもができる体なんだ……お前、困るだろ……）

兜はしばらくの間その場に立ち尽くしていたが、それ以上なにも言わない篤郎に呆れたのか、諦めがついたのか、やがてその気配は遠のき、部屋を出て行く音がした。

開けた窓から風が入ってくると、まだ少し残っていた兜の、アマレットのような甘い香りもまた、どこかへと消えてしまった。


兜が、篤郎の前に姿を現わさなくなった。

見舞いには毎日来る、退院の日は迎えに来るとあれほどしつこく言っていたのに。

（……俺をそれほど好きじゃないことに、やっと気付いたんだろうな）

病院で寝ている間、篤郎はぼんやりとそう考えた。あるいは篤郎との関係で、どこか意《い》固地《こじ》になっていたものが、溶けたのかもしれない。入院中は暇だったが、体調は悪く、篤郎は微熱と吐き気、体の痛みに冒されて、なにかゆっくり考えることもできなかった。

ホルモンの状態が安定していないのだと、澄也からは説明を受けた。澄也から、園の先生たちが見舞いたがっているとも聞いたが、病気の説明が難しいので、篤郎は遠慮した。

たまたま普段見ないテレビをつけたのは、気分が少し良くなっていた日のことだ。入院してから、七日が経っていた。世間はちょうど、大型連休のまっただ中だった。

『現幹事長、兜甲造《かぶとこうぞう》氏、収賄《しゆうわい》疑惑を全面否定』

テレビはちょうど、昼のニュースの時間帯だった。画面右上のテロップを見て、篤郎は眼をしばたたいた。

（……え？）

テレビ画面にはフラッシュとカメラ、マイクに追われながら、国会議事堂に入っていく政治家、兜甲造の姿が映っている。それはたしかに、兜の父だった——。

（え？　え？　……え？）

篤郎は困惑し、持っていたテレビのリモコンを、震える指で操作して、チャンネルを変えた。他の局も、同じニュースを流している。兜の父が「金は受け取っていない」と言い、マイクの前から去っていく姿が、何度も何度も映る。野党の政治家がコメントを求められ、「疑惑が晴れないのなら、国民に判断を仰ぐべきだ」と強い口調で言う。

リモコンを持っている篤郎の手はじっとりと冷たく汗ばみ、体が震えてきた。

（……いつから？　この事件、いつから起きてたんだ――）

カメラがスタジオに戻り、文化人らしきコメンテーターたちが、好き勝手に意見を言い始めた。聞いていると、そもそもの疑惑は兜の父親というよりも、同じ派閥の大物政治家が発端らしい。事件が持ち上がったのは三日ほど前のようだった。

『兜さんと言えば、たしか息子さんが、桑原《くわばら》さんの秘書をやってらっしゃいましたね』

コメンテーターの一人が言い、篤郎はぎくっとした。キャスターが、簡単に兜のことにも触れる。桑原さんも火の粉をかぶりたくないでしょうから、秘書は解任されるかもしれません、と誰かが言い、篤郎の心臓はドキドキと鳴って、嫌な汗が額に浮いてきた。気がつくとベッドを出て、篤郎は小走りに医局へ向かっていた。

「蜂須賀さん、どうしました？」

廊下の途中で、ちょうど会いに行こうとしていた澄也に会い、篤郎は駆け寄った。自分でも、顔が青いのが分かる。

「……あの、今ニュースを見て。兜が、兜のお父さんが、取り上げられてて」

あわあわと口にしながら、自分でも、だからなんだというのだろう――と、思った。兜はもう篤郎から離れていったのだ。関係のない人間なのに、どうして自分が慌てる必要があるのか。途中で黙り込み、うつむいた篤郎に、けれど澄也は「ちょっと部屋に行きましょうか」と、優しかった。

促《うなが》されて病室に戻ると、つけっぱなしのテレビには、もう別のニュースが映っている。篤郎をベッドに座らせると、澄也は「心配ないですよ」と言った。

「兜とは、幼稚舎からの付き合いですが、いままで三度はこういうこと、ありましたから」

「さ、三度?」

篤郎は思わず、驚いて声をあげてしまった。澄也は穏やかな調子で、「選挙のための、一種のパフォーマンスだと思いますよ」と言い、笑った。

「そうなん……ですか?　でも、兜、秘書を解任されたかもって……」

「されることはあるかもしれませんが、まあまだ今は大丈夫なんじゃないでしょうか」

落ち着いた様子で言う澄也に、篤郎はまだドキドキしている心臓を寝間着の上から押さえる。自分は政治には詳しくないので分からないが、そんなものなのか、と疑問に思う。

「先生は、動じないんですね。……先生も、慣れてるんですか?」

素直な感想を漏らすと、澄也は椅子をひいて座った。忙しいだろうに、篤郎の相手をしてくれるようで、少し申し訳なく思う。

「兜は……子どもの頃からどこか超越したような人間で。なんでも俯瞰《ふかん》で見る癖があるんですよね。父親だけじゃなくお祖父さんも政治家で、慣れてるからでしょう。親しくなってから聞いたんですが、ああいう警察沙汰が起きると、それまで周りにいた人間が、潮がひいたようにいなくなる。昨日までチヤホヤしてきた連中が、眼も合わさなくなるから面白いよ、と笑ってました。十にも満たない子どもが、そういうことを言うんです」

「……」

篤郎にはとても、面白い話には思えなかった。小さな子どもの兜が、学校へ行くと、昨日まで親しかった友人たちがこぞって兜を無視する。そんな光景が眼に浮かび、胸がぎゅっと、引き絞られたように痛む。それは七歳の頃、郁や母のことで、いつもクラスから浮いていた自分の姿と重なり、その悔しさ、淋しさを思い出させられた。

「だからか、兜は誰にでも、いつも距離を取るんです。人にはなにも期待しないし、甘えないようにしている。というか、そういう発想がないんだろうな」

あいつは頭がいいので、おべっかと嘘はすぐ見破る、と澄也はつけ足した。

「なので、正直な人間だけを気に入ります。たぶん蜂須賀さんが気に入られていたのは、あなたが兜に、嘘を言わないからでしょう」

「……もう、気に入られてないと思います」

ぽつりと言うと、澄也は小さく苦笑した。

「でも……蜂須賀さんは兜のこと、心配してくださるんですね」

言われて、篤郎はドキリとした。返す言葉が見つからず、じっとうつむいてしまう。兜と離れたいと相談しておきながら、兜のことを嫌えない自分の気持ちを、澄也に見透かされたようで、気まずかった。篤郎の中にある、複雑な、ぐちゃぐちゃした気持ち――愛されたかったという想いと、それは無理だという諦めを、どこまで見抜いているのか、憶測ですが、と付け加えて、澄也が立ち上がった。

「兜の人生の大半は、義務でできてるんですよ。でも、その義務を楽しむことで、あいつはバランスをとってる。誰かを強く愛するということは、持っている義務を、楽しめなくなることに繋がるので……兜は、しないのかもしれませんね」

蜂須賀さんも、親が家にいないクチでしたか、と問われて、篤郎はドキリと顔をあげた。澄也は微笑み、「ハイクラスの家は、そういうところが多いので」と弁解する。

「そういう孤独をどう埋めるかは人それぞれですが、兜は弱い者を守ることで、立っていられる人間でした。昔から」

もうすぐ退院ですから、しっかり休んでくださいと言われ、篤郎はこくりと頷いた。

それからしばらくしてから、昼の入院食が出され、食べたあとにはいつも通り鎮痛剤と一緒に睡眠導入薬が出されたので、篤郎は眠くなって布団に入った。

――十にも満たない子ども。

眠りにつきながら、篤郎は澄也から聞いたその言葉を、頭の中で繰り返していた。

篤郎に小さな頃があったように、兜にもあったのだ。そしてその子どもの頃の兜は、どんなふうに世界を見ていたのだろう。例えば今回のような事件が起きた時。

（……世界中が敵になったような……そんな、気分ってどんなものなんだろう）

想像してみたが分からなかった。篤郎の瞼の裏には、教室で一人ぽつんと立っている、幼い兜の姿がどうしてか浮かんでくる。するともしかして、と思う。

いつだったか河川敷で、兜が篤郎の中にいる、小さな篤郎に気付き、お父さんやお母さんに、怒らなきゃダメだよと言ってくれたのは、兜も子どもの頃、似たような孤独を味わったことがあるからかもしれないと感じた。

（あいつも淋しいと思ったこと、あるんだろうか……）

うとうとしながら、篤郎は考えた。兜の中にも、淋しい兜はいるのだろうか？　あの強い体と心の中に、とても孤独があるようには思えないけれど。

——強いって大変だね。

——強いって、辛いね。

篤郎はいつしか、幼い郁と自分が、そんなふうに兜を気の毒がっている夢を見た。

——愛人とか言ったのは……オレの境遇上、そうするしかないんだ。

するとふと耳の奥に、兜の声が蘇ってくる。どこか悲痛な叫び声。今思い返してもひどい言葉だ、最低なやつだと思うのに、同時にかわいそうだなとも、思った。

（お前そんなふうにしか……誰のことも、愛せないのか……）

いつしか窓の外は暗くなり、日も落ちて暗くなっていた。電気を点けていない篤郎の部屋は薄闇に閉ざされ、扉が開くと、廊下の灯りがさあっと差し込んでくる。

「……あっちゃん」

誰かが篤郎の名前を呼び、そして髪を撫でてくれた。優しい長い指だ。何度も髪を梳《す》かれ、その心地よさに、篤郎は寝返りを打った。

「ごめん、ずっと来れなくて……一週間、考えてたんだけど、答えが出なくて、それで」

いつもは明るく弾んでいる声が、今はどこか淋しそうで、不安げだ。

「ちょっと仕事もごたごたして……今もすぐ、行かなきゃいけなくて」

うん、知ってるよ、大変なことになってるんだよな……と篤郎は思った。薄目を開けると、甘く整った、兜の顔が見えた。アーモンド型の眼に、少し開いた扉の隙間から零れてくる、白い光が映って光っている。

眼が合うと、兜は緊張したように、一瞬体を揺らす。

兜の眼の下にはクマができ、頬は少しこけて見える。休んでいないのだろうか。これはきっと夢なのだろうが、現実の兜も、こんなふうに憔悴《しょうすい》しているのかもしれない。

（大変だなあ……）

そう思いながら、篤郎は腕を伸ばす。兜が半ば困惑したような顔で、おずおずと篤郎の手をとる。大きな手のひらは、夢の中なのに、温かかった。

「お前は……強いから、大変だな」

篤郎はぼんやりと言った。兜が驚いたように、眼を瞠る。

「強すぎると、甘えられなくて、辛いな……。甘え方、知らないだろ」

十に満たない子どもに言うような気持ちで、篤郎は言った。兜は戸惑ったように、ただじっと篤郎を見ていて、その眼は所在なく揺れている。やっぱり知らないんだと、篤郎は思った。保育園にもたまにそういう子どもがいるし、篤郎自身もそうだった。継母が家に来てくれて初めて、守ってもらえることを知った幼い日のことが、切なく胸をよぎる。

（俺は弱かったから、ダメになったけど……強いと、兜みたいになっちゃうのかな）

もし俺なら、抱き締めて、甘やかしてあげたのに――。

夢の中で、篤郎は兜の腕をひく。屈み込んできた大きな背中を抱き込むと、よしよし、と撫でてやる。よしよし、いい子、強い子、我慢してる子……。

篤郎の腕の中で、兜の体は、どうしてか強張りじっとして動かない。

「……甘やかしてあげるから、なんでも、してほしいこと、言ってごらん」

ぽつりと言って、体を離す。眼を覗き込むと、兜は呆然としている。それから小さな子どものように、「なんでも？」と訊いてきた。なんでも、と篤郎は頷いた。

「じゃあ……あっちゃんに……好きって、言われて……みたい」

しばらくためらった後、兜は呟くように言った。なんだそんなこと。そんな簡単なことと篤郎は思い、微笑んだ。

——やっぱりお前も、淋しいんだ。ちゃんと、淋しいんだな。

それが嬉しくて、篤郎は笑った。

「……好きだよ」

言うと、兜は笑うでもなく、そのままじっと固まっていた。メガネの奥で、瞳だけが揺れている。

「好きだよ……。大丈夫。俺は、兜が、大好き……」

眼を閉じてもまだ、すぐそばに佇んでいる兜の姿が見えるような気がした。その頬にはじわじわと血の気がのぼっている。兜が左胸のあたりを押さえ、それから、頭を下げて足早に部屋を出て行くのを、篤郎はうとうとと、眺めていた。

妙な夢を見たものだ。よほど兜の父親の事件がショックだったらしい。

翌朝眼が覚めた後、篤郎はそう思った。昨日は飲んだ睡眠導入薬が効きすぎたようで、篤郎は夕飯も食べずに寝ていたそうだ。

その日は、篤郎は新聞とテレビで、兜の父親のニュースをチェックした。見ているとハ

ラハラさせられたが、翌日の退院日には、衆議院の解散が決まったので、やはり選挙のためのパフォーマンスかと世間は白けてもいた。解散と同時に、兜の父親にかかった収賄疑惑はうやむやになり、火の元だった議員だけが離党して、新しい党を作った。

「兜さんは目立つから、体のいい当て馬にされたんだよ」

退院日、受付で会計待ちをしている間、待合室ではそんな会話が交わされていた。

病院を去る時間になっても、やっぱり兜は来なかった。期待していたわけではなかったが、妙な夢を見たせいか、もしかして来るのでは、という気持ちがどこかにあった。

「明日検査しますから、通院してくださいね」

そう言って澄也に送り出され、篤郎はタクシーで自分のアパートに帰った。

具合はあまりよくなく、体の中が痛い感じで、部屋についてからも篤郎はすぐに眠った。

保育園に、とりあえず顔を出したのは、その日の午後のことだった。

「まあまあ、蜂須賀先生。みんな心配してたのよ。子どもたちも淋しがって」

退院した旨を伝えると、先生たちは心から心配してくれていた。迷惑をかけていることを謝り、復職についてはまだ分からないが続けて働きたいと申し出た。

「大丈夫、椅子は空けて待ってるからね」

そう言ってもらえて、篤郎はホッとした。

挨拶を終えて園を出たのは、夕方のことだった。商店街を抜け、駅に向かっていた篤郎は、まだ本調子ではないので足元が少しふらついていた。十日の入院でかなり体力が落ちていたらしく、ちょっとの移動でかなり疲れてしまった。家に帰ったらひとまず休もうと思っていると、横から「おい」と声をかけられて立ち止まった。振り向いて、そこに立っていた男に、体が硬くなる。

街路樹の陰から現れた男は、見知らぬ相手だ——けれど、体の大きなハイクラスの男で、ドラッグをやっている者特有の、ギラギラした目つきをしていたのだ。

「……お前、鎌谷《かまたに》の知り合いだろ。あいつのこと、どうやってサツにパクらせた？」

男は血走った眼で、篤郎に近づいてくる。

聞いたことが一瞬理解できずに困惑したが、すぐに篤郎は、兜のことを思い出した。兜は、鎌谷を片付けた、と言っていた。どうやったのかは知らないが、眼の前のこの男の話だと、鎌谷は今、刑務所にいるのだろう。

「お前の電話から着信あった後、パクられてんだよ。……まあいいけどよ、それより、あいつがいないとこっちにも金、入ってこねえんだ」

俺に金寄越せよ、と、男はいかにも頭の悪い理屈を言ってくる。普通に考えて、鎌谷を警察に突き出したのが篤郎なら、篤郎には関わらないものではないのか——そう思ったが、同時に、鎌谷が篤郎を、よほど扱いやすいヤツだと言いふらしていたのかもしれなかった。

けれどこの男には、篤郎を脅せるだけの材料もない。放って逃げようとしたその時、男がジーンズのポケットから、小さなナイフを取り出したのが見えた。ハッとして身構えると、篤郎の恐怖が伝わったのか、男は唇の端を持ち上げて嗤う。

それから、鼻を鳴らすようにして、篤郎の匂いを嗅いできた。

「お前、鎌谷が言ってたとおりすげぇ甘い匂いがすんな……。下半身が疼くような……」

ついでにいいことするか、そう言われた瞬間だった。

突然、鈍い音がしたと思うと、眼の前の男が仰け反り、悲鳴をあげて倒れこんだ。路上にナイフが落ち、誰かの足が刃の上に落ちてきた。薄いナイフはただそれだけで、あとかたもなく砕けて粉々になる。呻《うめ》いている男の腰に、くっきりと、足形がついていた。

（な、なに？）

驚いたのも束の間、篤郎は腕を引かれて大きな体に庇われた。気がつくと、篤郎の眼の前には、兜が立っていた。

「なんだ、てめえ！」

蹴られた男が、突然現れた兜に噛みつく。兜はいつものようにニコニコしていたが、その眼には明らかに軽蔑と怒りが宿っていた。

「なんだてめえ……って……それは、こっちの台詞なんだけど？」

兜の声が低くなる。その刹那、篤郎は息を呑んだ。昼下がりの陽光に照らされた兜の影が、突然大きく膨らんだのだ。それは鋭い角を持つ、ヘラクレスオオカブトの影だ。唇には笑みを浮かべたままだが、男を見る兜の眼は、冷たく光っている。

不意に篤郎は、理屈ではない、本能的な恐怖を感じた。鋭く強い眼光が兜の瞳に宿り、それは全身から殺気となって男に向かう。男は不意に顔を歪めて震え、

「お前、ヘラクレス……オオカブト……」

と、喘ぐような声を出した。

「刃向かうならどうぞ。容赦しないけど」

薄ら笑いを浮かべる兜に、男は敵わないと踏んだのだろう。口の中だけでくそっと呟くと、走り去っていった。

兜の後ろで、篤郎はただただ、放心して事の成り行きを見守っていた。

ヘラクレスオオカブトが起源種であるということはこういうことなのかと、心底から思い知る。篤郎一人なら、あの男にはとても太刀打ちできなかっただろう。

（それにしてもこいつ……なんでここにいるんだ？）

もうとっくに、自分のことは見限ったのだと思っていた。

「あっちゃん」

と、兜がものすごい勢いで、篤郎を振り向いた。兜の顔から、余裕のある笑みはもう消え、焦った様子で篤郎の肩を摑んできた。

「あれ、誰？　知り合い？　なに話してたの……っ？」

矢継ぎ早に訊かれたが、篤郎はあまりそれを重要に思わず、答えなかった。

「お前、なんでここにいるんだ？　また、仕事でこのへん来てたのか？」

もうすぐ選挙なのに、そんな暇あるのか、と訊くと、兜はイライラと眉を寄せた。

「園長先生からあっちゃんが来るって連絡もらって……鎌谷の仲間にここが割れてたらなにかあるかもって心配で……ていうかオレの質問に答えて⁉」

いきなり怒鳴られ、篤郎は眼を丸くした。道行く通行人が、ちらちらとこちらを見ている。不意に兜が、篤郎の腕をとって引っ張る。そして篤郎は、あっという間に路肩《ろかた》に停めてあった兜の車に乗せられ、以前、子どもたちと散歩に来て揉めごとを起こした公園の駐車場まで連れて行かれた。兜が停車した場所は、ちょうど木陰になっている位置で、時間も遅く、人気もないので誰の眼にもつかない。

「もう一度訊くけど、さっきの誰？　どういう関係？　昔の男なの⁉」

車を停めるやいなや、兜は身を乗り出して訊いてきた。篤郎はなにをそこまで兜が気にするのか、よく分からず、ムッとした。昔の男、という言葉に蔑《さげす》まれている気持ちになる。

「……知らないよ。鎌谷の知り合いだってさ。金せびられたの」

「それだけ⁉　ほんとに？　調べれば分かるんだよ？」

詰め寄られて、篤郎はますます、ムカムカした。どれだけ信用がないのか、と思う。

「嘘ついてどうするんだよ、こんなこと……」

「あいつと寝たことあるの？　最近もヤったの？　そっちを訊いてるんだけど⁉」

兜がドン、とハンドルを叩いた。篤郎は失礼な言われように、カッと頬を染めた。

「ヤラせてない。今はセックスなんてお前としかしてないし……あれだけヤってたら分かるだろ⁉」

淫乱だと言って篤郎を貶《おとし》めたのは兜なのに、どうして責められねばならないのだ。大体、兜が自分にしたことは強姦だったではないか。

（俺のこと、大して好きでもないくせに――）

そう思うと、悲しい気持ちになる。明日に迫った妊娠検査を、篤郎がどんな思いで待っているか、兜はまるで知らない。知らないことを、なじりたくなる。

（俺、お前の子ども、できてるかもしれないんだぞ）

みじめな気持ちだった。口に出して言ってしまったら、きっと兜はぎょっとし、篤郎をすぐに放り出すに違いない。

「……もういいだろ。用事がそれだけなら俺、下りる。ロック開けて」

辛い想像に疲れ、ドアに手をかけた。けれど兜の次の行動は、予想外のものだった。

「あっちゃん……お願い、入れさせて」

突然耳に飛び込んできた言葉の意味が、分からない。

怪訝な気持ちで振り向いた瞬間、腕を引かれ、強引に兜の膝の上に乗せられていた。兜は手早く運転席を後ろに下げ、シートを倒す。

「……お前、なにする、つもり？」

兜の行動が信じられずに訊いた声は、思いがけずかすれていた。

「……あっちゃんに入れたくなったの、今すぐ、ここで。だから、入れて……出させて」

けれど兜は、いとも簡単に、とんでもないことを言った。その瞳は熱を帯び、どこか切羽詰まっている。冗談とは思えないその眼差しに篤郎はゾッとし、血の気がひいていく。

「ふ、ふざけるな！　先生に言われたろ、セックスは禁止だって……」

「あとで謝るから」

「いやだ！」

謝ればいいという問題ではない。それに篤郎は妊娠している可能性もあるし、してなくても、中に出されてする可能性があるのだ。セックスなどもってのほかだった。

「放せ、バカ！　今回こそは殺すぞ！」

頭に血が上り、人差し指の爪を伸ばす。けれど兜はそんな篤郎の二の腕を押さえつけ、抱き込んだ。それはものすごい力で、篤郎が全力でもがいても、びくともしない。

「あっちゃん」

耳元で名前を呼ぶ、兜の声は既に情欲を帯び、その体からまた、故意にフェロモンが発せられて、篤郎の鼻腔をいっぱいにする。

「あっちゃん。ね？　お願い。あっちゃんの、中で出したい……オレの、オレのしるしを、あっちゃんにつけたいの。世界中に、あっちゃんがオレのだって分からせたい――」

甘く強いフェロモン香に、体から力がぬけていく。

「いや、だってば……っ、いや、やめて」

いつの間にか懇願になっていたけれど、兜は譲ってくれない。篤郎の尻を持ち上げ、穿いていたコットンパンツを掴むと、ぐっと力をこめる。そのとたん、パンツの縫い合わせが、下着ごとビリビリと引き裂かれた。後孔だけが外気に晒《さら》される形になり、篤郎はそれに、愕然とした。

「お前……なに……」

羞恥と怒りに体が震え、顔が熱くなる。

「服なら新しいの、買ってあげるから……」

そういう問題ではない。けれど兜は篤郎の言葉など聞かず、裂いたところから手を突っ込んで、後孔に指を当てる。太い指の感触に、篤郎はびくんと震えた。

兜は興奮しているらしく、息が荒い。カチャカチャとベルトをはずす音が聞こえ、篤郎は次の瞬間なにをされるか悟り、息を呑んで、兜の肩にしがみついた。刹那、兜の太く硬いものが、まるで慣らされていない篤郎の後孔に、押しつけられる――。

「……ん、う、う、や……あっ」

持ち上げられていた尻を、ゆっくりと下ろされる。十日以上抱かれていなかった入り口は硬く閉じていたが、先端をぬるぬると擦りつけられているうちに、ひくひくと震え、やがてゆっくりと、兜の性を飲み込んでいく。

やはりボルバキア症のせいで、篤郎の中は濡れるのかもしれない。いつの間にか、後孔からはぬぷ、ぬぷ、といやらしい音が立ちはじめていた。

「んあっ、ああっ、あー……っ」

先端の部分を入れた瞬間、兜が手を放し、篤郎の尻はどすんと兜の腰に落ちた。一気に根元まで入れられて、篤郎は背を反らして甲高い声を上げた。痛みに、どっと涙が溢れる。

「うん……ほんとだ。ここ、オレの形のままだね……」

ホッとしたように兜が言った。篤郎は痛みと衝撃に朦朧《もうろう》としながら、こいつ、バカじゃないのか、と思った。

(なんで俺が……そんな頻繁《ひんぱん》に、男とヤるんだよ。お前にとっての俺は、まだ、そんな人間かよ――)

「あっちゃんの匂いってめちゃくちゃ……男誘うから……気が気じゃなかった。病院の先生たちの誰かに、犯されてないかって……」

篤郎をゆさゆさと前後に揺すりながら、兜が言う。中で兜のものが擦れると、痛みが退き、快感だけが甘く腰に残る。篤郎の性器はいつの間にか腫れ上がり、シャツに乳首が擦れるたび、感じてしまう。

「あっ、あ、あ、あ、いや、やだ、兜……っ」

やめて、やめて、と篤郎は懇願した。こんな場所で痴態《ちたい》を見せている自分が、恥ずかしくて情けなくて、泣きそうになる。

「ねえ、あっちゃんさあ……やっぱりオレのマンションに、住もうよ」

兜は篤郎の制止など無視し、好き勝手に揺さぶりながら言ってくる。篤郎は涙眼で、兜を見返す。

「仕事も、オレの秘書みたいなことしてくれないかな……オレ、なにも不自由させないよ。一生、あっちゃんのこと、面倒みる」

「あ、ん、なに、言って……あっ」

そうしようよ、と兜は言い、強めに、篤郎を突き上げた。突き上げられた篤郎は、甘い声を出して兜の強い肩にすがりつく。

「あっちゃんに、こんな体で……こんな匂いで、男がいっぱいいるとこ、歩いててほしくない。あっちゃん弱いし、罰だって言われたら、すぐ抱かせちゃうでしょ……？」

言われて、篤郎はぶるぶると首を横に振る。

「オレ、過去の男のことも、もう嫌なのに」

兜が篤郎の背に腕を回し、ぎゅっと抱き締めてくる。そうしながら、腰を前に突きだし、篤郎の中を穿《うが》つ。中で兜のものが、先走りの蜜をこぼしているらしい。精液が後ろの内壁に吸収されるたび、篤郎は甘い快感に耐えきれず、腰をくねらせてよがってしまう。

「あん、あ、あん、あん……っ、かぶ、兜、ゴ、ゴムして……」

膨らみきった篤郎の性器が、布に擦れて痛いほどだ。兜は篤郎の唇に自分のそれを押しつけると、上唇を、血が出そうなほどきつく噛んでくる。

「オレね……次の選挙、出馬しなきゃいけないかも」

唇を離すと、兜が小さな声で囁く。

「……本当はすごくイヤ。初めて、自分の立場が鬱陶《うつとう》しくなった。出馬するなら、オレ、結婚しなきゃいけない――。だからあっちゃん、正式に、オレの愛人になってよ」

……正式に、愛人に？

なにを言っているのだろうと、愉悦に溺れる頭の片隅で、篤郎は思っていた。

兜のマンションに、愛人として飼われ、そうして兜は普通に結婚して、子どもを作って、俺を時々、抱きに来るのか――。なんのために……？

「あっ、あん、あ、や、いや……だめ、出しちゃ」

深く穿たれて、きゅうきゅうと締め上げると、兜が切なげに吐息を漏らす。腹の奥へ兜の精が、これでもかというほど注ぎ込まれてくる――。

「だめ……あ、だめ……だ、出さないで……」

熱いものが腹に広がると、篤郎は浮いては落ち続ける、深い絶頂にさらされる。

「……女の子なら、これだけ注いだら、子ども、できちゃうね」

兜が笑って言う。

「そしたらもう、オレから逃がさないのに……」

深い絶頂に体をガクガクと揺らし、兜の厚い胸板にしがみつきながら、篤郎はどういうことだろうと考えた。

「……オレの祖父さんとかはさ、お妾さんがいてね。そっちには三人、子どもがいたんだって。祖父さんが好きだったのは、お妾さんのほう、だったんだろうね」

悪気があるのかないのか、兜がそんなことを言う。

(俺に、妾になれって言うのか……?)

それは篤郎が、「世に出すのが恥ずかしい相手」だから——?

(それがひどい言葉だって……お前、知ってるのに、知らない顔してる——)

心が抉《えぐ》られたように苦しい。兜の愛はいつも、いつまでも、「それなりの愛」だ。

自分たちはどこまでいっても一方通行で、どこまでいっても、これ以上にはなれないのだと、そのことを今また改めて、篤郎は気づかされた。

車での情事の後、篤郎は気を失ってしまい、気がつくとまた病院にいた。見慣れた個室で、どうやらまた七雲病院に連れて来られたらしい。外はもう暗く、病室にはベッドライトが灯っている。ベッドの周りにはカーテンが引かれていたが、そのすぐ外に兜と澄也が立っており、澄也が、寝ている篤郎を起こさないよう潜めた声で「お前、なに考えてるんだ」と怒っていた。

「禁止って言わなかったか？　退院当日だぞ。本当に面会謝絶にするからな」

「あっちゃんは、そばに置くって決めたから。澄也クンにとやかく言われたくない」

むちゃくちゃなこと言うな、と澄也は苦々しげに言った。

「蜂須賀さんの気持ち訊いてるのか？」

必要ないよと兜が言う声がした。澄也クンは知らないだろうけど、と続く。

「あっちゃんて死にたがりだから、まともな答えなんて返ってこないしね」

澄也がため息をつき、選挙が近いんだろう、と言う。それに兜がどう答えたかは分からなかった。二人が灯りを消し、部屋を出て行ったからだ。

――結婚しなきゃいけない。だからあっちゃん、正式にオレの愛人になって……。

脳裏に、兜の声が蘇る。あれは聞き間違いではない。けれど篤郎にはもう分かっている。

それが兜の「好き」なのだ。

（兜が俺にくれるのは、ここまで……）

闇に眼が慣れてくると、カーテンの隙間から窓が見え、東京の星が覗いていた。

星座の早見表を持って、郁と二人、家のベランダで星を観察していたのはいくつの頃のことだろう？　都会の空は赤みを帯び、二等星より暗い星は見えない。それでも淡く光る星を表と照らし合わせては、小さな頭を寄せ合い、くすくすと笑いあったあの幸せな日々から——ずいぶん、遠いところまで来てしまったのだなあと、篤郎は思った。

その日はそのまま病院に泊まり、篤郎は翌日簡単な検査を受けた。結果を待っていると、病室にやってきた澄也は神妙な顔をしていた。

「……蜂須賀さん、あなたは既に、妊娠されています」

澄也に言われた時、篤郎は全身から血の気がひき、視界がくらりと回るのを感じた。ベッドの上でよろめき、片手をつく。体が震えていた。

「二週間ほど前……誰と交渉を持ったか、覚えていますか？」

澄也は医者らしい、静かな、事務的な声で訊いてくれた。それでもその眼には痛ましげな色があり、答えはもう分かっていると言わんばかりだった。

篤郎だって、分かっている。この三年で、抱かれた相手はたった一人。兜だけだ——。

無意識のうちに、篤郎は片手を、下腹に当てていた。指先が、じんと熱く、痛くなっていく。ここに、兜の子どもがいるのだ。声が出せず呆然としていたが、心のどこかでは、こうなることを知っていたような気もした。気がつくと篤郎は、

「か、兜、に、見つからない場所は、あるでしょうか」

と、訊いていた。澄也が悲しそうに、篤郎を見ている。

「もし知られたら、ダメにされるかも……兜は選挙前に、結婚をするって――」

「……それは俺も、聞いています」

澄也は顔をしかめて認めた。ああ、やっぱりそうなのかと篤郎は思った。幼馴染みの澄也が言うのなら間違いない。兜は結婚し、選挙に出る。篤郎の妊娠は、今このタイミングでは絶対に喜ばれない。

「俺があなたを守ります。だから、安心して。蜂須賀さんがそう望むのなら、兜は今後一切、蜂須賀さんと接触できないようにします」

澄也が力強い声で言い、ハンカチを差し出す。

そうされて初めて、篤郎は自分が泣いていることに気付いた。

これでもう本当に、兜とは離れることになる。完全に、なにもかも終わったのだと、篤郎は思った。

借りたハンカチで涙を拭いながら、こんな未来を子どもの頃の自分は、一度でも想像しただろうかと考える。郁と二人寄り添い合っていた時には、思わなかっただろう。

このささやかな幸せが永遠に続く。

きっとそう、思っていた。

十一

万事上手く取りはからうから、今夜は病院に泊まるようにと言われ、篤郎《あつろう》はもう一晩、七雲《なぐも》病院に入院した。

翌朝になると、篤郎は看護師に言われて病室を移され、部屋の扉には『面会謝絶』の札がかけられた。どうやら兜《かぶと》対策らしい、と篤郎は思った。病院の中にいる間も、澄也《すみや》は宣言通り、兜が篤郎に会えないよう取りはからってくれるようだった。

兜からもらった携帯電話は、今は澄也が管理しているので、連絡が入ることもない。園にも、きちんと知らせると澄也は約束してくれている。もう一度働きたかったし、子どもたちにも会いたかったので、それだけは残念だったが、妊娠したショックは大きく、篤郎の心は、思考停止に陥っていた。

兜から逃げることは必至としても、そのあと、自分はどうしたらいいのだろう。

(俺は子どもを、産むのかなあ……)

そして、育てるのだろうか?

とても想像ができなかった。かといって堕ろす気持ちにもなれない。

なにから考えればいいのか分からずにただひたすらぼんやりしていた午後二時のことだ。部屋の扉が開き、看護師が来たのだろうかと顔をそちらへ向けた篤郎は、そのまま、ぎくりとして固まり、息をするのも忘れた。

扉口には、一人の小柄な青年が立っていた。

透き通るような白い肌に、色素の薄い髪。眼だけが深い黒。小さな背丈、ほっそりとした手足。幼げな、優しい顔なのに、瞳だけは大人びていて、聡明《そうめい》さを秘めている……。

それは郁《いく》だった。

間違いなく、郁だった。血の繋がらない兄、かつて篤郎のすべてだった、郁だった。

「……」

郁、と言おうとして、篤郎は声が出せない。

これは夢なのか。現実が辛すぎて、白昼夢《はくちゅうむ》を見ているのかもしれない。いつも頭の中で相談を持ちかけている郁が、あまりの状況に見かねて、幻《まぼろし》となって来てくれたのかもしれないとさえ、思った。

入り口に立っている郁は、最後に見た三年前とさほど変わっていなかった。郁は篤郎と眼が合うと、皮膚の薄い頬に、さあっと血の色をのぼらせた。その大きな瞳が涙で潤む
――。

『あつろう』

郁の唇が動く。口が退化《たいか》したカイコガを起源種にしている郁は、もう声を失い、喋れないが、篤郎は郁の唇の動きだけで、郁がなにを話しているのか読むことができる。それは十五で家を出て、郁から何年も逃げ続けても、なお変わらない篤郎の特技だった。

『篤郎……』

大きな瞳から、郁がぽろりと涙をこぼす。たまらなくなったように駆け寄ってくるその小さな体を見て、篤郎の眼にも、涙が浮かびあがる。

――郁。郁、郁、郁。

声にならないその名前が、胸の中にこだまする。

「……あっ、……はっ」

郁が、意味をなさない音だけの声を出して、篤郎に飛びついてきた。頭を抱かれると、郁の熱い涙が、篤郎の額にぼろぼろと落ちてくる――。

「いく……」

やっと声が出た。その瞬間、もうダメだった。篤郎は自分より一回り以上小さく細い体に、助けを求めるようにすがりついて、嗚咽《おえつ》していた。

「いく、郁、郁、郁、郁……っ、いきて、いき、生きてたのか……？　生きて……」

郁はもう、三十になろうとしているはずだ。幼い頃医者からは、三十まで生きられない

だろうと、何度も言われていた。だから篤郎は郁が死んでいるのではないかと、ずっと不安だった。けれど抱き締めた郁の体は温かく、白い皮膚の下にはたしかに血潮が流れている。ぎゅっと抱きつくと、とくとくと鼓動を打つ、郁の心臓の音がする——。

郁が生きていた。

ただそれだけで、篤郎はもう、自分のなにもかもが許されたような、そんな錯覚さえ覚えた。郁に触れる資格などない、郁のために泣く資格などない。それでも衝動《しょうどう》は止められない。体は心の求めるまま、郁に抱きついてむせび泣いていた。

会いたかった。郁に触れたかった。そうして謝りたかった。

「郁……、郁、ごめん、ごめんなさい。ごめんなさい、ごめんなさい、ごめんなさい」

しゃくりあげながら、篤郎は子どものように謝り続けた。

この三年、毎日毎日、ひたすらに伝えたかった言葉を。

郁は首を横に振り、『もういい、いいよ』と唇を動かしていた。

「郁、俺、俺は……」

顔を上げた篤郎に、郁がうん、と頷いた。

『大丈夫、全部聞いてるよ。分かってるからね』

ゆっくりと唇を動かし、郁は涙眼のまま、微笑む。篤郎が何度も何度も瞼に返してきた、郁の優しい笑顔そのままだ。

『やっと会えたね。篤郎……長かったね』

――長かったね。

ここまでの道のりはとてつもなく長かったと、郁が言うその長さがどのくらいのものか、訊かなくとも篤郎にも分かった。

遠い昔、二人きり、郁の部屋で寄り添って笑っていた、あの頃からだ――。

カイコの繭の中のようだった、あの小さな世界から、それぞれ飛び出して、もう十年以上が、経っている。その間に郁を取り巻く環境も、篤郎を取り巻く世界も、大きく変わってしまった。あまりにも遠くまで来た。ここまでは、息が詰まるほど長く、そして、苦しかった……。

郁の手が篤郎の手をぎゅっと握ってくれている。

篤郎が郁に会いたかったのと同じように、郁も篤郎に、会いたいと思ってくれていた――。触れあった肌から、そんな郁の気持ちが伝わってくる。

（こんな俺でも……、そう思ってくれてたのか？　郁）

こんなふうに、許されてはならない。

そう思いながらも、今この瞬間、郁が自分のすべてを許し愛してくれていることを――本当はずっと、最初からそうだったことを、篤郎はもうとっくに理解していたのだった。

「実は郁さんの主治医も俺なので、勝手に申し訳ないとは思ったんだが、状況が状況なので連絡をさせてもらいました」

二人が落ち着いた頃、病室にやって来た澄也から、篤郎はそう聞いて驚いた。郁は三年前から澄也に診てもらっており、思ったとおり、陶也《とうや》と籍を入れていた。陶也は町の弁護士事務所で働いており、篤郎のことは一応メールしてから来た、と郁は言う。

郁はこの頃、澄也の見つけた新しい治療法によって、かなり元気になっているらしい。それは海外の研究チームと、澄也が共同で進めているホルモン治療の一種で、郁の中に眠っているカイコガとしての能力を呼び覚ませば、低すぎる免疫力を補《おぎな》えるのでは、という仮説のもとに行われているという。

『カイコの繭《まゆ》って、繭の中で自己治癒みたいなことも行えるんだって。それと同じことができたら、治せるって澄也さんが』

その臨床《りんしょう》研究は少しずつ成功しているようで、詳しいことはまだ分からないが、郁が健在なのには変わりない。篤郎は近況を話してくれる郁の、幸せそうな姿を見てホッとした。

そうして話している間も、篤郎は郁と二人、手を握りあったままだった。お互いに離れがたくて、ぴったりと寄り添っていると、見ていた澄也がため息をつき、

「二人は、本当に仲が良かったんだな。陶也がいなくてよかった」

と言われたほどだ。その言葉に、篤郎は陶也に対して負い目がある分、罪悪感を感じたが、郁は平気そうだった。

『それにしても兜さんがそんなひどいことするなんて信じられないよ……辛かったね』

労られて、篤郎は首を横に振った。

「いや、悪いのは俺だから……最初に怒らせたから、こんなことになっただけだし。そもその原因を作ったのも……とりあえず、俺以外には、ちゃんと優しいまんまの兜だよ」

そこは勘違いされてはいけないと、篤郎は弁解したが、郁は兜に怒っているようだ。

『とにかく、うちにおいでよ。うちなら安全だろうから』

郁のいうことはもっともだった。郁はタランチュラを起源種にした陶也と暮らしている。いくらヘラクレスオオカブトの兜でも、タランチュラの根城《ねじろ》には容易《ようい》に手出しできないだろう。とはいえどう考えても、篤郎を憎んでいるだろう陶也のもとに、世話になれるはずがなかった。

丁重《ていちょう》に断ると、郁は陶也を説得すると食い下がり、それじゃあ蜂須賀の実家に、とも言ってくれた。けれどそれも、篤郎は断った。

「今さら、家には帰れない。俺のことはもう、いないものとして暮らしてるだろうし」

荒《すさ》んだ過去、篤郎は犯罪すれすれのことを起こしては、父に揉《も》み消させた。厳しい父親だったが、愛されていなかったわけではないのだと、分かっている。ただ愛し方が間違っていたのだ。父はドラッグに溺れた篤郎を放置し、クレジットカードを好きなように使わせ、たまに顔を合わせれば家の恥だと罵《ののし》りながら、コネを使って大学に裏口入学させた。そういう、弱い人だった。そんな父に、今の自分の姿を見せれば、きっと今まで以上にがっかりさせ、傷つけるだろう。家族とは二度と関わらないほうがいいと、篤郎は更正施設に行くと決めた時に、覚悟していた。

『お父さんもお母さんも、篤郎のこと、心配してるよ』

郁は何度もそう言ってくれたが、篤郎が頑《かたく》なに頷《うなず》かないので諦めたようだった。

それまで黙って二人のやりとりを眺めていた澄也が「隠れる場所なら、うってつけのところがある」と切り出した。

「兜は根回しが上手くて、大抵の相手なら、言いくるめてしまいますが」

澄也はおかしそうに眼を細めて、笑った。

「兜の一番の天敵、とでも言うかな。たぶん今回のことを聞いたら、真っ先に激怒してくれそうなのは、あいつだと思うんだけど。あそこなら、多分手出しできない」

それからは怒濤《どとう》の早さで、話が進んだ。

澄也は実家の秘書らしき人に指示し、篤郎の荷物をまとめて病院まで持ってきてくれ、一時間後には、篤郎はボストンバッグを持たされ、澄也の車に乗せられて、郁も一緒に、大きな屋敷の前に立っていた。

門扉からして、まるで城のような屋敷で、表札には「雀《すずめ》」とあり、篤郎はすぐにこの家がどういう家か察したが、広い庭園を抜けて、本人に引き合わされるまでは、なかなか信じられなかった。屋敷は和洋折衷《わようせっちゅう》のモダンな造りで、玄関から奥へ通されると絨毯の敷き詰められた広い応接間に繋がっていた。

「いらっしゃい。きみが、蜂須賀篤郎くん？　話は少しだけ澄也から聞いてるよ。体の事情で、休める場所を探してるんだって？」

部屋に立って篤郎を迎えてくれたのは、麗人という言葉はこういう人のためにあるのだろう、と思わせるような、美しい青年だった。

背丈は篤郎と同じくらい、細身でしなやかな体つきだったが、繊弱《せんじゃく》な印象はなく、むしろ磨き上げられた刃のような凛とした強さを感じさせられた。栗色の髪に、同色の瞳。睫毛は長く、中性的な美貌だった。

「僕は雀真耶《まや》。ヒメスズメバチの雀家の、当主代理だ」

手を差し出され、篤郎は息を呑んだ。握手のために出した手が、つい震えた。

雀家といえば、日本にいるヒメスズメバチの中でも、最高格の家柄《いえがら》だった。篤郎はオオスズメバチ出身で、同じスズメバチの中ではヒメスズメバチよりも上位の種だが、蜂須賀家はオオスズメバチ全体の中では、ごく末端の家に過ぎない。

その点、雀家はヒメスズメバチの中の本家中の本家、いわば、女王種を輩出する家であり、その当主代理を務めているという真耶は、普通なら篤郎が気軽に話せるような相手ではなかった。

「す、すみません、突然……押しかけて……」

「いや、気にしないで。それより体も疲れているだろうから、座って」

真耶は優しく微笑むと、優雅な仕草で篤郎をソファに導《みちび》いてくれた。ソファはアンティークな調度で、ゴブラン織の座面と背面が美しい、年代物だった。

使用人らしき女性が、甘い香りの紅茶を運んできてくれる。郁と澄也も腰掛け、澄也が簡単に真耶へ、事情を説明しはじめた。

「郁はここに来たこと、あるのか?」

あまり緊張した様子のない郁へ、篤郎は小さな声で訊く。すると郁は、真耶とは甘い物好きの友人と一緒に、よくケーキバイキングに行く仲だと教えてくれた。

(す、雀家の当主代理とケーキバイキング……)

郁の心臓の強さに驚いたが、ロウクラスの郁は階級社会のことには疎《うと》いようなので、そんなものなのかもしれない。それに、篤郎がこれほど緊張するのは、同じスズメバチだからというのもある。ただ真耶の物腰はとても柔らかく、篤郎にも丁寧で親しげだ。きっと

優しい人なのだろう、と、考えていたその時、

「はあ⁉　それ、本当のことなの？」

突然、それまで穏やかだった真耶が、声を荒げた。澄也が眉を寄せ「ちょっと落ち着け。まだ話の途中だ」と言ったが、真耶は聞いていないようだった。

「兜が、この子にそんなことしたの⁉」

「匂いがべったりついてるだろう。ちょっとヤバいつき方だ。気付かないか？」

顔をしかめ、げっそりとした様子で澄也が言う。

「いや、分かるよ。全方向に牽制《けんせい》してる匂いだからね。こんなきつくつけるなんてよっぽどの変態野郎と思ったよ。でもまさかあの兜とは思わないだろう？　あいつ、インポみたいな人間だったんだから！」

（イ、イン……）

きれいな真耶の口からは、あまり聞きたくなかった言葉だ。尻込みしつつも、今の真耶の言葉を聞いて、篤郎はやっぱり、本来の兜は性に淡泊なのか、と思う。

真耶が押し殺した声で、「あの……変態クソカブト」と呟いた。

「もしその話が本当ならただのレイプだよ。……あいつ、刺し殺してやる！」

真耶は瞬時に人差し指の爪を伸ばした。鋭い爪の先端が、ぎらりと光る。こんなに一息に、鋭く爪を伸ばすスズメバチを見たことがなく、篤郎はそれにもびっくりした。美しい

姿とは裏腹に、真耶はかなり好戦的な性格らしい。

今にも立ち上がり、本当に兜を刺しに行きそうな真耶を、澄也が慌てて抑え込んでいる。

「真耶、落ち着け。話を聞く限りだと、どうも兜は、蜂須賀さんに相当執心《しゅうしん》していて、おかしくなってるらしい。その執着を思えば……」

「きみが言える⁉　翼《つばさ》くんを手込めにしたきみが！　どいつもこいつもヤリチンが！」

優雅で優しげな真耶はどこに行ったのか――怒り狂っている真耶は、さながら般若《はんにゃ》のようだった。

「あ、あの、雀さん」

篤郎は思わず、口を出した。

「し、知らないと思うので弁解をすると……、お、俺はものすごくひどいことを過去にしていて……前科があるんです。それを償うために、生きていた俺を、兜は初め、助けようとしてくれてて……俺がそれを振り切ったんです。だから怒らせてしまって」

もしも自分が、なんの罪科もない人間であれば、兜の所業はひどいとだけ怒ることもできるが、そうではない。ただ子どもを堕ろせと言われては困る。それだけを考えて、ここに連れてきてもらったのだ。

「……か、兜だけが、悪いわけじゃないんです。俺も……悪くて」

「……篤郎くん」

聞いていた真耶の眼が哀れげに揺れた。真耶は伸ばしていた爪を引っ込めると、澄也を振り払った。それから篤郎の隣に腰を下ろし、手を握ってきた。真耶の手は白く、優美で柔らかかった。

「きみが郁くんにしたことなら――聞いてるよ、一応ね」

真耶の言葉に篤郎は驚き、眼を見開いた。同じ長椅子に座っていた郁が、励ますように篤郎の肩に手をあててくれる。

「でも郁くんはもう、それを許してる。僕もきみに会うまでは内心、複雑だったけど」

真耶の声音は冷静だったが、奥底には、篤郎の想いをくみ取ろうとしてくれる、深い思いやりが潜んでいるのを感じた。

「だけどね。きみの罪と、兜のしたことは、まったく別の問題だよ。きみに罪があるから、ひどく扱ってもいいと言うなら、いじめる理由があれば、人は人をいじめてもいいってことになる。分かる？」

問われて、篤郎は戸惑いながら、頷く。

「裁きを下すのは人間じゃない。法や世界の理、それから自分自身だ。暴力に暴力で返すことは正しい？　高潔《こうけつ》に生きるために必要なのは、感情じゃない。意志だ。兜だってこれくらい、分かってるはずだけどね」

と言って、真耶はため息をついた。

「きみは兜を責めなきゃいけない。たとえそれが心情的に難しくても。きみが責めなかったら、強姦する側が肯定されることになる。きみは郁くんを傷つけて、制裁《せいさい》を受けた。それを正しいことだったたと、思うだろう？」

きっぱりと言い放つ真耶からは、強い意志の力を感じた。そんなふうに思ったことのなかった篤郎は、衝撃を受けて、放心していた。

真耶は美しい手で、篤郎の手を握りしめてくれる。真っ直ぐに見つめられると、真耶から眼が逸らせなかった。

なにかとても大切なことを、真耶は篤郎に教えようとしてくれている。それはこれまで篤郎が知らなかったものの見方、考え方のようで——気がつけば真剣に、真耶の言葉に耳を傾けていた。

「きみはもう十分、社会的な制裁を受けた。心にも傷を負った。それは忘れたところで、消えるような痛みじゃない。子どもを産む産まないはさておくとしても……」

真耶は郁へ視線を向け、「郁くんが望んでいるのは」と続けた。

「きみが、少しでも心から、笑って暮らせるようになることだろう？　償いたいなら、きみは辛くても、幸せになる努力をしなければ。……幸福になるためには、それなりに苦しむことも、必要なんだよ。運じゃなく、意志の力で、なるものだからね」

——幸福になるためには、苦しむことも必要。

幸せは、運ではない。意志の力で、なるもの……？

そんな言葉は初めて聞いた。篤郎は呆然とし、真耶を見つめていた。

「きみは長い間、幸せになる努力を怠った。これからは、そのツケを払うんだよ」

真耶は静かに微笑むと、篤郎の手を安堵させるように軽く叩いて、付け加えた。

「まあそれはゆっくり、うちで考えるといいよ。きみにはこれから、自分と向き合う時間が、たっぷりあるんだろうから」

真耶の言葉はその後、本当のことになった。

篤郎は他に行く当てもなかったので、申し訳なくは思ったが、真耶の家に世話になることに決めた。郁や澄也の強い勧めもあったし、真耶自身に心惹かれたのもある。なにより、お腹の子どものことを一番に考えたら、それが最良の道に思えた。

（変な感じだな……子どもがいる実感もないのに、一方では、子どもを一番に考えてるなんて……）

篤郎は真耶に与えられた部屋で、そんなことを考えていた。

部屋は一階にある、南向きの気持ちのいい個室で、浴室やトイレもほど近く、窓からはテラスに出られ、テラスの向こうは美しい庭園が広がっていた。部屋にはベッドとテーブル、書斎机や本棚、テレビまで置かれていた。なにかあれば使用人をすぐ呼べるよう、内線電話もついているし、衣服も新しいものが数着用意されている。

食事は日に三度、食堂に呼ばれていたが、屋敷に落ち着いてから三日もたつと、なにもしないのも暇だからと真耶に頼んで、自炊をさせてもらうことにした。この頃は多めに作って、使用人や、真耶がいれば真耶にも振る舞ったりもする。

そうやって、もう十日ほどが流れていた。

真耶はかつて通っていた母校の、理事として働いているらしい。ハイクラス出身者なら誰もが名前を知っている名門校で、かなり忙しそうだった。あまり屋敷にもいなかったが、帰ってくると必ず篤郎の部屋に立ち寄り、気にかけてくれていた。

真耶のものの考え方は、とてもシンプルで、一貫していて、公平で、正しく、そして高潔だった。同じスズメバチだからなのか、初めて会った時に思いがけない言葉で考えを正されたからか、篤郎は出会って数日で、真耶をすっかり信頼していた。どんなことでも話せる気がして、自分の愚かな過去も、これまでの償いの日々のことも、兜と再会して、孤独感から流されてしまったことも、包み隠さず話した。

真耶は忙しいだろうに、いつも寄り添って話を聞いてくれ、

「それは篤郎くんが間違ってたね」

と、叱ってくれたり、

「そこは、落ち込むところじゃないよ」

と、励ましてくれたりした。一度、

「本当は俺、兜が、好きなんだと思うんですけど……」

と言った時だけは、

「勘違いだよ、勘違い。もっといい男いるから、眼を覚ましなさい」

と、私情たっぷりに言われたが――。

とにかく、真耶の言葉を道しるべに考えていくうちに、篤郎はだんだん、心が落ち着いていくのを感じていた。長い年月、いろいろな感情でねじ曲がっていた思考から、余分なものがそげ落ちていき、ごく静かに、客観的に、自分を見つめられるようになっていく、そんな感覚だった。

生活の不安がすべて消えたのも、一つ大きな原因だったのかもしれない。

勤務していた保育園のことはなにより気がかりだったが、真耶と澄也がうまく取りはからってくれたようで、園長からは分厚い手紙を受け取った。そこにはこれまでの感謝と、なんの病気か詳しくは分からないが、とにかくしっかり養生《ようじょう》してほしいこと、いずれお見舞いに行ってもよくなったら、職員みんなで行きたいこと、そして、子どもたちは篤郎に会いたがっているし、いつでもまた遊びにきてほしいということが、優しい言葉で書き連ねてあった。前科持ちの自分を雇い、最後まで思いやってくれる園長に、篤郎は感謝してもしきれなかった。そして真耶は、そんな手紙をもらえるのは、これまで頑張ってきた証だと認めてくれ、篤郎はそれが嬉しかった。

真耶の屋敷には、郁が毎日訪ねてきてくれた。郁とは離れていた間の時間を埋めるように、いろいろな話をした。一緒にいると、少しでも離れているのがもったいなくて、いつでも二人、子どもの頃のようにぴたりとくっついてしまう。

真耶は郁と篤郎を見て、「つくしが二本、寄り添ってるみたいだね」と、笑っていた。

篤郎は郁が毎日来ることに、陶也が怒っていないか心配していたが、郁が言うには「陶也さんも丸くなったので」大丈夫とのことだった。なんとなくだが、郁は陶也を尻に敷いているのかもしれないと篤郎は思い、郁が幸せそうで、ホッとした。

真耶の屋敷での生活は穏やかで、心配していた兜の陰は、ちらりともなかった。

さらに十日あまりが経った五月下旬、篤郎は病院で、エコーを見せてもらった。本来まだ胎児が小さいうちは、胎内に機材を入れて撮影するものだが、七雲病院には、篤郎のような特殊なケースにも対応できる、かなり高精度な機材が整備されていたので、腹部の外から機械をあてて撮影された。

はじめはなにがなにやら分からなかったが、やがて、澄也がなにか見つけて、

「見えますか？　心臓が動いてるの」

と、訊いてきた。真っ暗な腹の内部に、白い小さなものがちらつき、脈打っているのを

見て、篤郎は息を詰めた。本当にこの体の中に、命が宿っている。それを初めて生々しく感じた瞬間だった。

「うん、元気だ。ちゃんと育ってますよ」

胎児の心音を確かめていた澄也がそう言い、おめでとうございますとつけ足した。

――元気。ちゃんと育っている。

そう聞いた瞬間、なぜか理屈ではない、言葉では説明できない深い安堵を感じた。

（俺の体で……子どもが、ちゃんと、育ってる）

言葉にするとそれは、感謝だったかもしれない。育ってる、というより、育ってくれている。そんな気持ちだった。

撮影した写真をもらい、真耶の家へ帰ってからも、篤郎は何度もそれを見返した。

『赤ちゃんて、最初はこんななんだね』

病院にも付き添ってくれていた郁が、部屋のソファに並んで座って、篤郎の手元を覗きながら嬉しそうにしている。

「男の子かな……女の子かな」

ぽつん、と呟くと、郁はわくわくした顔で、『どっちがいい？』と訊いてくる。篤郎はなんだかおかしかった。

「俺……変かな。産むのかまだ分からないのに、この写真は……なんか、嬉しい」

そんな自分に戸惑っている。

篤郎の理性は、自分が親になどなれるはずがない、と言っている。前科持ちの自分から産まれては、子どもがかわいそうだとも思う。けれどそんな自分の中に宿ってくれた命を、簡単に手放せないという気持ちもあった。なにより、腹の中で動いている心臓ときたら——こんな小ささで、人並みに命を刻んでいるのを見てしまうとあまりに健気で、愛おしく思えてくる……。

(もし産んだら、俺は……もう幸せになる努力を、しないといけなくなる)

後悔も反省も捨てはしないが、自分を責めてばかりいては、育てられる子どもがかわいそうだと思う。保育園で働いていたから思うことだが、子どもはどんな親でも、自分の親が一番好きだ。特に母親には、いつでも笑っていてほしいと思うものだ。篤郎も、継母の笑顔が好きだった。

(ずっとなっちゃいけないと思ってきたけど……結局幸せって、なんだろう?)

いざ、「不幸でいなければならない」という思い込みを捨ててみると、篤郎には幸福とはなんなのか、分からなくなっていた。

兜のことは、何度か思い出した。

けれど他に考えることがありすぎて、どう考えていいのか、よく分からなかった。

とにかくまずは産むかどうかを、先に決めなければならなかった。

つわりのような症状が現れ始めたのは、それから数日後のことだ。

日中、なんでもない匂いがひどく鼻につくようになり、吐き気が続き、なにを食べても気持ち悪くなるようになった。水を飲んでも吐いてしまい、とうとう体がなにも受けつけなくなった。屋敷には澄也が往診《おうしん》してくれるようになり、部屋のベッドで点滴を打たれ続ける日々が、それから実に、一ヶ月以上続いた。

ボルバキア症による妊娠は、通常よりつわりがきついのが普通だと言う。もともと出産できない体をできるように変えているのだから、当然といえば当然だった。

こうなってくるとひたすら、篤郎はお腹の子どもの安否が気がかりだった。なにも食べられず、飲めず、子どもは大丈夫なのだろうかと心配した。

「今の時期、胎児は食事からは栄養をとってないから大丈夫。とにかく気弱にならず、しっかり静養して」

澄也にはそう励まされたが、日がな一日ベッドで吐き気と戦っていると、心細かった。

（俺の母親も……こうして俺を、お腹で育ててくれたのかなあ……）

ぼんやりと天井を眺めながら、篤郎はもう記憶にはない産みの母のことを考えたりした。継母のことも、不思議と何度も思い出した。新しく家に来てくれた、優しいお母さんに好かれたくて、篤郎は学校からの帰り道に、よく野花を摘んで帰ったものだ。

――まあきれい。あっちゃん、ありがとう。

継母はそう笑ってくれ、一緒に飾ろうね、と言って、小さな花瓶に花を活けては、必ずキッチンのカウンターに置いてくれた。

――ここならお母さん、一番よく見えるから、ここに置くわね……。

花が萎れてくると、継母は必ず篤郎のあげた花を、押し花にしてとっておいてくれた。

そんなふうにして、継母が喜んでくれるのが、篤郎は嬉しかった。学校から帰るとほとんどの時間を郁と過ごしていたが、それ以外の時間は、いつも継母のエプロンの周りにまとわりついていた。篤郎が自炊できるのは、継母が夕飯を作るのを、隣で見ていたからだ。

季節はいつしか梅雨を過ぎ、七月になろうとしていた。

その間に世間は選挙を終え、篤郎はうっすらと、兜が出馬し当選したと聞いたけれど、具合が悪く、テレビを見ることもできなかったので、よく分からなかった。

もともと細かった体はつわりで一層細くなり、朝眼が覚めてもまるでよくなっていない体調に絶望しながら、激しい船酔いのような症状に、一ヶ月以上耐えた。

それだけ不調が続くと、あらぬ不安に襲われ、篤郎はある日こみあげてくるものがあって、一人「お母さん」と呼んで泣いてしまった。こんな辛い時、他に誰の名前を呼べばいいのか分からなかった。

それから数日が経ち、七月を迎えたある日のことだった。

「あっちゃん」

震える声を聞いて、篤郎はのろのろと顔をあげた。

扉口にはいつの間にか訪ねてくれたらしい郁と、それから、信じられないことに継母が、立っていた。

『ごめんね、篤郎。……話しちゃった』

郁がすまなさそうに謝っている。

継母はもう、眼にいっぱい涙をためていた。その姿は記憶の中より少しだけ老けて、小さくなっていた。けれど、郁によく似た優しい顔だちだけは、変わっていない。

（お母さん……どうして）

混乱しながら、上半身だけよろよろと篤郎が起こすと、継母はもう我慢できなくなったように、篤郎に駆け寄り、力一杯抱きしめてくれた。

郁よりもさらに小さな継母の体からは、懐かしい白粉《おしろい》の香りがする。呆然として固まっている篤郎の体を離すと、継母はいきなり、「バカ！」と叱って、泣いた。

「どうしてすぐに、話してくれないの。郁から聞かなかったら、わたしは、知らずに……どうして次から次に、心配ばっかり。心配ばっかり、あっちゃんは……ずっと心配して」

もう声にならないように、継母は篤郎の肩を揺さぶって、嗚咽した。

「あっちゃんは、あっちゃんは、なんでも一人で全部、抱え込んで……あっちゃん、辛かったでしょう」

振り絞るように言い、継母は篤郎の肩に額を押しつけて泣いた。

――辛かったでしょう、苦しんだでしょう、かわいそうに、と言って泣いた。七歳の頃と変わらない。継母は、篤郎を子どものように言う。継母の、白髪混じりの髪が、篤郎の頬にこすれてくすぐったい。

篤郎は継母の背に腕を回し、おずおずと抱きついた。そうして小さな頃のように「お母さん」と呼んだ。

――お母さん。

たった一言のこの言葉で、胸の中で硬くなっていたわだかまりの、最後のひとかけらが、完全に溶けて消えていくのを、篤郎は感じた。

――お母さん。

これは魔法の言葉だ。篤郎を小さな子どもに戻し、どんな罪悪感も洗い流してくれる。父に閉じ込められた物置の中、ドラッグに溺れていた狂気の中、一人孤独と罪悪感に苛まれていた中で、篤郎はずっとそう呼びたかった。

「お母さん……助けて」

熱い涙がふきこぼれ、篤郎はしゃくりあげた。継母の腕に力がこもる。

「助けてよ、お母さん」

ずっと、ずっとそう思っていたんだよ――。

大丈夫よ、と継母が涙にしゃがれた、けれどやけに力強い声で言う。あっちゃんはお母さんが守ってあげる。なにがあっても守ってあげる。

心の中に安堵が広がっていく。七歳の頃、継母の膝に抱き上げられて慰められると、なにもかも大丈夫なように思えた。あの時の気持ちが返ってきた。

「これね、お父さんから」

と言って、継母が篤郎に小さな包みをくれたのは、互いに泣きやみ、落ち着いてからだった。郁はなにか飲み物を買ってくると出て行き、病室にはちょうど二人きりだった。

渡された包みの中には、安産祈願のお守りが入っていた。びっくりしていると、継母は苦笑気味に、郁から事情を聞いた父がおろおろし、どうしていいか分からずに、とりあえずこれを買ってきたのだと説明してくれた。

（……父さんらしい）

お守りを見つめながら、篤郎はふと思う。

父が不器用な人なのだ、ということを、今さらのように思い出した。

「まだ産むか、決めてないんだ……俺に育てられるか、自信がなくて」

小さく、篤郎は継母に言った。篤郎はそれが一番怖かった。こんな自分に、子どもを愛することができるのだろうか？

ベッドの上に座った継母は、そうね、と呟いてしばらく考え込んでいる様子だった。

「……郁が生まれた時、カイコガの子で、どう育てていこうって思ったの」

思い出したように、継母が打ち明け話をしてくれた。

「あっちゃんが子どもになった時も、ハイクラスの子を、どう育てようかって悩んだ。結果的には、あっちゃんには辛い思いをさせた」

「そんなことないよ」

篤郎は慌てて、継母の言葉を遮る。けれどぎゅっと手を握られて、黙る。継母が話を続けたがっていることを、感じたからだ。

「お母さん、あっちゃんのことではたくさん後悔があるの。でもね、今はこうしてまた会えて……だから言えることだけど、育ててる間ね、いろいろあっても、ほとんどはどうにかなる。……それは子どもが、助けてくれるから」

あっちゃんもまたこうして、お母さんを助けてくれてる、と継母は言った。

「子どもが助けてくれるのよ。それは本当。だから、あっちゃんが産みたいかどうか、それだけだと思う。お母さんは、あっちゃんがどっちに決めても、味方よ」

頼りないかもしれないけれどと付け足し、継母は篤郎の眼をじっと覗き込む。

幸せとはなんだろうと、篤郎はここに来てからずっと考えていることをまた、思い返す。

子どもの頃、継母がキッチンカウンターの隅に、いつも篤郎の摘《つ》んだ花を置いてくれていたこと。食事の一番美味しいところを、篤郎に分けてくれたこと。泣いていると膝に抱いて、慰めてくれたこと。お母さん、と歌うと、笑いながら振り向いてくれた……。そんなこと。そんな些細《ささい》なことが、あの頃は幸せだった。

——あっちゃんはお母さんから、愛し方を教わったんだね。

ふといつだったかに聞いた、兜の声が蘇る。そんないいものが、自分の中にあるだろうかと篤郎が訊くと、兜は「あるよ」と即答してくれた。

その愛で、篤郎は誰かを愛していけるのだと……。

もし本当にそうなら——兜の言葉が真実なら、自分は、この子を、産んでみたい。

その時篤郎はようやくハッキリと、そう思った。

そしてこの小さな命から、いつか自分はもう一度教わり直すのかもしれない。

なんのわだかまりも、負い目もなく、郁や継母を愛していた、あの幼い頃の気持ち。

まだ痛みを知る前の、優しさだけに満ちていた、愛を……。

十二

『兜《かぶと》にはいずれ、子どものことは伝えたほうがいいのかな？』

ノートパソコンに表示させたメッセンジャーの画面にそう打って送ると、今日は家で仕事をしている郁《いく》から、即座に返事が返ってきた。

『認知はしてもらったほうがいいと思うけど……法律的にはどうなのか、今夜、陶也《とうや》さんに聞いてから、返事するね』

郁の言葉にありがとう、と伝える。ややあって郁から『あのね、篤郎《あつろう》』と、少し迷ったような返信があった。

『真耶《まや》さんには言うなって言われてるんだけど……もうずっと前から何度も、兜さんから、おれに連絡があるんだ。篤郎のこと、どこにいるのか知らないかって』

篤郎は郁の言葉に驚き、眼をしばたたいた。つわりの間は負担になると思って黙ってたんだけど、と郁は付け足し、

『すごく必死で……心配してるみたいだった』

と書いて寄越《よこ》す。その言葉に、篤郎はさらにびっくりする。郁にわざわざ自分の居所を聞いてくるだけでも意外なのに、心配されているなんて、もっと意外だった。

真耶の屋敷に匿《かくま》われてから、二ヶ月が経っていた。篤郎のつわりは落ち着き、ストレスから解放された生活を送っているせいか、この頃はかなり調子もいい。兜の名前を聞くのも久しぶりで、忘れていたわけではないが、結婚したかどうかさえ知らない。

こうして話題に出てくると、なぜだか兜が急に身近になったようで緊張した。

『兜さんは、篤郎に堕ろせなんて言わないと思うよ。きっと……子どもができてること、喜ぶんじゃないかな』

けれど郁のその言葉には、さすがに「まさか」と返事をしてしまった。相手は兜家の跡取り息子だ。お腹の子どもはその長子になってしまう。迷惑がられることはあっても、喜ばれるなんて考えられない。ましてや、兜は自分を、そこまで好きではない。

『さすがにそれは、郁の勘違いだよ』

『……そうかな？　まあでも、いつ兜さんに話すかは、篤郎次第だと思ってるから』

あとは簡単に、別れの挨拶を交わし、篤郎は郁とのチャットを終えて、ノートパソコンを閉じた。

郁とは相変わらず、毎日連絡を取り合っている。継母も、しょっちゅう電話をくれるし、真耶も仕事の合間を見て、篤郎を訪ねてくれる。主治医の澄也《すみや》は、先日、妻の翼《つばさ》を連れてきてくれた。翼は男性寄りの性モザイクで、出産を経験しており、ケースは違うが男の身で子どもを産んだ先輩として、話ができて篤郎は心強くなった。

自分が母親なんてかわいそう、というネガティブなことは、考えそうになったらすぐに気持ちを切り替えることにしている。真耶に、「そういう考え方は、子どもを幸せにしないから、無意味だよ」と切り捨てられたので、気をつけている。

篤郎は最近なるべく、子ども基準でものを考えるようにしていた。そうすると、不思議と過去の罪科《ざいか》で必要以上に落ち込まないですんだ。自分のしたことは悔いているし、一生あがなえないと覚悟はしているが、それはそれ、と割り切っていた。

兜のことも、だんだん、冷静に考えられるようになってきたところだ。

兜は篤郎を愛していない。子どものことを知っても喜ばないだろう。それでも子どもの将来のためには、認知をしてほしい。

今では週に一度の健診が一番の楽しみになっている篤郎は、少しずつ成長している子どものエコー写真を見るたび、兜に感謝する気持ちが湧くようになった。自分一人では授かれなかったし、どのみち妊娠せねば死んでいたと思うと、自分は兜に救われたことになる。

（俺は今もまだ、兜が好きなのかな？）

そのことも、時々考える。けれど振り返ってみても、篤郎は兜に今どんな気持ちを抱いているのか、よく分からなかった。分かっているのは、子どもは一人で育てると決めていること。兜は、自分とは違う世界の人間で遠い存在だと諦めていること。それだけだった。

この感覚は、その昔兜を遠くから眺めて、淡い憧れを抱いていた頃と、少し似ているかもしれなかった。

（でももし、兜の愛情が本物だったら、俺はそばにいてほしかったかも、しれない）

もらったエコー写真を眺めていると、ひっそりとした喜びを感じる。すると、兜にも伝えたい、そして一緒に子どもの成長を喜んでもらえたら……とさえ、思った。

健診に行くと、夫婦で来ている人たちをたびたび見かける。仲睦《なかむつ》まじげに、産まれてくる子どものことを話している姿を見ると、やはり胸の底がちくりと痛んだ。

いいな、と思う気持ちはあった。兜と子どもと、三人で家族になってみたかったと、それはどうしても感じる。もし普通の家族になれていたら、どんな未来を生きていただろう。

時折そんな夢想をすると、なぜか篤郎は優しい気持ちになれた。きっと子どもの父親を、憎むよりは少しでも好きでいたいと思うからかもしれない。もちろん、郁や継母、真耶や澄也の支えがあるからこそ、そう考えられるだけの余裕があるのだと、篤郎は思っていた。

（こんなふうに思うのは、もう俺が、兜になんにも期待していない証拠なのかも）

篤郎はそうも感じていた。

テンビや新聞で、時々兜の名前は見た。するとなんだか自分とは関係のない、遠い存在のように思える。篤郎は兜をもう、自分の生活から完全に切り離してしまっていた。

そんな折、珍しく昼から真耶が屋敷に戻ってきて、篤郎の部屋に差し入れを持ってきてくれた。差し入れは、暇なので子どものためにオモチャでも作ろうか、とぼやいていたのを覚えていてくれたらしく、布絵本やあみぐるみの作り方が載った本だ。保育園で働いていた時、よく作っていたので、篤郎には馴染みのあるものばかりだ。

「篤郎くん、悪いんだけど急な来客があって……本当はきみとゆっくりしようと思って帰ってきたんだけど」

真耶はなにやら苛立っているらしく、そこで一度、チッと舌を打った。

「買ってきたおやつだけ、あとで持ってこさせるよ」

そう言って、真耶はバタバタと部屋を出て行ってしまった。

しばらく経って、差し入れに買ってくれたらしいケーキを、使用人の一人が持ってきてくれた。つわりが落ち着き、篤郎はやっとこうしたものも食べられるようになっている。

「真耶さん、今お仕事、大変なんですか？　さっきイライラしてらしたので」

いつも世話をしてくれる使用人に訊くと、五十路《いそじ》を過ぎた穏やかなその女性は、「いいえ」と苦笑した。

「真耶様はこの二ヶ月、急な来客に困らせられてるんですわ。何度追い返しても、いらっしゃるみたいで」

「……ご苦労されてるんですね」

やはり雀家《すずめけ》の当主代理ともなると、いろいろとあるらしい。

と、女性が出て行った後で、篤郎は、床に光るものを見つけた。それは真耶が、いつもスーツの襟につけている、星北《せいほく》学園の理事章バッジだった。星北学園は、真耶が理事を務めている学園だ。あとで渡せばいいかとも思ったが、真耶は忙しい。夜、急な会合で家を出てしまうこともたびたびある。今ならまだ屋敷の中にいるだろうし、来客中なら客が帰るのを見計らって渡せばいいだろうと、篤郎は部屋を出た。

（それにしても二ヶ月も、たびたびある来客ってなんだろう？）

金を借りにくる親戚とか？　あの真耶が苛立っているのだから、そういう無茶な相手に違いないと思いながら、篤郎は応接間のすぐ外まで来た。廊下に向かった扉は、いつも開け放してある。物陰からこっそり覗くようにして中を覗き込んだ時、篤郎は、驚きに眼を瞠り、思わず隠れてしまった。

「いい加減にしてくれないかな。僕は忙しいんだけど？」

ゴブラン織の肘掛け椅子に座った真耶が、イライラした様子で言い放っている。

向かいに座っているのは、兜だった。あの、兜だ――。

どうして兜がここにいるのか分からず、篤郎は放心した。

「いい加減にしてほしいのはこっちだよ、マヤマヤ」

椅子に座りながらも、身を乗り出している兜はメガネの奥で、ぎらりと眼を光らせている。その兜からは、篤郎が知っている余裕がまるで感じられなかった。

おそるおそる、二ヶ月ぶりのその姿を確かめると、兜は風貌まで、どこか変わっているようだった。髪の毛は風に吹きさらされた後のように乱れているし、スーツはさすがにいつもの、上等そうなものを着ているが、眼の下にはクマができ、頬には疲れが見える。

(政治家ってそんなに大変なのか……)

呑気《のんき》に思っていた時、

「仕事の合間を縫って来てるんだ。そろそろ会わせて。どう調べても、ここしかない。……あっちゃん、いるんだろ？」

自分の名前が出て、篤郎は息を止めた。

「澄也クンも、いくら訊いても教えてくれないし、本当に自律神経の失調程度なら、ここまで隠さないよね？　きみら二人で結託《けったく》して、オレからあっちゃんを奪ってる」

「そこまでされる覚え、あるんだろう？　だったら諦めるんだね」

「いいから教えて。あっちゃん、なんの病気なの？　ハッキングしてもブロックされる」

(ハ、ハッキング……!?)

物騒な単語と、どうしてそこまでして兜が自分を探しているのかという驚きに、篤郎は呆然としてしまった。一方真耶は、そんな兜を冷たく見つめていて、まるで動じていない。

(な、なに、この二人、一体なんの話してるんだ……？)

兜の顔色は悪く、土気色をしていた。生気がない。血走った眼で「オレの我慢も、そろそろ限界なんだけど？」と、呟いた。突如《とつじょ》、兜の髪が逆立ち、床に落ちていた影が大きく膨らむ。兜の全身から、どっと王者の威圧が溢れ、真耶に向かって放たれるのが分かった。

「二ヶ月だよ、マヤマヤ。もう潮時《しおどき》だろ？　それともまさか」

兜の声は、鬼気迫っている。

「きみ、あっちゃんと寝てないよね？」

兜の言葉に、篤郎はどうしてそうなるのだ、と思った。同時に、兜が体から放つ威圧感に、膝が震える。対する真耶は、ハイクラスの格としては兜に劣《おと》るにも関わらず、眉一つ動かしていない。

「色ボケのきみと、一緒にしないでくれる？　その嫌な気配をさっさとしまって。さもないと……刺し殺すよ！」

刹那、真耶からも鋭く、激しい怒気が放たれた。兜の、すべてを覆い尽くすような威圧感とは違う、針のような真耶のオーラは、部屋に満ちた兜の威圧を切り裂いていく。一歩も退かず、兜の眼光を真っ正面から受け止め、なお睨み返す真耶の瞳には恐れもよどみもない。

まさに一触即発《いっしょくそくはつ》、と思われたその時、兜は舌を打つと、ため息をつきながら椅子に背もたれ、息をつく。兜の威圧感はその瞬間、すうっと潮のようにひいていく。同時に真耶も緊張を解き、部屋の中には静けさが戻っていく。篤郎は思わずホッとして、ゆっくりと息をついていた。けれど心臓はまだ、ドキドキといっている。

「……頼むよ、マヤマヤ」

その時兜が額を片手でおさえ、うなだれて弱々しく言った。

「せめて教えて。……あっちゃんは、生きてるの？」

兜の声は、かすれていた。あまりにも弱ったその姿に驚き、篤郎は息を止めて兜を盗み見た。兜はうなだれ青ざめて、苦しそうに眉を寄せている。

「……澄也クンがあれだけ隠してるって、命に関わる病気だよね？　それか……あの子、死にたがりだから……自分からなんてこと……」

篤郎はもう、声も出ない。兜が篤郎のことを、案じている。それもかなり本気で。

（……でも、どうしてだよ？）

いずれ結婚して──もうしているかもしれない──篤郎が邪魔になるのは分かっているのに、どうしてそれほど、気にしているのか。

（なにか責任、感じてる？　最後に会った時、気絶したし……）

兜の青い顔を見ていると、なんだか罪悪感が湧いてきて、篤郎は無意識に下腹部に手を当てていた。

「もう二度と顔を出さないって言うなら、一つだけ教えてあげるけど」

うなだれている兜にさすがに同情したのか、真耶がそう提案した。兜は顔をあげ、藁《わら》にもすがるような眼で、真耶を見つめる。

「篤郎くんはたしかに、病気のせいで体調を崩してて、ほとんど外にも出られない。無理をしたらどうなるか分からない。あの子の、今の人生の、残された時間は一年もない。一人で静かに暮らしたいと思ってるみたいだから、もうきみには会わせない」

淡々と話す真耶の言葉を聞いているうちに、ただでさえ土気色《つちけいろ》をしていた兜の顔からは、ますます血の気が失せて紙のように白くなっていく――。兜は唇を震わせ、「……ど、どういうこと」と、消え入りそうな声で言った。

「今の人生の、残された時間が、一年ないって……」

「言ったとおりだよ。彼が今のまま生きていられるのはそう長くない。澄也もそう言ってる。篤郎くんのことを想うなら、彼を傷つけたきみは、退くべきじゃない？」

（……ま、真耶さん）

篤郎は内心、慌てた。真耶の言葉はあながち間違いではない。

たしかに出産を経れば、篤郎はホルモン状態が今より女性寄りになり、ますますオオスズメバチとは見られなくなるだろう、と、澄也から聞いていた。それに今のように、ゆったりとした生活が送れるのもあと数ヶ月。子育てが始まれば戦争だと、継母からもよく言われている。そういう意味で言えば、真耶の言葉どおりだが――。

（でもその言い方じゃ、俺が死ぬみたいにしか聞こえない）

兜もそう思ったのだろう。愕然と真耶を見つめているその体が、ぶるぶると震えている。

「う、嘘でしょ……？」

「こんなつまらない嘘つかないよ」

断言した真耶を数秒見つめた後、兜はふらふらと立ち上がった。そのまま応接間を出て行くが、よほどショックを受けたのか、部屋の立派な調度に何度もぶつかり、ついには扉に額をぶつけた。かなり大きな音がしたので、痛かったはずだが、兜はそれにも気付いていないかのように、呆然とした様子で外へ出て行った。

「……あんなに落ち込むくらいなら、最初から優しくすればよかったのにね」

不意に声をかけられ、篤郎はぎくりとした。真耶は篤郎に気付いていたらしい。いつの間にか応接間から出てきて、少し怒ったような顔をしていた。

「ダメだよ、こんなところに立ってたら。兜は今、切羽詰まってるからバレなかったけど……あいつだって鼻がいいんだから」

「す、すみません」

頭を下げると、真耶は疲れたようにため息をついた。

「真耶さん、もしかして、この二ヶ月何度も来てたのって兜のことですか？」

思わず訊くと、真耶は顔をしかめた。

「兜のこと、かわいそうなんて思ったらダメだよ。自業自得なんだから。あいつがもうちょっと冷静になるまでは、きみの妊娠のことは、告げないほうがいいと思うから」

釘を刺されたということは、そうだと肯定《こうてい》されたようなものだ。

真耶に頷きながらも、篤郎は戸惑っていた。嫌われ、オモチャにされているだけだと思っていたのに――思っていたよりも、気に入られていた、ということだろうか。

兜の真意がよく分からない。ただ、去り際の兜の、見たこともないようなショックを受けた様子が、あまりに兜らしくなくて、気になる。

（あいつ、根は優しい男だったたっけ……）

「あの、真耶さん。あれだと俺が死んでしまうみたいだから……せめて命に別状がないことだけは、伝えていただけませんか？　……兜に、余計な心配かけるのは悪いし」

思わず言うと、真耶が胡乱《うろん》な眼をして振り向いた。

「……あのねえ、篤郎くん」

低めた声で、真耶は篤郎ににじり寄ってくる。

「きみは自分をツンデレだと思いこんでる、ただの流されやすい子だからね？」

「ツン……な、なんですかそれ？」

わけの分からない言葉を言われて、篤郎は眼をしばたたく。誰も言ってくれなかっただろうから言うけど、と真耶がつけ足す。

「きみはね、実はものすごくチョロいから。簡単に流されるから。自分では尖ってるつもりでも、結構ボンヤリした子だからね!? だからダメ！ 兜には、きみが死ぬと思わせてるくらいでちょうど良いの！」

きっぱりと決めつけ、真耶はもうこれ以上話はないとばかりに、背を向けてしまう。篤郎は真耶のあまりの剣幕《けんまく》に、しばらくの間、それこそ「ボンヤリ」していた。

（……俺って、もしかして、危なっかしく見えるのか？）

真耶に訊いてみたかったが、また叱《しか》られそうな気がする。あとで今日のことを、郁にメッセンジャーで相談してみようかと考えながら、篤郎の頭の隅にはまだ、兜のがっくりと落ちた肩と背中が、引っかかっていた。

「だから会わせられないって言ってるじゃない。きみも大概《たいがい》、しつこいね」

今日も真耶は怒っている。篤郎は二階の一室から、こっそりとその声を聞いていた。

応接間ではなく玄関先で、真耶が訪れる兜を追い返すようになってから、十日が過ぎている。季節は八月に入り、既に真夏。篤郎はようやく、安定期を迎えていた。そんな中、兜の訪問はまだしつこく続いており、篤郎は、ちょうど玄関ロビーの真上にある部屋でなら、二人のやりとりが聞こえることに気がついて、兜が来る時間こっそり、覗くようになっていた。

兜はけっして仕事が暇なわけではないらしい。来る時間は決まって夕方か夜で、どうやら移動の合間に来ているようだった。立ち寄っても、五分ほどしかいられないらしく、いつも慌ただしく帰っていく。

「頼むよ、マヤマヤ。俺、来月現地調査で出張なんだ。その前にあっちゃんに会っておかないと、気が気じゃない。頭がおかしくなりそう」

兜は半泣き状態で、ほとんど床に跪《ひざまず》き、真耶にすがっている。今の兜は髪だけでなく服まで乱れ、スーツには皺《しわ》が寄っていた。どうしたのその格好、と真耶が訊くと、

「……あっちゃんが、もしかしたらきみの持ってる別荘にいるかと思って……」

ともごもごと、答える。

「あんなところまで行ってきたの？　山の中歩き回って、そのまま国会に出たの？　呆れた」

真耶が呟き、篤郎も驚いていた。しかし兜は意に介した様子もなく、「あっちゃんに会わせてよ」とまだ、食い下がった。結局その日もタイムリミットがきて、兜はすごすごと玄関を出て行ったが、その落ち込んだ姿を見て、篤郎もため息をついていた。

（なんであんなに、必死なんだろう？）

篤郎にはまったく、分からなかった。毎日毎日、どうして兜がこんなにも自分を気にし

ているのか。もともとしつこい性格だったとは思うが、それも気まぐれを起こしている間だけ、飽きればすぐにやめると思っていた。実際、篤郎は兜に、結婚したら愛人にしてあげる、と言われていた。兜が自分を探しているのが、愛情からだとは素直に受け取れない。とはいえ、こうも必死な姿を見続けていると、何度か言われたように、

（やっぱり俺のこと、そこそこ好きだったのか？）

とは、思えてくる。それにしても、こうまで篤郎を案じることと、いずれ愛人として扱うことが、どうやって矛盾なく兜の中で成立しているのか、篤郎には不思議だった。

変化が訪れたのは、それから約三日後の、月曜日のことだった。

篤郎はその日の朝食後、部屋から続きになっているテラスに出て、本を読んでいた。

篤郎のお腹はまだまるで膨れていないし、ボルバキア症による男性妊娠は臨月《りんげつ》間近まであまりお腹が目立たないそうだが、篤郎は最近、下腹部のあたりを触る癖がついた。うっすらとだが、子どもの胎動が増えてきたのだ。

テラスにはテーブルとチェアが置いてあり、篤郎はそこに座っていた。

真夏とはいえ雀の屋敷は樹木に囲まれているので、午前中は空気がひんやりとしていて、気持ちいい。庭園にはノウゼンカズラが満開で、明るい花びらの色が美しかった。そよそよと吹いてくる風に本を置くと、自然と、兜のことを思い出す。

（あいつ、今日も来るのかなあ……？）

篤郎は最近知ったのだが、兜が家にやって来る日、真耶は勤務先からわざわざ、その時間だけ帰ってきているらしい。使用人では兜を止められないとの判断だそうで、さすがにそれは申し訳ないし、こうなったら一度くらい会いますと篤郎は言ってみたのだが、案の定真耶には大反対された。

「絆《ほだ》されちゃダメだよ！　きみはどれだけ執着されてるか、分かってない！」

と、真耶は嘆いたけれど、篤郎には自分が兜にどう執着されているのかが、よく分からなかった。

（あいつ俺を見つけたら、どうするんだろう。また愛人にしてやるとか言うつもりかな）

兜の真意がとても想像つかず、ため息をついていると、ふと生け垣が揺れた。高いアーチに巡らせてある植物の蔓がガサガサと音をたてる。庭師だろうか、とぼうっと見ていた篤郎は、次の瞬間眼を見開いた。

生け垣をかき分け、上質なスーツに小枝や葉を引っかけて、出てきたのが兜だったからだ――。

「か……兜？」

驚きすぎて、声がかすれた。そのとたん、兜の顔がくしゃっと歪み、

「あっちゃん……！」

と言って駆け寄ってくるのを、篤郎はどこか、映画でも見るような気持ちで眺めていた。

とても現実に思えない。

——どうしてここに。いや、ていうか、お前、まさか不法侵入《ふほうしんにゅう》したのか。

そう訊く間もなく、一足飛びにテラスの上に上がった兜に、篤郎は腕を摑まれていた。

「生きてた……あっちゃん。よかった、やっぱりここにいた……」

兜の額には、汗が浮かんでいる。一体庭のどこをどう突っ切ってきたのか、癖のある髪にまで葉がからみ、靴は泥だらけだ。不意にぎゅっと手を握られ、篤郎はぽかんと口を開けたまま、ハッとした。うろたえていたのも束の間、突然兜に、横抱きにされていたのだ。

「か、兜!」

篤郎は慌てた声を出した。兜は構わずテラスを飛び降りると、庭を突っ切って走り始めた。

「……お、おい、なにしてるんだ」

「急がないと。この家、セキュリティがえげつないから。俺に任せておいて」

——なにを任せておけと?

篤郎は青ざめ、止まれと言おうとした。けれど言うより前に大きく跳躍《ちょうやく》され、篤郎は反射的に兜に抱きついた。お腹の子どもがこんな揺さぶりに耐えられるか心配で、気が気ではない。

カブトムシが実は飛べるムシだったことを思い出したが、兜は翅を出した様子はない。

単純に、身体能力が高いのだろう。気がつくと篤郎は、真耶の屋敷の塀の外にいて、路肩《ろかた》に停めてあった兜の車に乗せられていた。と、同時に背後の屋敷から、大音量の警報が聞こえてくる。

兜は自分も運転席に乗り込むと、見たことがないほど慌てた様子で、エンジンをかける。その横顔は焦っており、厳しいしかめ面だ。

「か、兜。ちょっと待って」

「待てない。ここの屋敷の見取り図をとるのにも、二ヶ月かかったんだ。たぶんもう、真耶に連絡がいってる」

「み、見取り図？」

なんの話をしているのか。ついていけずに唖然《あぜん》としているうちに、兜が車を発進させた。

そして篤郎は、気がつけば見知らぬホテルの一室に、連れ去られていた。

（どこなんだここは……）

篤郎は相変わらず呆然としていた。今起こった、たった三十分かそこらの展開に、まるで思考が追いついていない。兜に連れて来られたのは、都内にある一流ホテルのスウィートルームのようで、広々とした部屋に、きらびやかな調度が整い、バーカウンターやワインセラーも完備されている豪華な一室だ。

「とりあえず今日はここで我慢してね。近いうちに、ちゃんとした場所を考えるから」

兜はごめんね、と付け加えたが、篤郎は兜がなにを言っているのか、まったく理解できなかった。

「兜……お前、なんかおかしくなってないか？」

窺うように、そっと訊いた。いや、もともとおかしかったが、今回の行動は更に常軌を逸している。

「真耶さんの家に不法侵入して……なに考えてるんだ？」

無意識に、下腹部に手を当てていた。なにかあったら、お腹の子どもを守らねばという気持ちが湧く。兜は眉をしかめ、眼をすがめて「おかしくもなるよ」と苦しそうに言った。その様子には、やはりまるで余裕がなく、兜からはなにかぎりぎりのところに立っているような、危うい雰囲気を感じた。

「あっちゃん、急に消えちゃうし……行方《ゆくえ》を調べようにも、澄也クンとマヤマヤが手を結んでたから、なかなか情報が入らなくて……あの家にいるのは分かってたけど、マヤマヤは頑固で会わせてくれないし」

一歩近づいてきた兜に、切迫したものを感じて篤郎は後ずさったが、腰がテーブルにあたり、もう下がれなくなる。兜が悲しそうな眼をして、「逃げないでよ」と呟いた。顔を上げると、兜は思い詰めた眼をしていた。額には汗を浮かべ、真剣そのものの顔だ。

「ずっと探してた。もし、二度と会えなかったらって……おかしくなりそうだった」

兜は呟き、篤郎の肩を摑み、眼を覗き込んでくる。

「教えて、どこが悪いの？　治らないの？　死ぬなんて……嘘だよね？　真耶が、オレを脅しただけでしょ？」

切なげな声には、すがるような色がある。篤郎はさすがに焦りを感じた。

「か、兜……ちょ、ちょっと落ち着いて……」

刹那、「落ち着けるわけないでしょ⁉」と、兜が声を荒げた。

「何度カルテ見ようとしても、見られなかった。あっちゃん、なんの病気なの？　オレ、明日にでもヘリ用意するから、海外に行こう。日本では無理でも、あっちでは治せるものもあるし」

とんでもないことを言い出す兜の顔は、大真面目だ。

「そんなに悪いなんて知らなかったから……どうしてオレには言ってくれなかったの？　どうして、真耶と澄也には言って……オレがそんなに、そこまで、嫌いだった？」

青ざめた顔で、兜が唇を震わせる。大きな手で体を引き寄せられ、抱き締められる。包まれているのは篤郎なのに、どうしてか、すがりつかれている気がした。兜はぎゅっと眼を閉じ、なにかに――まるで篤郎の死に怯えているように見えた。

（あ……）

不意に篤郎は、この兜の恐怖を、自分も知っていると思いだした。郁の死に怯えていた時。篤郎も兜のように混乱し、震えていたはずだ。兜はもしかすると、身近な人が死んだことが、一度もないのかもしれなかった。だから篤郎が死ぬかもしれないと、必要以上に怖くなっているのかもしれない。

そう思うと、篤郎には兜がかわいそうに思えてくる。

「兜」

気がつくと、静かに、諭すような優しい声で、篤郎は兜の名前を呼んでいた。大きく逞しい背中をそっとさすり、少しだけ体を離す。

「大丈夫。俺は死なないよ。俺は……ボルバキア症なんだ」

言うつもりのなかった病名。けれどあまりに必死な兜に、もう篤郎は隠しておけなくなった。どちらにしろ中途半端な嘘など、兜には通用しない。それならいっそ、すべて話してしまおうと、篤郎は腹を決めた。

「ボルバキア症？」

一瞬、なんのことか分からないというように兜が繰り返す。篤郎がこくりと頷いたその時だった。突然、部屋の扉が乱暴に開いた。

「この変態クソカブト！　とうとう犯罪まがいのことやりやがって！　あ、まがいじゃない、犯罪か！　立派な犯罪だよ、くそったれ！」

　怒鳴りながら入ってきたのは、怒りで顔を真っ赤にした真耶だった。そのすぐ後ろには、呆れた顔の澄也が立っている。

「はい、離れた離れた。この犯罪者。よくも人の家にまで忍び込んだね⁉」

　真耶は篤郎の肩を抱くと、兜の体を突き飛ばした。体格は篤郎と変わらないのに、ものすごい力だ。あの兜が、どこか呆然と後ろに後ずさり、篤郎から離れる。

「……ま、待って。ボルバキア症って」

　喘ぐように言った兜へ、後ろに控えていた澄也が、

「兜、蜂須賀さんはもう、お腹にお子さんがいるんだ。こんな無茶は二度とするなよ」

と、医者らしく忠告した。聞いた兜の眼が大きく見開かれ、篤郎を見る。とうとうバレてしまったと緊張し、篤郎の頬に熱がのぼってきた。その時――。

「……妊娠ってこと？　それって……誰の子？」

　――誰の子？

　思わずのように言った兜に、篤郎は、カッとなっていた。一瞬の怒り。けれど爆発するのには十分だった。

「お前の子に決まってるだろ！」

　気がつくと、篤郎は眼の前の兜の頬を、思い切り引っぱたいていた。

「だから俺が逃げたんだろうが！　お前に迷惑かけないように……困らせないように
──そんなことも……そんなことも分かんねーのか！」

怒鳴った瞬間、篤郎の中で、ずっと張り詰めていたものがパチン、と切れた気がした。

眼には涙が盛り上がり、ぼろぼろと溢れてくる。

──どうして。どうして、どうして、どうして、と思う。

どうして兜はちっとも、篤郎の気持ちを分かってくれないのだ。分かろうとしてくれないのだ。

(俺の心の中なんて、お前には分かるだろ？)

分からないはずがない。兜は頭がいいのだから。なのに平気で篤郎を傷つけるのは、篤郎の気持ちなんて、どうでもいいからだ。そう思うと無性に悔しくて、みじめで、悲しい。

「お前が、子どもができるなら俺とは付き合ってないって言うから！　知られたら堕ろされると思って、俺は逃げたんだろ⁉　お前は見合いする前だったし、お前の経歴に傷がつく……お前にしか抱かれてないのに、なんで今さら、俺が他の男と子ども作るとか思えるんだ⁉」

兜はぼんやりとした様子で、引っぱたかれた頬もそのままに、篤郎を見ている。

「俺はそんな尻軽《しりがる》か⁉　お前は俺のこと、昔と違うとか言いながら、全然そう思ってない！　俺がそんなに、淫乱の節操なしに見えるのかよ──」

ち、違うよ、と兜がそこでようやく、口を挟む。

「いや、だって、あっちゃん可愛いし、きれいだし、男誘ってる匂いさせてるし」

「させてねーよ！」

「させてるよ！　オレがどれだけ心配してるか分かる⁉　ロウクラスしかいない場所だったから助かってたんだよ⁉　だからオレ、マンション用意したんでしょ⁉」

「愛人にするためだろ！　大体お前、結婚してるんじゃねーのか、選挙出るならしなきゃって言ってたろ？　なのに俺なんか探して、奥さんに悪いと思わないのかよ！」

「結婚なんかしてないよ！　できるわけないでしょ⁉　あっちゃんいなくなって、それどころじゃなかったよ、議員になるのだって嫌だったのに。探すので手一杯で」

身を乗り出して、兜が焦ったように言う。篤郎はムカムカし、冷たく突き放した。

「でもそのうちするんだろ。もういいよ、俺は俺で幸せにやってるから、ご心配なく。子どもがいたら困るなら、他の男との子どもだとでも思ってろよ」

お前の子どもだけどな、と吐き出すと、「なんでそうなるの？」と、兜が叫んだ。不意に篤郎の手をとり、兜はあっちゃん、と真剣な声を出した。

「結婚しよう。してください。子どもがいるなら、してくれるよね？」

——結婚？

篤郎は兜が言った言葉に、眼を見開く。しばらく声が出なかった。

「子どもが産まれるなら、親も納得するよ。大丈夫、うちの親は大らかだから。今から役所に行って、入籍しよう」

矢継《やつ》ぎ早《ばや》に言う兜の手を、篤郎は振り払った。兜はなにも分かっていない。

「お前、バカじゃないのか。なんで俺とお前が結婚するんだ」

反論すると、兜がなかば怒ったように顔を歪める。心底、篤郎の言葉が理解できないという表情だった。

「なにが問題なの？」

「問題だろ。一番大事なことが抜けてる。お前は俺を、好きでもなんでもないだろうが」

最後の言葉を言う時、胸が詰まった。息苦しくなり、うつむく。けれど言われた兜は、焦ったように体を屈め、篤郎の顔を覗き込んでくる。

「なんでそんなこと言うの？　俺、あっちゃんのこと好きだって、何度も言ったよね？」

「……好きって言って、お前は俺の頬を叩いた」

篤郎は、ぽつりと呟く。抑えつけられ、引っぱたかれた時の心の痛みが、蘇ってくる。

「好きだって言いながら、愛人にするって言って、好きだって言いながら、女の子だったら付き合ってないって笑った。見合いをして、家庭を持って、二年後俺がまだ必要だったら愛人にしてやるけど、必要かどうか分からない……お前はそう言ったろ？」

言ううちにだんだん、兜の顔が青くなっていく。あれは、と兜が喘ぐ。

「まだよく、分かってなかったんだ。ひどいことしてるとは……思ってた。でもあっちゃんが素直にならないからつい……それに俺には義務があった。だけど、好きなのはあっちゃんだったよ」

――好きなのは、あっちゃん。

兜の言葉に嘘はない。ないと分かるから悲しい。悲しくて辛い……。

一度おさまっていた涙が、今度は静かに眼の縁にこみあげ、頬を伝う。兜がハッとしたように身じろぐのが分かる。

「……知ってるよ。お前の愛し方は、そこまでだって」

それ以上は愛せないこと。兜の愛は広く、沢山の人に注がれている。兜は強すぎて、弱い篤郎がそれでは足りないことが分かっていても――どうにもしないことも。

俺、お前に初めて抱かれた時、と篤郎は言った。

「クズだって言われて悲しかった。出来損ないって言われて、辛かった……」

淫乱、尻軽、こんなふうに冷たくされても、仕方ないでしょと嗤われて、苦しかった。そうだ、仕方がない。自分は罪人なのだから仕方がない、これは罰だと思って押し込めたけれど、本当はとてつもなく深く傷ついていた。

「こんな……俺みたいな出来損ないでも、人を好きになるし、なってほしいって思うことは止められないと呟くと、兜がわずかに眼を瞠る。

「……お前が好きだったよ。俺は、お前が好き。だからお前にも、同じくらい愛してほしかった」

無意識に下腹部に手を当て、篤郎は兜を見上げた。息苦しかった。胸が痛かった。溢れた涙で兜の青ざめた顔が歪み、見えなくなる。

「どこかの誰かと結婚して、その人のこともそれなりに好きになって、その間、俺も抱いて……それに俺がどれだけ傷つくか、絶対に考えない」

心の中に溜め込んでいたものが、外に流れていく。分かっているくせに、考えない、と篤郎は搾《しぼ》り出すようになじり、しゃくりあげる。

「お前の愛情じゃ足りない。もっと愛されないと辛い。俺はお前といたら、お前だけを好きになる。でもお前は違うだろ？　……そんなんじゃ、一緒にいられない」

子どもは一人で育てるからと言い、篤郎は涙を拭った。

これで話は終わった。そう思って、帰ろうと踵《きびす》を返した篤郎の腕を、咄嗟《とっさ》のように兜が摑んで引き留めてくる。

「ま、待って！」

上擦《うわず》った声で言い、兜は「あっちゃん。待って」と、繰り返した。それまで黙っていた真耶が、イライラと「もうフラれたんだよ、兜」と言ったが、兜は退かなかった。

「あっちゃん……オレ、本気で好きなんだよ。あっちゃんがいないと、オレは困る」

語尾を震わせ、兜は腰を少し屈めて、篤郎と目線を合わせる。

「好きだ。好きなんだ、本当に。愛してる。もう傷つけないから……もうあっちゃんだけにする。ひどいこと言ったのは、嫉妬で……でもオレ、嫉妬したことなかったから、よく分からなくて、傷ついてるあっちゃん見ると可愛くて、調子に乗ったっていうか」

真耶は兜の言葉に「最低野郎」と半眼《はんがん》になった。しかしそれにも構わず、兜は続ける。

「オレ、あっちゃんが可愛くて、今までそれほど誰かに欲情したことなかったから、セックス覚えたての中学生みたいにハマっちゃって、それでつい無茶したっていうか」

「おい、墓穴掘ってるぞ」

と、澄也がたまらなくなったように言う。

「傷つけてたのは謝る。土下座してもいい。だけど愛人じゃなくて、きちんと結婚しようって言ってるのに、それもダメなの？　あっちゃんも、オレのこと……今、好きって言ってくれたじゃない」

兜が言ったとたん、怒ったのは真耶だった。

「はあ？　どの口が言うの？　どの口が⁉　篤郎くんがお前を好きって言うのは、篤郎くんが絆《ほだ》されやすいからってだけだよ、自惚れんじゃないよ！」

と、兜が舌打ちし、「マヤマヤ、黙って。これはあっちゃんとオレの問題」と言い、真耶をますます怒らせた。

「篤郎くん、もう帰ろう！　こんなクソバカカブトムシと話してたら体に障《さわ》るよ」

真耶は兜に当てつけるように、篤郎の肩をぐっと抱いた。兜は分かりやすくムッと眉を寄せ、篤郎の腕を握ってくる。

「なに触ってんの⁉　触っていいと思ってる⁉」

わめく真耶を後目に、兜がぐっと篤郎のほうへ身を寄せてきた。

「あっちゃん。オレが全部悪い。全部、全部オレが悪いよ。だけどきみを失いかけて分かった。きみ以外いらない。世界のすべてを捨ててもいい。だからオレと結婚して」

真剣な眼でかき口説いてくる兜に、篤郎は声を失い、眼が逸らせなくなる。

嘘だ、と思う。こいつが、俺だけを好きになるはずがないと思う。

「本気で愛してる。きみが望むなら、駆け落ちしてもいい」

「なに言ってるんだよ、将来有望な、政治家が……」

篤郎は怯み、反論した。

「お前が俺にこだわる理由なんてないだろ」

「……あるよ」

けれど兜は呟くように言い、篤郎の腕を握る手に、きゅっと力をこめてくる。

「あっちゃんにはきっと分からないだろうけど……オレには、あるんだ」

小さく吐き出すと、兜は篤郎の眼を熱をこめて見つめた。

「だけどあっちゃんが信じてくれなきゃ、なにも始まらない。オレがどうかより、あっちゃんがオレを、信じてくれるかどうかなんだ」

あまりに真っ直ぐに、強く言われて、篤郎はもう反論できなかった。

——俺が、信じるかどうか？

返す言葉に迷っていると、真耶が「口車《くちぐるま》で、篤郎くんを流さないで」と怒る。けれど兜も腹を立てたように「口車じゃない」と言い返した。

「オレは本気なの。邪魔しないでよ」

真耶と兜の間で、火花が散ったかに見えたその時、澄也がため息まじりに言った。

「真耶。もういいだろ、とりあえず俺たちの介入はここまでにしないか」

澄也の言葉に、真耶が眉をつり上げる。

「どっちにしろ、兜は父親なんだ。認知のこともある。あとは二人でおいおい話し合ってもらうのが一番だよ。さすがに兜も、今の蜂須賀さんの言葉を聞いて——無理強いするつもりはないだろ？」

問われた兜がこくりと頷く。篤郎のほうも、少し冷静になってみると、とりあえず認知のことは話し合わねばならない、とは思う。真耶はというと、苦い顔だ。

「同じ穴の狢《むじな》だから、きみは兜に甘いんだよ」

その言葉はきつかったが、声の響きは幾分落ち着き、どこか、諦めを含んで聞こえた。

十三

——もうバカなことしないなら、一応、会わせてあげる。

と、真耶《まや》が兜《かぶと》に言い、兜は「なんでマヤマヤに許可されないといけないの」と不服げだったが、真耶がそう言うなら、と篤郎《あつろう》も兜の訪問を受け入れることにした。そうして篤郎は真耶の屋敷に戻り、兜は好きな時に、篤郎に会いに来ることを許されるようになった。

もちろん兜が、篤郎に無体を働かないことが条件で、篤郎が嫌だと言えば即座に真耶が兜を出入り禁止にする、というペナルティもある。そのうえ篤郎は兜と結婚をする気もなく、子どもは一人で産んで育てる考えは変えていなかった。それでも、会いに来られる分には、拒《こば》まなかった。というのも——。

（やっぱりお前の、お父さんだもん……な）

と、篤郎はお腹の子どもに向かって思う。

郁《いく》と再会し、子どもを産むと決めてからは、それまで篤郎の中にいた郁や七歳の篤郎は、心の内から溶けて消えていた。自分は少しだけ、大人になったのかもしれない。そのかわりのように、この頃ではかなり動くようになってきた子どもに話しかけるのが、篤郎の新しい癖になっていた。

「や、やあ、あっちゃん。なに作ってるの？」

八月のお盆明け、兜は一日ぶりに篤郎のもとへやって来た。

午前中だったので、篤郎は蚊取り線香を焚《た》き、テラスの木陰で布絵本を工作していた。

兜は国会の合間を縫って抜けてきたらしく、暑そうなスーツ姿で汗だくだった。

ここに兜が来るようになって、もう一週間が経つが、

――あっちゃんがオレを信じてくれなきゃ。

と、あれだけ強気に言っていたくせに、兜は篤郎に、どう接していいのか迷っているようで、初めの挨拶がいつもぎこちない。

「布絵本。保育園でもよく作ってたんだ」

「へえ……あ、隣って、座っても……いい、かなあ」

今までなら勝手に座っていたくせに、一応訊くようになったのは、気遣われているからなのか。いいよと言うと、兜はホッとしたように席に着いた。額からしたたる兜の汗を見て、篤郎はさすがに気の毒になり、

「なんか飲み物、持ってきてもらおうか？」

と、訊いた。真耶がそう指示しているので、この家では兜に特別お茶など出されない

のだ。けれど兜は篤郎の申し出に、「あ、いい、いい。十五分くらいしかいられないから。飲むよりあっちゃんと話したいし」と、言う。

さらりと恥ずかしいことを言われ、篤郎は口を閉ざした。篤郎のほうも、兜とどう接していいのか分からないでいるのだった。

「あ、そうだこれ。こないだ歩いてて見つけてさ……」

と、兜が紙袋を差し出し、篤郎は思わず眉を寄せた。それは有名な、子供服ブランドの紙袋で、中身を見ると案の定、肌着やカバーオールがわんさと入っていた。

「お前さ、もう何着めだよ。服ばっかりこんなに要らないって」

「いやでも……可愛くない？　男の子でも女の子でも着られる色だし……」

篤郎の渋面《じゅうめん》に、兜がそう言い訳をする。出てきた服はたしかに可愛らしく、兜が子どものことを想ってくれたのだと感じると、篤郎もつい許してしまう。

「……それとも、オレがこういうの持ってきて、子どものこと自分のものみたいにする感じ……あっちゃん、嫌？　傷つけてたり、する？」

と、その時不意に訊かれて、篤郎は驚いた。顔をあげると、兜は真剣な顔をしている。

「いや……べつに。子どもの物、買ってきてくれるのは助かるよ」

あまりに真面目に訊かれると本音を言うしかなく、そう言うと、兜はあからさまにホッと微笑んだ。

と、篤郎は思う。

（調子狂うなあ）

この一週間で、篤郎はもう何度も、同じ質問を受けていた。兜はなにかするたびに、「傷ついてない？」と確認するのだ。ちょっと面倒くさいほど。

どうやら兜は兜なりに、先日篤郎の言ったことにショックを受け、反省しているらしい。

（……こいつ本当に俺が好きで、俺と結婚したいのかなあ）

以前までなら、とても信じられなかったけれど、最近はついつい、そう思ってしまう。

一緒にいる短い時間、兜はじっと、焦げつきそうなほどの強い視線で見つめてくる。眼が合うと、眼を細めて笑う。その眼差しはただ優しいだけのものではなく、篤郎と眼が合って嬉しい、そんな感情が見え隠れしていた。

「あーあ、もう五分経っちゃった。十五分て短いな……」

腕時計を見て、兜は小さくため息をついた。

「そんなに大変なら会いに来なきゃいいだろ」

「大変でも会いに来なきゃ、会えなくなっちゃうよ」

と言って、兜は疲れたように肩を落とす。

「政治家になんて、なるもんじゃないね。オレには向いてない」

兜の不意の発言に、篤郎はびっくりして作業の手を止めた。顔をあげると、兜は心底そう思っているのか、「もう、弁護士に転向したい……」とぼやく。

「なに言ってんだ、初めから政治家になるつもりで、勉強してきたんじゃないのかよ」

篤郎はつい、口出ししていた。どうして兜は突然、こんな弱音を吐くのだろう。あまりに不似合いで、予想外で、腑に落ちない。オレさ、と兜が呟き、テーブルに頬杖をつく。

「今までは自分の生き方に疑問とかなかったんだよね。政治家の家に生まれて、当然跡を継ぐもんだって育ってきて……持てる者の義務だって考えてた。誰かに優しくするのも弱い人を助けるのも、周りから期待されてるとおりにやるのが、楽しかった」

嫌々やってたわけじゃない、とつけ足す兜の言葉に、嘘はないだろう。兜は当然のように寛容に振る舞い、弱い者を愛してきたのだ。将来の道や結婚も、義務だと割り切りながら、窮屈さを感じるわけでもなく、それなりに自由に楽しんできたに違いない。

「でもこんな育ち方してなかったら、あっちゃんに、結婚してもらえたのかなって」

「は？」

篤郎は思わず、眼を剝いてしまった。

「お前、バカだろ。誰もが知ってる名家に生まれて、政治家やって……みんなが持てるものじゃない、なのに、俺との結婚なんて比べる対象じゃないだろ？」

思わず、子どもに説教するような口調になってしまった。けれど本当にそう思ったのだ。

すると兜は拗ねたように、唇を尖らせた。

「だってオレがこんなだから、あっちゃん、結婚してくれないんでしょ」

それはたしかにそうだが、と思いながら、篤郎は兜の拗ねた横顔に、ため息をついた。

「……お前な、俺なんかと結婚してどうするの？　世間に公表できないだろ。俺は前科があるんだぞ。お前の家だって、たぶん困る」

篤郎は完全に作業する手を止めて、きちんと兜に向き合うことにした。

結婚して、しない、の押し問答は何回かしているが、認知のことも含め、兜の家の問題はいずれきちんと話し合うべきことだった。すると頬杖をついたまま、兜が呆れたような顔で、篤郎を見つめてきた。

「あっちゃんこそ、オレをなんだと思ってる？　ヘラクレスオオカブトで、政治家で、なんでも持ってる兜甲作《こうさく》だよ。世間なんてどうにでもできるよ」

あまりに強気の発言に呆気にとられていると、きちんと背を正した兜が、もどかしげに言った。

「きみのこと、全力で守るって言ってるの。親にも世間にも、あっちゃんと子どものことは、傷つけさせない。そのくらいに覚悟してるよ、これでも」

真夏の庭を風が吹き抜けていくと、葵科の花の甘い香りが漂ってくる。熱烈とも思える言葉に、篤郎は不覚にも、ドキッとさせられた。

「……もう、あっちゃんとしか、結婚するつもりないいし」

ぽつりと付け足し、兜はさらに言い募る。

「あっちゃんがどうしても嫌なら、独身で通すつもりだから……」

どこまで本気なのか、篤郎は困ってなにも言えなくなった。ちょっと前までの兜からは、信じられないような言葉の連続だった。兜はたった一人に本気になったりしない。そのはずだと言い聞かせたが、兜の言葉を嘘だと言い切るには、兜から伝わってくる雰囲気が、あまりに真剣すぎて上手くいかない。

胸がドキドキしてきて、篤郎は誤魔化すために作業に戻ることにした。

返事を返さない篤郎に、兜はまだ拗ねた顔をしていたが、やがて諦めたようにため息をつき、腕時計を確認する。きっともう、十五分のうち七分は経ってしまっただろう。

しばらくはどちらも喋らない時間が、数十秒続いた。風にさやめく葉ずれの音に混じり、篤郎が布を裁断する音がするだけだ。

「……これ、仕掛け絵本なんだ」

ふと兜が、テーブルに突っ伏すようにして、篤郎がいくつか作っていたパーツを持ち上げた。布絵本の内容は単純だが、さまざまな工夫がある。今作っている頁には小さなポケットがついており、中から、フェルトで作ったカブトムシが鎖状に連なって出てくるようにしてある。不思議そうに手を伸ばしてきた兜が、「モチーフ、カブトムシ、なんだね」

と、言う。

「……お前のほうが優位だから、子どもはカブトムシかもなと思って……」

小言で言うと、兜は一瞬黙り、それから幸せそうに微笑んだ。その笑顔に、思わず「なに？」と訊ねると、兜は「オレさ、あっちゃんのそういうとこが好きなの」と呟いた。

へへへ、と笑う兜に、急になにを言っているのだろう、と篤郎は頬を染めた。照れ隠しに、ついムッとしてしまう。

「オレにはムカついてても、きっと子どもには優しいお母さんになるでしょ？　もしオレそっくりの子どもでも、あっちゃんは大事にしてくれそうっていうか……」

「お前そっくりなのは、お前が父親なんだから普通のことだろ」

なんでそれで、大事にしない理由になるんだ、と言うと、兜は「うん、そうなんだけど」と首を傾げた。その眼がどうしてか、少しだけ弱っているように見える。

「前にあっちゃんが、お母さんの話してくれたじゃない。すき焼きの時、一番美味しいところを必ずくれたって」

ああいうの、うち、本当にないんだよね、と兜が続け、篤郎は顔をあげた。兜から幼少時代の話を聞くのは初めてのことだ。

「うちは母親も弁護士だし、ナントカの会会長とか、そういうの色々やってる人で、家にいるより外でバリバリ働いててさ。尊敬はしてるんだけど、お母さんって感じじゃないいんだよね。……オレは漠然と、自分もそういう人と結婚して、あんまり家で顔合わさないで、それぞれ好きにやってます、みたいな夫婦になるのかなって思ってたんだけど」

あっちゃんみたいなの、いいなあと思って、と兜は呟き、照れたように笑った。

「あっちゃんみたいなお母さんだったら……いいなあ。家族のことが世界のほとんどみたいな……そういう人が奥さんだったら……愛することが、一番の人がさ、オレを好きでいてくれたら……オレは家に帰って、食卓に座るのが楽しみになる気がしたんだ」

これが一番美味しいところ、と言って、篤郎が皿に食事をよそってくれる。それにきっとわくわくするだろうと、兜はしみじみと言う。

「……それ、いつ考えてたの？」

思わず訊くと、「いつかな。最初に、あっちゃんが子どもたちといるの見たくらいからかな。なんとなくだけど」と兜は、驚くべきことを言う。それはほとんど、再会してすぐのことだ。

「でも確信したのは、あっちゃんが死ぬのかもって、マヤマヤに思わされた時かな。……愛って、痛いんだね。やめようとしてもやめられないんだって、初めて知った」

愛は痛い――。

兜の口から聞くとは思わなかった言葉に、篤郎は固まっていた。と、兜は腕時計を見て、「あっ、もう三分も過ぎてる！　委員会始まっちゃうや」と慌てて立ち上がった。

向いていないと言いながら、結局真面目に行くのか、と感心している篤郎に、兜は「ま

た来るね」と言い置いて、バタバタと去っていった。焦って走っていく背中に、

（兜にも、弱いところがあるんだなあ）

と、今さらのように思う。そしてそれを、兜は篤郎に見せるのだと。

たった今兜がしてくれた話は、もしかしたら子どもの頃淋しかったという、そういう話だったのかもしれないと――篤郎はふと、感じたのだった。


一ヶ月が経ち、九月半ばを過ぎても、東京は残暑が厳しかった。

篤郎は健診の終わった翌日、朝から兜が来るのを待ちわびていた。夕方過ぎになんとか仕事を抜けて来てくれた兜は、暑い暑いと言ってスーツを脱ぎながら、「これお土産」と篤郎に、たっぷりした形のセーターを三枚も渡してきた。

「なんで夏にセーターなんだよ」

つっこむと、「お腹が目立つ頃にいるかなあと思って……」と、返ってくる。

「だってもう、あげるもの、ネタが尽きてきたんだもん」

最近の兜は素直で、すぐにいじけたことを言う。唇を尖らせている兜に、「大人が拗ねるなよ」と返すのも、そろそろ定番のやりとりになっていた。

「今日、夕飯食べてくか？」

夕方にやって来たのでそう訊くと、「いいの？」と兜は眼を輝かせた。

「言っておくけど、今日はシェフじゃなくて俺が作ったから、大して美味くないぞ」

「シェフの料理なんか食べたくないよ、あっちゃんのがいい」

兜はニコニコして、眼に見えてご機嫌になった。こういうところは前よりずっと可愛い、と篤郎は思った。

そう、篤郎は最近時々、兜が可愛く見える。

もらったセーターを片付けながら、兜とは少しの間他愛のない話をした。普通の友人同士のような会話だ。兜は篤郎を熱っぽく口説いたりもしない。こんなふうにこの一ヶ月、ただただ通ってくるだけなので、この頃は真耶のほうが痺れを切らして、

「兜はきみを落とす気があるの？」

と言い出したほどだ。けれど篤郎は、兜との、こんな時間がわりと気に入っていた。

「そういえば、健診はどうだった？　順調だった？」

と、兜が少し心配そうに訊いてくる。篤郎は普段自分からはメールしないが、健診の後だけは、一言、「順調」とか「変わりなし」などと打つようにしている。昨日は一応、「順調」と送った。

「うん、順調、順調」

と、言いながら、今日は伝えたいことがあるので、むずむずと喉まで出かかったが、こ

れは帰り間際に言おうと決めて、飲み込んだ。兜はホッとした顔で、「そっか、ならよかった」と、呟いた。やはり父親は兜なのだから、こうして気にしてくれるのは、素直に嬉しい。

「あ、これ、渡しておくね」

ふと兜が言い、カバンの中からなにやらクリアファイルを取り出した。受け取ると、中には書類と、数枚の写真が入っていた。写真は、『くまのこ保育園』の子どもたちや、先生たちの写真で、見たとたん、篤郎は笑みが顔ににじむのを感じた。篤郎の反応を見て、隣に立つ兜が眼を細める。同封されていた書類を見ると、ロウクラス向けの保育所に対する助成金の拡大と、新たに建設される保育園の一覧だった。

「……前言ってたの、もう通したのか」

「着工は来年からだけど……子どものことは、最優先にやらなきゃいけないでしょ？」

なにげなく言った一言に、兜の率直な考え方が反映されている。子どものことは、最優先。篤郎は素直に、兜の言葉に好感を持った。『くまのこ保育園』には、法案を通した報告で訪れたのだという。兜は調査に協力してくれた保育所すべてを回っているようだ。最近になってからやっと、篤郎は兜が思っていた以上に真面目に仕事をしていることを知った。

「先生たちも子どもたちも、あっちゃんに会いたがってた。元気だって伝えておいたよ」

そんな言葉にも、懐かしさをかき立てられ、篤郎は嬉しかった。

食堂に移動し、準備しておいた食事を並べると、仕事から帰ってきた真耶が、私服に着替えて現れる。兜が来ているのはもはや珍しくもないので、慌てた様子もなく「やあ」と素っ気なく挨拶し、席に座る。

篤郎が今日用意したのは、がんもどきの冷たい煮物やひたし豆、それにあがったばかりの鯵《あじ》を刺身にし、茗荷《みょうが》と青じそ、細打ちのキュウリをつまに添えた。真耶の家には毎朝新鮮な魚や野菜が届けられるので、篤郎はその中から材料を分けてもらっていた。

「この鯵、身が締まってて美味しいねえ」

「篤郎くんが、届いたばかりのものを手当して、きれいに切ってくれたんだよ」

二人とも、舌は肥えているはずなのに、篤郎の出したものをちゃんと食べてくれるので、作り甲斐がある。最近は継母がたびたび来てくれるので、篤郎は改めて料理を教わっていた。子どもが生まれたら、きちんと食べさせてやらねばと思うからだ。

篤郎と真耶、篤郎と兜だけで食事をする時はいつも、他愛のない雑談ばかりになるが、真耶と兜がそろうと、互いの職業柄か政治や教育の話になりやすい。今も二人は気がついたらそんな話をしていて、篤郎は黙ってその議論を聞いていた。

最初、教育法案の進捗《しんちょく》について話していたが、途中で兜が、

「明日からオレ、山岳地帯の調査に入るから。しばらく委員会には顔出せないんだよ」

と、言った。それは前もって、篤郎も聞いていた。

兜は去年からずっと、山岳地帯の限界集落の、医療体勢を強化する政策に取り組んでいるそうだ。なにせ直接、選挙の得票に繋がりにくい政策なので、秘書時代はなかなか進められなかった。今も与党内の関心が薄いので、兜が一人で調査をし、各方面へ根回ししているという。

政治家というのは、もう少し呑気なものだと思っていた篤郎は、最近になってその苦労を知り、驚いた。

「保育所の件は、結局、得票に繋がりやすいからさ、党自体もすぐ乗ってくれたからいいんだけど……今回の件は、なにしろ、対象が限界集落だからね」

過疎地に対する補助なので、票数には繋がらない。なので大変なのだそうだ。

「でもまあ、この現地調査がうまくいって、ヘリポートの確保さえ目処が立てば、あとは通せると思う。時期的に、マスコミも芸能ニュースで忙しいから茶々入れてこないし」

「山の中を行くんだろう？　そういうのって、危なくないの」

真耶に訊かれて、兜はうーんと唸った。

「危険なことを証明するために行くからね。危ないのは危ないけど……まあ、帰ってこないと意味がないから、大丈夫だよ。ガイドもつけるし。一年かけてやってきたことが、ようやく報われそうだから、頑張るよ」

聞けば政策の起案は、別件で集落を訪れた際に村人から訴えられたことが発端《ほったん》というから、篤郎は素直に感心した。

「……お前、やっぱり政治家向きだよ」

それに驚いたように、兜が振り返る。先ほどの、「子どものことは最優先」という発言といい、兜にはどうしようもない欠点もある一方で、自分の損得とは関係なく弱い者のことを一番に考えられる、最大の長所がある。

「前に言ってただろ、向いてないって。……そんなことないって思う。頑張れよ」

つい励ますと、兜の頬に血の気が上った。その瞳に、生き生きとした輝きが点る。

「あっちゃんに褒められたら、なんかオレ、向いてるって気がしてきた……」

頑張るね、と言われて、篤郎は微笑んだ。真耶は一人、白けたような顔でお澄ましを啜っていた。

夕飯を食べ終えたあと、篤郎は、兜が車を停めているところまで、散歩がてら見送ることにした。夜になり、気温が落ちてちょうど気持ちの良い風が吹いていたのもあるし、明日から兜は山に入り、しばらく連絡がとれないのもあって、その前に伝えておきたいことがあった。

兜はいつも、雀家《すずめけ》の駐車場に車を入れており、それは広々とした庭を五分ほど歩いたところにある。公園のように整備された道を並んで歩きながら、篤郎は兜と、とりとめなく雑談をした。共通の知り合いや家族の話で、五分などあっという間に経つ。草の陰からは、虫の声がリーリーと聞こえていた。

車の前まで来たところで、篤郎は意を決して、言った。

「あのさ……男の子だった。性別」

今日一日ずっと言いたかったことを、やっと口にした。とたん、頬に不思議と熱がのぼり、心臓がドキドキときめいた。胸いっぱいに嬉しさと、楽しみが広がってくる——。

一瞬言葉をなくした兜の頬にも、常夜灯の暗い光の中でさえ、はっきりと分かるくらい強く、血の色がのぼった。兜は「うわ」と小さく驚きの声をあげた。

「男の子……そっか、それは、それは」

メガネの奥で、その瞳がてらいのない喜びを浮かべている。どうしてだか分からないが、兜は今自分と同じくらいドキドキしている、そんなふうに思えて、篤郎はホッと息を吐く。

「女の子でも嬉しかったけどな」

「うん、女の子でも嬉しかったけど。でも、男の子か」

「うん。昨日分かった。まだ誰にも言ってない。郁《いく》にも」

言うと、兜が眼を丸くする。篤郎は照れくさいような気持ちで、自然と溢れてくる笑顔を止められず、「お前に最初に言おうと思って」と、素直に告げた。

「だってお前が父親だし」

言えたことが嬉しいのと、子どものことが楽しみなのと、そして無意識にそうだと思っていたとおり、兜が自分と一緒に興奮してくれているのを感じて、頬が緩む。

昨日子どもの性別が分かった時、兜に一番に言おうと思ったのは、同じ親として、たぶん自分と同じくらい喜んでくれるのは兜だけだろうと感じたからだった。もちろん、郁や継母や、真耶も喜んではくれるだろうが、篤郎の気持ちに最も共鳴してくれるのは、兜な気がした。

そして兜の表情を見ただけで、その直感が当たっていたと分かり、篤郎は嬉しかった。

「言えて良かった。ほんとはいつ言おうか迷ってたんだ」

サプライズのプレゼントが成功したあとのような、そんな満足感でいっぱいになっていたら、不意に兜が動いた。

（……え？）

篤郎は、息を詰めた。腕を引かれ、広く分厚い胸と逞しい腕に、きゅっと抱き込まれていたからだ。それは、まるでたまらなくなったかのような仕草だった。兜の甘い匂いが、じわっと体にしみてくる。

それこそ、一ヶ月ぶりの抱擁だ。篤郎に気持ちを証明すると宣言してから、兜は一度もこうして触れてこなかった。

兜の体は温かく、胸へ押しつけた耳に、早鳴る心臓の音が聞こえてきた。どうしてか懐かしく感じる、アマレットの匂いが香る。逞しい胸に抱かれていると、嫌な感じはまったくなく、拒否感も嫌悪感もなく、少しホッとし、そしてどぎまぎした。頬が火照り、なんだか初めて兜に触れられたかのように、緊張していた。まるでキスも知らない初心な子どもに返ったみたいだ。抱き締められているだけで、ドキドキしていた。

けれど不意に兜が我に返り、篤郎を離す。

「あ、ご、ごめん！　な、なんか嬉しくて……つい。嫌だった？」

慌てて謝る兜は、顔を赤らめていた。

謝らなくていいのに、と、どうしてか篤郎は思ってしまう。

謝らなくていい。もう少し、抱かれていてもよかったのに――と。

そんなふうに思った自分に自分で驚き、そして恥ずかしくなった。

「あ、でも性別が分かったなら、考えられるね。名前とかさ」

兜は照れを隠すように、早口で言う。篤郎は「うん」と頷いた。名前を、兜も一緒に考えてくれるのか、と思う。兜が子どものことを喜び、愛そうとしてくれているのが嬉しい。

「……あのさ、お腹って、触ってもいい？」

おそるおそる、けれど抱き締めた勢いを借りるように、兜が訊いてくる。篤郎は、こくんと頷いた。兜の大きな手がゆっくりと伸びてきて、篤郎の腹部に触れる。

「このへん？」

「もっと下、ここ……」

兜の手を握り、篤郎は時折動きを感じるあたりへ、誘導した。子どもは寝ているのか、今は動いていない。それが少し残念だ。

（パパが触ってるぞ）

心の中で話しかけてみたりする自分は、少し浮かれているのかもしれないと、篤郎は思った。兜がお腹に触れてくれたのは今日が初めてのことだ。

「ここにいるんだ……そっか」

兜は満足そうに、目尻を下げた。早く会いたい、と呟かれて、篤郎も、うん、と頷いた。会えるのは来年になる。まだ寒いだろう、年明けの頃だ。

名残惜しそうに、兜は手を離し、車のドアに手をかけた。

けれど開ける前に、じっと、思い詰めたような瞳で、篤郎を見下ろしてきた。

「あっちゃん。……あの、明日調査にいく法案てさ、通すのすごく難しいんだ」

それは、真耶との会話でなんとなく篤郎にも分かっていた。なぜそんなことを改めて言うのかと、不思議に思っていると、兜は張り詰めた表情で「だから」と言葉を接《つ》いだ。

「通ったら……もう一度、オレと結婚すること、考えてくれないかな」

言われて、篤郎は眼をしばたたいた。兜の声は真剣そのもので、眼は真っ直ぐに、篤郎に注がれている。

「あっちゃんにオレを信じてほしい。だけど正直……どうしていいか分からなかった。今まで付き合ってきた子たちにしてきたような、その……適当な方法じゃダメだと思って……でもそうするとオレ、なにも思いつかない」

お手上げで、と兜は呟き、居心地悪そうにする。

「——でも、あっちゃんと一緒にいる時間、オレは……すごく心地よかった。どうでもいい話したり、一緒にご飯食べたり、今みたいに……子どものこと、二人で考えたり」

幸せだった、と、噛みしめるように、兜が言う。

幸せというその言葉の重みに、篤郎はドキリとする。ただ自分といるだけで、兜のような完璧な人間が、幸せになれるのかと、びっくりもする。

「こういう時間を、死ぬまで……積み重ねられないかな。オレはただあっちゃんと、こうして過ごしてたい。……そうじゃないともう、たぶん、幸せじゃないから」

ぽつり、ぽつり、兜は静かに話している。篤郎は黙って聞いていた。少しずつ、その言葉の意味が、心に落ちてくるのが分かる。兜の言葉に宿る、想いが伝わってくる。これはすべて兜の本心だと、頭ではなく心が、受け止めている。

「オレのこと、もし信じられないならそれでもいい。子どものためだけでも、選んでくれないかな。オレを幸せにするためだけに、あっちゃんの人生を、ください」

こんなことしか言えなくてごめんと、兜が言う。その顔はひどく緊張していた。自分よりずっと大きな体の、ハイクラスの頂きにいるヘラクレスオオカブトだというのに、兜は出来損ないの自分に求婚するために、縮こまっている。

「俺のどこが……そんなに？」

もうずっと最初から気になっていたことが、思わず口をついて出た。

訊かれた兜が、目元をほんのり赤くする。それから真面目な顔で、

「あっちゃんの愛が狭くて、深いとこ」

と、言った。

「狭いって……バカにしてる？」

思わず言うと、違うよ、と兜はおかしげに笑った。

「眼の前の人を幸せにしたいっていうだけの……そういう生き方でしょ。あっちゃんは。あっちゃんにそうしてもらえる人が、羨ましい。あっちゃんに好きって……言われたいの、オレは」

その声は静かに、篤郎の胸に響いてくる。あまりに真摯《しんし》な声音に、むしろ自分の方こそなにを言い返せばいいか分からずにいると、兜はそんな篤郎の困惑を理解しているようで、

「じゃあまた、調査から戻ったら、連絡するね」とだけ言って、車に乗り込んだ。

篤郎は数歩下がって、兜の車が去っていくのを見送った。闇の中にテールライトが消えていく。あとには虫の音だけが残った。

（俺……俺の幸せは、なんなのかな）

無意識に下腹部を押さえると、体の中で子どもが小さく動いた。ドキリとして、お腹を見下ろす。

「……お前、お前のお父さんと、一緒にいたい？」

子どもはもう動かない。再び寝てしまったのかもしれない。もしもう一度動いてくれたら、結婚することを、考え直してみようか……？　そんなことを思いながら、篤郎はしばらくの間、闇の中に立ち尽くして、じっとお腹を見つめていた。

山岳地帯の限界集落へ調査に向かった日の朝、兜からは一度連絡があった。これからしばらくは電波の届かない場所になるけど、体に気をつけて、というごく普通のメールだった。

篤郎は兜が帰ってくるはずの三日めまで、普段通り穏やかに過ごしていた。

その日は、世間は休日で穏やかな一日だった。昼間、部屋の掃除をしながら、なにげなくテレビをつけていた篤郎は、たまたま流れていたニュースを見るともなしに見ていた。

政治のニュースのあとで、アナウンサーが『N県の山岳地帯で、三人の行方不明者が出ています』と報じた。

聞いたような地名に、篤郎はドキリとしてテレビを振り返った。

『二十日午前、××山に入った男性三名は、三日前から連絡がつかず……』

心臓が、大きく跳ねる。山の名前には、聞き覚えがある――。

画面に、遭難《そうなん》中の三名の名前が流れてきた。篤郎は愕然とした。手に持っていたはたきが、床に落ちたのにも気がつかない。

――兜甲作。

間違えようもないその名前がはっきりと出ていた。

『山の天気が大きく崩れ、深夜から激しい雨となったのち……』

アナウンサーは、遭難の理由を淡々と説明している。やがて兜が入山した、医療整備に関する調査の内容が報道され、現地に飛んでいる取材陣に中継が繋がった。雨の後のぬかるんだ地面が画面に映り、『急な天候不良による事故とみられており、まだ、三人の捜索が続けられています……』とキャスターが忙しない口調で説明している。

篤郎は血の気が下がり、脳天から爪先まで、一気に感覚がなくなっていくのを感じていた。鼓動が速く打ち、胸が痛くなり、息が荒く変わっていく。

こういうことは前にもあった。兜の父が報道されていた時のことだ――よくあること、と澄也にも言われた。けれどあの時と今とは違う。

（だって今、兜は……生きているか分からない）

無意識に、下腹部に手を当てていた。三日前に別れたばかりの兜の顔が、頭の中をちらつく。あの時兜は子どもの性別を知って喜び、篤郎を抱き寄せた。もう一度結婚を考えてほしいと言って、それが自分の幸せだと言って、立ち去った……。

あの時の腕の強さ、胸の温かさ、緊張した声も真剣な眼差しも、すべて覚えていた。

（嘘だ……）

その時、部屋の電話機が鳴った。普段は食堂や、雀家の執事、書斎で仕事をする真耶から、内線しかかかってこない電話だ。けれど今見ると、液晶画面には外線と出ている。慌ててとると、『篤郎くん？』と、真耶の声がした。

「真耶、さん……俺、今、あの……ニ、ニュース」

そこから先は、言葉が続かなかった。声が変に震え、喉を通っていく空気が、ヒューヒューと鳴っている。ショックで、視界がぐわんぐわんと揺れていた。額には汗がにじみ、体が小刻みに振動している。

兜が死んだらどうしよう。もし、死んだら？

自分はお腹の子どもをたった一人で抱えて、ちゃんと生きていけるのだろうか……。

その不安が一気に、篤郎の体を襲ってきた。一人で産むつもりだったし、一人で育てるつもりだった。それなのにどうしてこんな、一人ぼっちで暗闇の中へ放り出されたような、所在ない気持ちになるのか。一体いつから、こんなにも兜をあてにしていたのだろう――。

『篤郎くん、落ち着いて。安静にして待っていてと言いたいところだけど、テレビだけだとどうしても情報が遅い。今から迎えを寄越すから、移動してきてほしい』

真耶はゆっくりと、説明する。篤郎は声もなく頷き、電話だと思い出して「はい」と口にした。通話を切った後、部屋着から、外出できるような服に着替えた。

遭難が分かったのはいつ頃のことで、いつから捜索《そうさく》がされているのだろう。聞きそびれたことを思い出し、もう一度ニュースを見たが、些末《さまつ》な情報が流れているばかりで、どのチャンネルを見ても同じ内容しか映らなかった。

兜が調査に行った集落は、危険な山道を通っていかねば、たどり着けない。医療ヘリの対象区域に含めるべきだと、兜はそう訴えて一年、頑張ってきたと聞いていた。死人が出てからでは遅いと。その調査で兜が死んでは、意味がない。

（帰ってくる。帰ってこないわけない。あいつが、あんな強いやつが……）

迎えを待つ間、篤郎はずっとガタガタと震えていた。怖くて怖くて、いてもたってもいられずに、立ったり座ったりした。

こんなことで自分に心配をかける兜に、腹が立ちもした。自分は子どものことで頭がいっぱいなのだ。どうして悩ませるのだとなじりたくなった。

（俺を守るって、幸せにするって言ったくせに――）

真耶からの迎えが来たのは、三時間後のことだ。どこに行くのかも分からないまま、ただおとなしく用意された車に乗る。発進した車は、しばらくして高速道路に入り、数時間走り続けて、いつか日も暮れる頃、篤郎はN県の山深い町へと連れて来られていた。

「篤郎くん！　ごめんね、突然、長距離移動させて……澄也《すみや》から許可はとったから」

篤郎が下ろされたのは、山の中にある古ぼけた建物の前だった。二階建ての白い、ビルとも呼べない鉄筋の建物は、どうやらこの地域の中学校のようだ。周囲は山で、灯りはほとんどないが、取材のために訪れているテレビ局や新聞社のバン、中継のカメラ、パトカーや救急車、レスキュー隊の車両などで、狭い駐車場はごったがえして明るい。

騒がしい人波をかき分けて来た真耶を見ると、篤郎の足はがくがくと震えた。

「……真耶さん、か、かぶ、兜は」

訊く声が、かすれた。ここはきっと、兜が遭難した山に、もっとも近い場所の一つなのだろうと、そう察しがついた。

「今、捜索が続いてる」

真耶の言葉に、すうっと血の気がひいていく。倒れそうになるのを必死にこらえた。つまり、まだ見つかっていないのだ。もしかしたらもう、見つかっているのではないかと、道々甘い考えで自分を励ましていたが、それが崩れていく。

来て、と言われ、篤郎はふらふらと建物へ向かう。正面入り口には大勢の人が出入りしていて、真耶は裏に回った。すると急に人気がなくなる。裏口には小さな階段がついており、その向こうから、大柄な男が一人、出てくるのが見えた。顔が分かる距離まで来て、篤郎は息を呑んだ。

それはテレビで何度も見たことのある顔――この国の幹事長、兜の父親で有名な政治家、兜甲造《こうぞう》だったからだ。篤郎は青ざめて、歩くのを止めた。どうしてここに兜の父親がいるのかと思い、いて当然だと思い至る。

自分のことをどう、説明すればいいのだろう？　お腹の子どものことを、どう言えば？　困惑して立ち尽くしていると、兜の父は篤郎に眼を止め、「ああ……来てくださったんですね」と労るようにホッと息をついた。

「あ、あの……」

「雀《すずめ》くんに無理を言って、あなたを呼んでいただいたのは、私と妻なんです。申し訳ない。どうか、落ち着いて。息子があなたになにをしでかし、今はあなたの返事をずっと待っていることを、我々は息子から聞いて知っています」

息子とは、兜のことだ。予想外の言葉に篤郎は言葉が出なかった。呆然としていると、後ろから、篤郎と同じくらい背丈のある、五十路後半の、知的な、品の良い女性が出てきて、「まあまあ、篤郎さん？」と声をあげた。

「来てくださったの。……長い距離をごめんなさい、早くこちらへ。部屋の中で体を休めていただかないと」

その人は入り口の階段を下りてくると、篤郎の腕をとって誘導してくれた。甘やかな香りが鼻先をかすめる。すぐに、兜の母親だと分かった。目元がそっくりで、白いツーピースをぴしっと着こなしている。上品ながら、兜が言っていたように、活動的な女性の雰囲気がある。

「篤郎くん、ごめんね。迷ったけど、きみも一人で待つよりはいいかと思ったんだ」

真耶が申し訳なさそうに言う。篤郎はまだ混乱していて、事態が飲み込めていなかった。真耶はやることがあるから、とどこかに行ってしまい、篤郎は兜の両親に、学校の中へ連れて行かれた。

校内の、入り口に近い教室は対策室が設けられて騒々しいようだったが、篤郎が連れて来られた部屋には人がおらず、ひっそりと静かだった。テレビとラジオが小さな音でついており、それにまざって無線機の音が流れてくる。

簡素で、がらんとした部屋にはソファが二脚置かれ、篤郎はその長椅子のほうに座らせられた。横には兜の母親が座り、篤郎の手を、まだぎゅっと握ったままにしている。部屋のすぐ外には、SPらしき黒服の男たちがずらりと並んでいて、窓の向こうは、報道陣の喧噪など嘘のような、田舎の闇が広がっていた。

「あの、俺、あの――」

向かいに兜の父が座り、篤郎は喘ぐように、混乱したまま声を出した。兜はなんといって、自分のことを説明しているのだろう。二人の、好意的な態度から察するに、まずい情報はすべてシャットアウトしているに違いない。自分は男で、ボルバキア症で、兜の子どもを宿しているが、前科持ちで、とても優しくされるに値する人間ではないと、そう言わなければと思いながら、怖くて唇がぶるぶると震えた。

「篤郎さん、心配なさらないで。息子から結婚したい人がいると言われた時に、大体のことは聞いたのよ。息子があなたにとてもひどい仕打ちをしたことも、分かっています」

許されないことだわ、と兜の母は、真面目な顔で静かに言った。

「ここにお呼びしては、失礼かもしれないと思いながら、あなたには、息子のことを一番にお伝えしたいとも思ったの。ずっと、お会いしたかったたし……」

「あの、違うんです。それ以前に、いろいろとあって」

兜の母の言葉を遮り、篤郎は自分がどんな荒《すさ》んだ過去を持っているのか、言おうとした。けれど今度は兜の父が、「大丈夫です」と篤郎の言葉を遮った。

「こういう家ですから、息子が本気だと分かった時点で、申し訳ないがあなたの身元を調査させていただきました。……そのうえで、我々は息子の想いを応援することにした。過去にはいろいろあったようですが、更正施設、保育園、どちらで聞いても、あなたのこの三年間の評判はたいそうよく、篤郎さん本来の人格が、よく分かりました」

なにも心配しないでほしい、と力強く言われ、篤郎は、体がぶるっと一度、大きく震えた。知っていて、兜家に迎えると言われているのか？　兜の父親の眼は静かで、穏やかだった。助けを求めるように、兜の母を振り向くと、こくりと頷かれる。

「……もしあなたが息子を受け入れられなくても、私たちは、あなたの力になりたいと話しているの。あなたさえ良ければ……本当に、あなたさえ良ければ、産まれてくる孫に、一度だけでも会いたいのよ」

控《ひか》えめな申し出には、篤郎への気遣いと、子どもへの愛情が溢れている。それが分かり、篤郎は張っていた気が緩んで、じわじわと、目に涙が浮かんでくるのを感じた。

——この二人は、兜の両親なのだ。

間違いなくそうだと思った。

弱い者を愛し、手を差し伸べたいと、ごく自然に思う、兜の父と母だと。

——幸せだった。

と、噛みしめるように言った兜の声が、耳の奥へ返ってくる。

篤郎との他愛のない、穏やかな日常を、死ぬまで積み重ねたい。たった三日前、兜はそう言ってくれた。それが自分の幸せだと。

そうか、と篤郎は思った。

(俺の幸せも……多分、兜と、同じだ)

郁に再会し、許されてからずっと、幸せとはなにかと考えていた。子どもが生まれたら、幸せになるよう生きねばと、そう思ってきた。幸せとは意志でなるものだと真耶に言われ、どう生きていこうか、ずっと悩んでいた。けれど答えは、とても簡単だった。

子どもの頃、郁に会いたくて、急いで学校から帰った。寄り添って、二人きりで過ごす午後は楽しかった。継母の作ってくれる料理が、美味しかった。花を渡すと喜んでくれて、篤郎も嬉しかった。あの些細な、なんでもないことの積み重ねが忘れられない幸福だったと、失ってから篤郎は気がついた。

今になって、兜と過ごした短い日々のことを思った。

辛いことも多かったけれど、兜がカレーにしてよと言って高級肉を持ってきたのは、今ではもう笑い話だ。すき焼きにしたら美味しかったし、兜は喜んでくれた。初めて兜が作ったというカボチャのポタージュ。あれも美味しかった。パパは結構料理が上手なんだよと、子どもに話してあげられる。真耶の家を訪れるようになった兜と、他愛のない雑談をしたり、食事をしたり、子どものことを二人で考えるのは、篤郎にとっても楽しかった。

この穏やかな日々が、これからも続いていく。心のどこかできっと、そう期待していた。

今さらのように思う。幸せという言葉の重みを支えているのは、ごく小さな、ささやかなことの集まりなのかもしれないと――。

兜は篤郎が、愛し方を知っていると言い、だから篤郎は子どもを産んで育てられるかもしれないと、希望を持てた。

——あっちゃんの中に、愛がある。

兜はそう教えてくれた。篤郎は、人を愛せるのだと。たったそれだけの言葉が、離れている間でさえ……篤郎の、勇気になった。

(本当はきっと、他の人にとっては、取るに足らないことでも)

ほんの小さなことで、人は生きていく希望を持てる。どんなに辛いことがあっても、苦しんでいても、明日も生きていこうと、思うことができる。それを、愛と言うのではないのだろうか?

愛は痛みと苦しみの裏腹にあるもの。けれど愛していれば、きっと愛していれば、その愛がまたいつか、喜びを生きていく力をくれる。だから人は愛することを、やめられないのではないだろうか? とてもシンプルに、ただ、一人では生きていけないから——誰かをまた愛してしまう。その愛がいつか痛みに変わっても、もっと同じくらいの強さで、愛は、生きる力をくれることを、心のどこかで誰もが知っている……。

何度も何度も、もし兜の愛情が本物だったらと、篤郎は思った。けれどこの時になって初めて、どうしてと思う。

(どうして……あの愛情を、本物じゃないなんて……思ったんだろう)

部屋の中には無線の音声が流れ、それは混線して時々ブツブツと切れながら、救助に当たっているレスキュー隊の声が漏れ聞こえてくる。遠く、ヘリコプターの音がした。

ぎゅっと眼をつむり、篤郎はうなだれた。

頭がガンガンと痛んだ。

どうして、兜の愛情を、本物かどうかと疑ったのだろう？　あっちゃんが信じてくれるだけだよ、と兜には言われていたのに。

嘘でも本物でも、本当は、どちらでもよかったのではないか——？

（……どんな形でも、兜が俺のそばで、生きててくれたら、それでもう……俺は幸せになれる。兜を好きな気持ちが、力をくれる。だからたとえ、全部嘘でも）

信じていればよかったのだと、篤郎は思った。大切なのは、篤郎がどうしたいかだった。

篤郎が兜といて、幸せだと思えるか。子どものために、笑っていられるかだった。

（俺が兜を、好きかどうか、だった……）

そして篤郎は兜をもうとっくに、愛している。

本当はきっと、ドラッグに溺れながら、遠目に兜を見ていたあの時から……兜に好きになってほしい。振り向いてほしいと、思っていた気がする——。

こめかみが痛み、鼻の奥がツンと酸っぱくなる。口の中に、苦い味が広がっていく。

もし兜が帰ってきてくれなかったら……。

その痛みはどれほど深く、篤郎の心を抉り、引き裂くか分からなかった。失うことが怖くて、足がガクガクと震えている。

愛とは連綿《れんめん》と続く業《ごう》なのだろうか。一度はまり込んで足を囚《とら》われれば、二度と抜け出せない罠のように。愛さないと決めても、こうしてたやすく、人は人を愛してしまう。

こみあげてきた涙が、頬をこぼれ落ちて、膝の上で震えている拳に落ちる。兜の母親が、励ますように篤郎の背をさすってくれた。その手が温かい。

いつしか、ヘリコプターのメインローターの音が、近づいてきていた。

無線の音がかき消され、耳をつんざくほどになった時、真耶が部屋に飛び込んできた。

「見つかりました！　今、運ばれてきます……っ」

篤郎は顔をあげた。目頭に溜まっていた涙が、頬をこぼれ落ちるのも構わず、勢いよく、立ち上がっていた。

どこをどうやって移動したのか、自分が走ったのか歩いていたのかさえ分からなかった。

学校横のグラウンドには急ごしらえで用意された、簡易型のヘリポート照明が輝き、目映いライトの中、報道陣のフラッシュが走っていた。ヘリからレスキュー隊に連れられて降りてきた二人が、タンカに乗せられる。最後に、肩を借りて、それでも自分の足で降りてきたのが、兜だった――。

登山用の服は泥だらけで、メガネがひび割れている。

救急隊が兜のもとへ走っていき、篤郎の横で兜の母が口に手を当てて息を呑む。兜はたった三日で、ひどくやつれて見えた。レスキュー隊員に支えられた兜が、泥まみれの顔で、篤郎のほうを振り向く。疲労の色濃くにじんだその眼と眼が合う。と、兜は篤郎をじっと見つめ、それから「あれ」と小さな声を出した。肉厚の唇に、ふと、笑みが浮かぶのが分かった。

「おかしいな、オレ、あっちゃんの幻が見える……」

ぽつりと呟く兜の声が聞こえた瞬間、篤郎の中で、こらえていたものが切れた。カメラのフラッシュが焚かれている。ビデオカメラも回っている。こんなことはすべきじゃないと分かっているのに、そんなことはすべてもう、どうでもよくなった。たとえどんなことでも、兜を失うことに比べたらなんでもない——。

気がつくと篤郎は兜に駆け寄り、泥だらけの体にすがりついていた。

「俺、結婚する」

一息に言った。言ったとたん、涙が堰《せき》を切って溢れ、嗚咽が漏れた。

「兜と、結婚する」

兜を支えているレスキュー隊員が、ぎょっとしたように眼を丸くする。中継中のキャスターが、「あれは……お身内の方でしょうか」と、困惑した声を出す。

人混みの中で、真耶が唖然としているのが、視界の端に映る。兜の両親は手を取り合い、じっとこちらを見守っている。そして兜は、のろのろと、信じられないものを見るように篤郎を見下ろした。

「ほんと？」

疲労のせいなのか、驚きのせいなのか、かすれた声で訊かれた。篤郎は頷いた。一度、二度、三度と頷いた。ひび割れたメガネの奥、驚愕に見開かれていた兜の瞳に、じわじわと喜びが広がっていく。

「あっちゃん……」

ため息まじりに篤郎の名前を呼び、兜が、篤郎の髪に頬を寄せた。

泥と山の草、雨の匂いにまじって、兜の甘い、アマレットのような香りが、篤郎の鼻先へ漂ってくる。

──闇の中、山で救助を待ちながら、ずっときみのこと、きみと子どものことばかり、考えてたよと、兜が言う。

「子どもの名前、考えてた」

ずっと考えてた、と兜は続ける。

「生きて帰れて、よかった……」

これは兜の本音だ。嘘ではない。そうと分かった。けれどもう、嘘でもいいのだ。兜の言葉が嘘でも本当でも、その気持ちが嘘でも本当でも、構わなかった。大事なのは篤郎が、

兜を愛しているかということ――。

「どんな名前?　教えてくれよ……」

それはきっと、二人の未来の名前だ。

熱い涙と一緒に、心の中の強張っていた部分がすべて、溶けて消えていくような気がして、篤郎は微笑んだ。泣き終えたら、兜に気持ちを伝えよう。

――俺は、お前が好きだよ。

そう言おう。好きという言葉は簡単すぎて、伝わるかどうか、それは分からないけれど。

それでもまるでそれを喜ぶように、あるいは、後押しするように、篤郎のお腹の中で、子どもが動いた。年が明けたら、篤郎は兜と、子どもと三人、並んで笑っている。そんな自分の姿が見えたような気がした。それはささやかで、けれどとても幸せなこと。

篤郎に与えられるだろう、奇跡の瞬間だ。

そんな瞬間を死ぬまで、積み重ねていけたらいい。きっとどんなに苦しいことがあっても、そのたった一つの瞬間のために、明日もまた生きていける。そんなふうに、思えるだろうから。

激しいフラッシュと喧噪《けんそう》、人々の声の中。

篤郎と兜はひととき、じっと寄り添い合っていた。

離れることなど、この時はほんの一瞬でも、とても考えられなかった。

あとがき

　初めましての方は初めまして。お久しぶりの方はお久しぶりです、樋口美沙緒《ひぐちみさお》です。このたびは、『愛の罠にはまれ！』をお手にとっていただき、まことにありがとうございます。……ムシです。四冊目です。嘘みたいです。ひゃーっとびっくりしています。思えば、ムシ一冊目の、『愛の巣へ落ちろ！』を出した時、三冊目までは構想があったので、うまくいけば出したいね〜あはは、と担当さんと冗談で話していたのですが、なんと四冊目まで来られるとは、これもすべて、応援してくださってる皆さんのおかげです。

　そんなわけで、四冊目は、一冊目に登場した兜《かぶと》先輩と、三冊目に登場した篤郎《あつろう》のお話になっています。兜はそもそも器用な分、相当ほっとけない子じゃないと恋愛にならないだろうなあ……と思っていたので、『愛の裁き〜』で篤郎を書いた時、この子なら案外、兜を本気にさせてくれたりして？　と思い、ずっと温めていました。ボルバキアについても、その現象を知ってからは、どこかで使いたいなと思っていました。兜の相手ならぴったりかな？　というわけで、あっちゃんには辛い思いをさせました……ごめんね。

次回もしまだ出すことができるなら、次はどんなお話がいいかな……実はまだ出せるかどうかも分かりませんが（笑）もしあるとしたら、誰の話がいいとか、今までの本の主人公達をもう一度読みたいとか、ご希望を編集部さんまでお寄せいただけると嬉しいです。えへ。

もちろんどうなるかは分かりませんが、お声があれば実現しやすくなるかな……なんて、下世話《げせわ》ですいません。

今回もまた、分厚い原稿にお付き合いくださった担当さん。いつもありがとうございます！　そして素敵なイラストを描いてくださった街子《まちこ》先生。街子先生の絵でこのシリーズは成り立ってます。感謝でいっぱいです。

いつも私を理解し、支えてくれる家族。私の仕事を応援してくれたお母さん。本当にありがとう。励ましてくれたお友だちにも、感謝しています。

そしてなにより、ここまで買い支えてくださった読者の皆さん。読んでくださる方がいなければ、小説は成立しません。本当にありがとうございます！

できればまた、次回作で会えることを願って

樋口美沙緒

Hanamaru Bunko

作家・イラストレーターの先生方へのファンレター・感想・ご意見などは
〒101-0063 東京都千代田区神田淡路町2-2-2
白泉社花丸編集部気付でお送り下さい。
編集部へのご意見・ご希望などもお待ちしております。
白泉社のホームページはhttp://www.hakusensha.co.jpです。

白泉社花丸文庫
愛の罠にはまれ!

2014年9月25日　初版発行
2018年2月15日　4刷発行

著　者　樋口美沙緒 ©Misao Higuchi 2014
発行人　高木靖文
発行所　株式会社白泉社
〒101-0063 東京都千代田区神田淡路町2-2-2
電話 03(3526)8070(編集)
03(3526)8010(販売)
03(3526)8020(制作)
印刷・製本　株式会社廣済堂
Printed in Japan　HAKUSENSHA　ISBN978-4-592-87731-8
定価はカバーに表示してあります。

好評発売中　花丸文庫

★お前を食い尽くしてやる♡異色ファンタジー

愛の巣へ落ちろ！

樋口美沙緒　イラスト＝街子マドカ　●文庫判

ロウクラス種シジミチョウ科出身の翼の憧れは、ハイクラス種の御曹司で、タランチュラ出身の澄也。実際は下半身にだらしない嫌な奴である澄也は、自分の「巣」にかかった翼の体を強引に奪うが…!?

★擬人化チックファンタジー、大好評第2弾！

愛の蜜に酔え！

樋口美沙緒　イラスト＝街子マドカ　●文庫判

クロシジミチョウ出身の里久は、絶滅危惧種のためクロオオアリの有賀家に保護される身。その「王」となる優しい綾人を想い続ける里久だが、綾人が高校に行った後は会うことも手紙も拒否されて…!?

花丸文庫BLACK 好評発売中 花丸文庫

★感涙の擬人化チックファンタジー第3弾！

愛の裁きを受けろ！

樋口美沙緒　イラスト＝街子マドカ　●文庫判

タランチュラ出身でハイクラス種屈指の名家に生まれた陶也は、空虚な毎日を送る大学生。ロウクラス嫌いの彼は、手ひどく捨ててやるつもりで、体の弱いカイコガ起源種の郁と付き合うことにするが…!?

★この恋心は偽物？　それとも――!?

愚か者の最後の恋人

樋口美沙緒　イラスト＝高階 佑　●文庫判

惚れ薬を飲まされたせいで、犬猿の仲の雇い主である貴族・フレイに恋してしまったキユナ。誰にでも愛を囁く節操なしの彼のことが大嫌いなはずなのに、見つめられるだけで胸が痛いほど高鳴って…!?

好評発売中　花丸文庫

★甘えてごめん。強くなれなくてごめん。

愛はね、

樋口美沙緒　イラスト＝小椋ムク　●文庫判

予備校生・望の片想いの相手は幼なじみの俊一。かなわぬ恋と知っている望は想いを封印し、駄目な男と付き合っては泣かされるばかり。俊一はそんな望にうんざりしつつ世話を焼いてきたが…!?

★この気持ちを、まだ「愛」と呼べない――。

ぼうや、もっと鏡みて

樋口美沙緒　イラスト＝小椋ムク　●文庫判

駄目な男とばかり付き合う幼なじみ・望を愚かなヤツと思い、同時に、彼の自分への恋情に気づかぬふりをしてきた俊一。気持ちに応える気はないのに、望を傷つけ、想いを確かめずにはいられず…!?